타나카 유 지음
Llo 일러스트
신동민 옮김

"I became the sword by transmigrating"
Story by You Tanaka, Illustration by Llo

전생했더니 검이었습니다

8

전생했더니 **검**이었습니다 **8**

"I became the sword by transmigrating" Story by Yuu Tanaka, Illustration by Llo

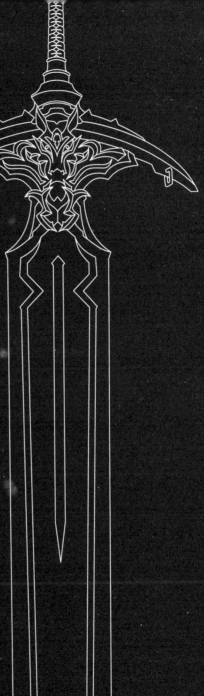

타나카 유 지음
Llo 일러스트
신동민 옮김

CONTENTS

"I became the sword by transmigrating"
Volume 8
Story by Yuu Tanaka, Illustration by Llo

제1장 강렬한 만남

짧고도 진한 배 여행을 경험하고 수인국에 겨우 도착한 다음 날.

『일단 각차(角車) 조합이라는 곳에 가볼까.』

'응.'

숙소를 나선 우리는 변두리를 향해 걷고 있었다.

길드에서 왕도로 가는 방법을 물었더니 각차를 이용하는 게 좋다는 추천을 받았기 때문이다.

우리가 수인국에 온 최대 목적은 왕도 베스티아에 있는 키아라라는 흑묘족을 만나는 것이다.

울무토의 길드 마스터인 디아스와 유력자인 오렐의 오랜 친구이자 수왕과 부하들의 스승이라는 흑묘족 노파다.

일단 모험가 길드의 지명 의뢰를 받아 소식 불명이었던 키아라의 안부를 확인하게 되었다.

원래는 적이라고 여겼던 수왕에 대한 견제로 길드의 비호 아래 있다는 것을 보여주기 위해서 지명 의뢰가 준비되었지만……. 수왕은 적이 아니었을 뿐만 아니라 아군이라고 해도 좋을 상대였으니 말이다.

원래의 목적은 사라지고 반은 관광 유람으로 변해 있었다. 지명 의뢰를 할 준비를 마친 이상 그것을 취소할 수 없었다고 한다.

"어라? 저건——."

"거, 거짓말이지——."

주위에 있는 수인들의 시선이 프란에게 꽂혔다.

진화한 흑묘족이라는 존재를 직접 보고 무시할 수 없는 거겠지.

이제부터 우리는 프란이 진화했다는 사실을 숨길 생각이 없었다. 오히려 반대로 자꾸 퍼뜨려갈 생각이다.

프란의 존재가 알려지면 흑묘족이 진화하기 위한 조건도 같이 퍼진다고 생각했기 때문이다.

프란의 목적은 흑묘족의 지위 향상이다. 그러려면 진화할 수 없는 못난 종족이라는 인식을 개선하는 것이 중요하다.

이미 수왕의 지시로 수인국의 종족이나 상인에게 진화의 조건이 조금씩 퍼지고 있을 터다. 프란이 진화했다는 것을 보여주면 사실이 더 빨리 퍼질 것이다.

"저거?"

『아마 그렇겠지. 지붕도 파랗고.』

도착한 건물의 외관은 길드에서 들은 대로였다.

새파란 색의 지붕이 올라간 거대한 마구간 같은 건물이다. 간판에는 '각차 조합 지부'라고 적혀 있었다.

안은 모험가 길드와 비슷했다.

접수대가 있고 유니폼을 입은 여성이 맞이해주었다.

"어서 오세요~."

대응은 정중하지만 어디까지나 손님을 대하는 태도다.

종족이 인간이어서 프란의 정체를 알아차리지 못했나 보다.

길드의 접수원은 극진하게 대접했다. 길에서 엇갈리는 사람들도 흑뢰희 이야기는 몰라도 진화한 흑묘족이라는 존재를 보고 발걸음을 멈추고 몸을 떨었다. 노인 중에는 절을 하는 사람마저 있어서 놀랐다.

뭐랄까, 보면 행복해진다는 전설 속 진귀한 동물 같은 취급? 있을 수 없는 존재를 본 듯한 반응이 많았다.

그래서 이런 평범한 반응이 오히려 신선했다. 앞으로 수인국에서 활동하게 된다면 어디를 가도 같은 반응을 겪을 테니 얼른 익숙해져야 하겠지만 말이다.

"얘기를 듣고 싶어."

"각차는 처음이신가요?"

"응."

접수원이 기본적인 것을 설명했다.

각차란 듀얼 혼이라는 코뿔소 비슷한 마수가 끄는 탈것을 말한다.

발도 빠르고 스태미나도 말보다 뛰어나기 때문에 휴식도 적다고 한다.

그 덕분에 마차의 두 배 가까운 속도로 목적지에 도착한다나.

게다가 위협도 F의 마수이기 때문에 도적이나 다른 마수도 공격하기 어렵다.

"그렇구나."

"이쪽을 보세요."

아가씨가 양피지 한 장을 보여줬다. 그것은 각차의 요금표였다. 합승 요금에 대절 요금, 거리별 요금 등이 상세하게 적혀 있군. 왕도의 이름도 있어.

"왕도에 가고 싶어."

"베스티아 말씀인가요? 그렇다면 합승으로 4만 골드, 차 하나를 대절하면 12만 골드입니다. 일수는 열흘이네요."

"꽤 걸리네?"

시간도 돈이니 말이다.

하지만 그것도 어쩔 수 없나 보다. 아가씨가 간단한 지도를 보여주며 설명했다.

"이곳이 그레이실이에요. 그리고 이곳이 왕도 베스티아."

"그렇게 안 먼데?"

지도로는 꽤 가까워 보였다.

지금 우리가 있는 그레이실은 크롬 대륙 동해안에 위치하고 있다. 그곳에서 서쪽에 왕도 베스티아가 있었다. 축척이 얼마인지 모르지만 열흘이나 걸릴까? 그도 그럴 게, 비슷한 거리에 있는 다른 도시는 사흘이나 나흘이라고 적혀 있는데?

"직선거리로는 그렇습니다만⋯⋯. 이쪽을 보세요."

아가씨가 왕도와 그레이실 사이에 그려진 녹색 구역을 가리켰다.

"전갈 사자의 숲?"

"네. 랭크 C 마경으로 지정된 깊은 숲입니다. 위협도 C 마수인 만티코어의 생식이 확인되었고요."

위협도 C라면 한 마리가 대도시를 멸망시킬 수도 있는 수준의 마수다.

"이 숲이 남북으로 펼쳐져 있는 탓에 상당히 멀리 돌아갈 필요가 있습니다."

그건 아무리 각차라 해도 빠져나가기 어려울 것이다.

"숲을 빠져나갈 수 있는 장소도 없어?"

"일반인은 무리예요. 어느 정도 실력이 있는 모험가라면 지나다니고 있다고 하지만요."

"나도 모험가야."

"하지만 혼자서는 어려울 거예요."

상냥한 사람이야. 프란을 신출내기 모험가 정도로 생각하고 있지만, 너는 무리라고는 말하지 않는군. 애초에 돈이 있느냐고 묻지도 않고, 질문에는 정중하게 대답해주고 있고.

"그게 말이죠. 대부분의 모험가는 이 도시까지 가서 마경을 빠져나간다고 해요."

아가씨가 가리킨 것은 전갈 사자의 숲 직전에 있는 도시였다.

"알젠트라판?"

"네. 이 도시에서 전갈 사자의 숲에 들어가면 숲이 가장 얕은 장소를 빠져나갈 수 있다고 해요. 이곳까지 가면 동행할 수 있는 파티를 찾을 수 있을지도 모르고요."

그렇군. 그럼 일단 그 도시까지 가서 숲을 빠져나갈지 우회할지 생각해볼까. 랭크 C 마경이라면 우리라면 통과할 수 있다고 생각하지만……

문제는 알젠트라판까지 어떻게 가느냐다.

간이 지도상으로 보면 남서쪽으로 향하면 며칠 만에 도착할 것 같지만 그리 쉽게 일이 진행되지 않을 것이다. 산도 있고 골짜기도 있고 마경도 있고. 지도에는 그려지지 않은 험지가 잔뜩 있을 게 틀림없다.

"알제트라판까지는 얼마나 걸려?"

"각차로 가면 하루예요. 합승이면 3천 골드, 대절이면 9천 골드입니다.”

『이봐, 나로서는 각차로 알젠트라판까지 가도 될 것 같은데.』

‘나도 그래.’

『그렇지? 길을 잃을 걱정도 없고.』

각차에 흥미도 살짝 있어서 우리는 내일 아침 한 편을 예약하기로 했다.

합승과 대절 사이에서 망설였지만 합승으로 했다. 도중에 흑묘족 선전이라도 해야 하니 말이다.

“그러면 신분을 증명할 수 있는 것은 있으신가요?”

“모험가 카드면 돼?”

“네.”

“그럼 이거.”

“감사합니—— 어라? 랭크 C? 어어?”

아가씨는 카드와 프란을 몇 번이고 번갈아 봤다. 역시 믿지 못하나. 하지만 수정 같은 물건에 카드를 대서 진위를 확인하고 진품이라는 것을 파악한 듯했다.

“진품……이네?”

“응. 진품.”

“아, 죄송합니다! 이건 돌려드리겠습니다. 정말 실례 많았습니다.”

“괜찮아.”

“그런데 랭크 C 모험가님이셨군요.”

원래부터 정중했던 태도에 변화는 없었지만 프란을 보는 눈이 명백히 달라졌다.

그때까지는 호감 가는 것을 보는 눈이었지만, 지금은 입장이 위인 거래 상대를 보는 시선이었다.

"응."

"실은 말이죠. 현재 호위가 부족해서 모험가분이라면 호위를 맡아주시는 대신 할인을 해드리고 있습니다. 랭크 C라면 반액에 타실 수 있어요."

"왜 호위가 부족해? 여기는 모험가가 많은 도시잖아?"

"많은 분이 배의 호위를 메인으로 하시기도 하지만, 현재 국제 정세의 긴장이 가장 큰 이유예요."

"무슨 소리야?"

"아아, 혹시 배로 오셨나요?"

"응."

"실은 국왕님이 부재중이기도 해서 인접국과 긴장이 높아지고 있어요. 그 탓에 병사 대부분이 국경 부근에 모여서 국내 순찰을 담당하는 병사의 수가 적어졌죠."

병사가 적어져서 마수의 수와 도적의 출몰 횟수가 늘어나고 여행의 위험성이 높아졌다고 한다. 게다가 그것들을 퇴치하기 위해 모험가가 차출되는 바람에 호위의 숫자도 줄어들었다.

"전쟁이 나는 거야?"

"아니요, 협정을 맺고 있으니 전쟁은 일어나지 않겠지만……. 인접국인 바샬 왕국은 수인국과 특히 사이가 나빠요. 견원지간이라 해도 좋을 정도로요."

현재는 종족 차별을 싫어하는 사람도 많은 평화로운 수인국이지만, 과거에는 수인을 지나치게 우대하고 타 종족에 대한 배타적인 정책을 실시하던 시대도 있었다. 더욱이 전 시대에는 타 종족을 탄압한 적도 있다고 한다.

바샬 왕국은 수인국에서 도망치거나 쫓겨난 인간이 세운 나라였다. 그렇기 때문에 수인에게 아주 공격적이고 양보도 하지 않는 나라다.

또한 인간 종족에 대한 우대가 지나친 나머지 최근까지는 인간 지상주의로 기울어져 있었다.

"같은 인간종으로서 너무 부끄럽지만, 인간이야말로 최고고 다른 종족은 한 단계 열등하다. 그리고 수인은 노예로 삼아야 할 열등종이다, 라고 소리 높여 외치는 나라였었어요."

"하지만 그랬었다는 말은 지금은 아니라는 거야?"

"백 년 전에 온건파 왕가가 실권을 잡아서 현재는 수인국과 느슨하게 서로 무시하는 상태예요."

하지만 마음을 연 것은 아니라서 상호 감시를 하는 사이인 모양이다.

현재 수인국은 국왕을 필두로 전력이 충실해서 바샬도 손을 댈 리가 없다는 것이 수인국 국민의 인식이라고 한다.

그래도 인접국이 병사를 집결하고 있다는 정보가 있으면 이쪽도 병사를 모으지 않을 수 없다. 일단 바샬 왕국 측은 던전을 구제하기 위해서라고 설명한 모양인데.

"그런 장소에 던전이 있다는 이야기는 듣지 못했고, 최근에 생겼다면 몇 만 명이나 되는 병사가 필요 없잖아요? 어떻게 생각해도 수인국에 대한 시위 행위예요."

"흐음."

"그래서 호위를 모집하고 있는데…… 어떠신가요?"

반액이라 해도 우리에게는 푼돈이다. 하지만 길드를 통한 정식 의뢰인 듯해서 이번에는 받아들이기로 했다. 어차피 각차에 타는 건 정해진 일이니 말이다.

"그럼 알젠트라판까지 호위를 받아들일게."

"알겠습니다. 내일 아침 6시 편으로 괜찮으시겠습니까?"

"응. 괜찮아."

"그러면 기다리고 있겠습니다."

자, 이로써 발은 확보했다.

『그럼 내일까지는 느긋하게 보낼까. 우선 숙소를 찾자.』

"안 돼. 우선 명물 요리를 먹을 거야."

『명물 요리?』

"아까 간판이 나와 있었어."

그런 데는 눈이 밝군. 뭐, 이 도시라면 숙소가 잔뜩 있을 테고, 최악의 경우에는 모험가 길드의 숙박 시설에 묵어도 상관없나.

『그럼 우선 그 가게에 갈까.』

"응!"

프란이 오늘 가장 눈을 빛내며 고개를 끄덕였다.

"윙!"

프란의 그림자에서 자고 있던 울시도 명물 요리라는 말을 듣고 눈을 떴나. 먹보 콤비 녀석들.

뭐, 나도 요리 공부가 되니까 상관은 없지.

『어디 있는 가게야?』

"저기. 빨리 가자."

"윙윙!"

덜컹 덜컹 덜컹——.

마차를 아득히 뛰어넘는 속도로 각차가 가도를 달려갔다.

우리는 지금 알젠트라판으로 향하는 각차의 안에 있었다. 호위라고는 하나 적이 나오지 않으면 승객과 마찬가지로 안에 타고 있어도 상관없다. 그래서 지금까지는 평범한 마차 여행과 그리 다르지 않았다.

차이는 마차보다 속도가 훨씬 빠른 정도겠지.

"프란 님도 드세요."

"고마워."

"이것도 받으세요."

"응."

"이것도——."

마차 안의 분위기는 평온했다.

아니, 살짝 축제 상태이기도 했다. 프란 축제다.

수인만, 그것도 영감과 노파가 대부분이고 프란에게 태도가 아주 공손했다.

아무래도 진화하지 못하고 나이를 먹은 수인은 진화한 상대에게 필요 이상으로 경의 같은 것을 품는 모양이다.

게다가 진화를 할 수 없는 흑묘족으로서 진화에 도달한 프란은 자칫하면 신앙의 대상이 될지도 모를 만큼 존경받는 듯했다.

덕분에 공물처럼 주위 수인들에게서 과자나 빵이 프란에게 모여들었다.

그들의 손주 같은 어린아이도 몇 명 있었는데, 노인들의 숭배 모습을 보고 프란을 마치 영웅을 보는 듯한 눈으로 올려다보고 있었다.

"진화, 짱이에요."

"프란 님."

"머시쪄."

꼬마들은 꼬마들 나름대로 프란에게 존경하는 마음을 품고 있는 모양이다.

하지만 밝은 분위기도 거기까지였다.

"마, 마수다!"

마부의 비명이 울려 퍼졌다.

"마, 마수?"

"히이이익!"

"무, 무서워어!"

"뭐가 나온 거지⋯⋯?"

각차 안에 긴장이 흘렀다. 노인들이 낭패하는 기색을 보고 아이들도 나쁜 일이 일어났다는 것을 이해했나 보다. 겁먹은 기색으로 움츠러들었다.

그리고 전원이 매달리는 듯한 눈빛을 프란에게 보냈다.

그런 그들에게 프란이 고개를 끄덕였다.

"괜찮아. 나한테 맡겨."

"오오!"

"그럼 잠시 갔다 올게."

"응!"

"힘내세요!"

프란은 아이들의 머리를 쓰다듬고 스스로 마부석으로 이동했다.

"프, 프란 님!"

"적은?"

"저겁니다!"

마부석으로 올라가자 상당히 앞쪽에 작은 그림자가 보였다. 마부가 외쳤을 때는 더 멀었을 것이다. 용케도 저걸 봤다고 생각했는데, 사슴 계열 수인인 마부는 상당히 눈이 좋다고 한다. 그래서 이런 일에 적합한 거겠지.

더 다가가자 겨우 그 모습이 선명하게 보였다.

열 마리 정도 되는 개 형태의 몬스터였다. 크기는 셰퍼드 정도일까.

"저 정도는 돌파 못 해?"

"마, 말도 안 되는 소리 하지 마세요!"

아무리 상대가 마수 무리라고는 하나 그렇게까지 강해 보이지는 않았다.

코뿔소와 비슷한 크기를 자랑하는 듀얼 혼이라면 간단히 흩어버릴 것 같은데?

다만 좀 더 다가가서 보니 그리 간단하지는 않을 듯했다.

상대는 베놈 도그라는, 강력한 독을 가진 마수였던 것이다.

잔챙이이기는 하지만 마독아를 가지고 있다. 속도를 살려서 마독아를 한 번이라도 사냥감에게 박은 다음 어중간한 거리를 유지하면서 사냥감을 약하게 만드는 타입의 마수였다.

저 숫자를 상대하면 듀얼 혼이라도 독이 당할 위험성이 높을 것이다. 뭐, 접근하기 전에 쓰러뜨리면 되지만 말이다.

"속도는 줄이지 않아도 돼."

"괘, 괜찮으시겠습니까?"

"나한테 맡겨."

"아, 네!"

진화의 영향력은 굉장하다. 마부는 프란 같은 소녀가 하는 말에 순순히 따랐다.

『그럼 가볼까.』

"응."

프란은 나를 뽑아 마수 무리를 향해 던졌다. 이미 베놈 도그의 마석 위치는 마력 감지로 특정을 마쳤다.

염동 캐터펄트의 기세로 나는 종렬로 선 두 마리를 단숨에 꿰뚫었다. 물론 마석은 흡수를 마쳤다. 그리고 그대로 염동과 바람 마술로 도망치지 못하도록 움직임을 봉쇄한 마수들을 차례차례 꿰뚫어갔다.

마독아가 성가시다고는 하나 그것 외에는 하급에 해당하는 마수다. 내 상대는 아니었다.

마석을 흡수하면서 사체를 계속 수납해갔다. 하급 마수여서 대단한 돈은 되지 않겠지만 일단은 말이다.

"……."

"응?"

"아니요, 아무것도 아닙니다."

순식간에 사라진 마수의 사체를 보고 마부는 뭔가 말하고 싶어

했지만 결국 질문은 하지 않기로 한 모양이다.

모험가의 능력에 관해 묻는 것은 매너 위반이니까.

"……마수는 정리했어. 이것 외에는 없고."

"그런가요. 감사합니다."

주위에 이 이상 마수가 없는 것을 확인하고 나는 프란에게 돌아왔다. 나를 칼집에 꽂은 프란은 그대로 차 안으로 이동했다.

마수를 전부 격퇴했다고 알리자 노인들이 제각기 감사 인사를 했다.

"감사합니다!"

"내게 맡겨."

"생명의 은인이구먼~!"

"그 정도는 아냐."

"고마워요~."

"일이니까."

처음에는 착실하게 응대했지만, 내버려 두면 끝없이 이어질 것 같았다.

역시 프란도 어떻게 해야 좋을지 알 수 없어졌는지 다시 마부석으로 도망치기로 한 듯했다. 마수를 경계한다고 하고 각차에서 마부석으로 이동했다.

흑묘족의 대단함을 과시하는 목적은 달성했으니 이제 걱정 없을 것이다.

"하하, 엄청난 소란이네요."

"응."

마부도 소동을 듣고 있었나 보다. 쓴웃음을 짓고 있었다. 처음에 그렇게 말하고 가볍게 웃었을 뿐 말을 걸지는 않았다.

프란에게는 이 정도 거리감이 맞나 보다. 침묵에 곤란한 기색
도 없이 앞쪽을 바라본 채 각차의 진동에 몸을 맡기고 있었다.

그리고 각차가 가도를 나아간 지 네 시간.

시야 끝에 벽 같은 것이 보이기 시작했다. 도시를 둘러싼 성벽
인 듯했다.

"저거 도시야?"

"그렇습다. 이제 알젠트라판에 도착합니다."

겨우 목적지에 도착했군.

결국 마수는 한 번밖에 나타나지 않았기 때문에 프란은 마부석
에서 느긋하게 낮잠을 잤다. 가벼운 진동이 졸음을 일으킨 모양
이다.

"저 도시에 모험가 길드는 있어?"

"꽤 큽니다. 도시 입구 쪽에 있으니 바로 알 수 있을 겁다."

얼마 있다 각차는 도시 밖에 지어진 정류소에 정차했다.

마차와 공동으로 이용하는 듯했다. 이 세계의 버스 터미널 같
은 곳이겠지.

"그러면 이것으로 호위도 끝입다. 감사함다."

"응."

의뢰비는 승차 대금의 할인과 맞바꿨기 때문에 돈을 받을 일도
딱히 없었다.

특별히 번잡한 수속도 필요 없어서 각차에서 내리기만 하면 의
뢰는 끝이었다.

마부가 도착했다는 것을 알리자 각차 안에 있던 승객들이 환성

과 함께 하차하기 시작했다.

역시 네 시간은 길었나 보다.

더 긴 거리를 이동하는 경우에는 휴식도 있다고 하지만 이번에는 그것도 없었으니 말이다.

각차에서 내린 승객들은 우선 마부보다 프란에게 고개를 숙였다.

"이거 감사했습니다~."

"고마우이~"

"프란 님, 바이바이!"

"응!"

다른 승객들의 열렬한 전송을 받고 프란은 정류소를 뒤로했다.

솔직히 피곤하다. 하지만 흑묘족의 지위를 향상시키기 위해서는 앞으로도 똑같은 일을 계속해야만 할 것이다.

"스승."

『왜?』

"……피곤해."

뭐, 나도 프란도 차츰 익숙해지면 되겠지.

알젠트라판에 들어가는 것은 아주 간단했다.

상대가 수인이면 진화한 것을 단번에 알아본다. 그러자 모험가 랭크도 간단히 믿어줬다. 마지막에는 경례까지 해줬으니 말이다.

알젠트라판의 모험가 길드는 마부가 가르쳐준 대로 도시의 입구 바로 옆에 있었다.

그레이실의 모험가 길드도 상당히 컸지만, 이쪽도 만만치 않았다. 수인국의 모험가 길드는 어느 곳이나 이렇게 큰가 했는데, 우연히 우리가 들른 도시의 길드가 컸을 뿐인가 보다. 그레이실은 큰 항구 도시이고, 알젠트라판은 전갈 사자의 숲을 빠져나가는 모험가가 모이는 도시다.

『모험가의 수도 상당하네.』

"응."

안으로 들어가니 같이 세워진 술집에서는 서른 명 이상의 모험가가 술을 마시고 있었다.

일제히 시선이 날아왔다. 처음에는 품평, 이어서 프란이 진화한 것을 감지하고 손에 들고 있던 컵을 떨어뜨릴 만큼 경악했다. 수인국에서는 앞으로도 친숙해질 것 같은 흐름이다.

시비를 거는 모험가는 역시 없었다. 있었다 해도 수인 동료가 말렸을 것이다.

"어, 어서 오십시오."

접수원이 묘하게 공손한 태도로 프란을 맞이했다.

"마수를 팔고 싶어."

"그렇군요. 그러면 길드 카드를 제시해주십시오."

"응. 랭크 C 모험가 프란."

"여, 역시……!"

길드의 접수원답게 프란의 정체를 눈치챈 듯했다. 카드를 응시하는 얼굴은 방금 이상으로 얌전한 표정을 하고 있었다.

"……."

"왜 그래?"

"시, 실례했습니다. 마수의 소재 매입이로군요. 그쪽의 매입 카운터에 놓아주십시오. 마수의 소재는 가지고 계시나요?"

"응. 좀 많아."

"아이템 자루를 가지고 계시는군요. 그러면 이쪽에 부탁드립니다."

접수원이 가리킨 것은 접수 카운터와 주점 사이에 있는 넓은 공간이다.

"여기다 하면 돼?"

"네."

접수원은 고개를 끄덕였지만 술을 마시는 모험가들 바로 옆인데? 거기에 피 냄새 나는 마수의 사체를 늘어놓아도 되는 건가?

하지만 프란은 지시받은 대로 베놈 도그의 사체를 꺼냈다.

해체는 하지 않았다. 이번에는 그럴 틈이 없었기 때문이다.

그것을 본 모험가들에게서 신음 소리가 나왔지만, 거기에 부정의 빛은 없었다. 이곳의 모험가들에게는 익숙한 광경인가 보다.

오히려 베놈 도그를 보고 감탄하고 있는 듯했다.

어째서지? 어차피 위협도 F 마수이고, 열 마리 정도라면 그렇게까지 난이도가 높은 상대는 아니잖아?

하지만 얘기를 들어보니 그렇지도 않았던 모양이다.

"베놈 도그로군요. 게다가 이 숫자. 무리였습니까?"

"응."

"네에, 역시 대단하시군요."

베놈 도그는 하급이라고는 하나 마독아를 가지고 있기 때문에 하급 모험가들에게는 벅찬 상대라고 한다. 게다가 열 마리가 넘게 되면 상당히 위험한 상대다.

무리의 위협도는 E 상당. 즉, 혼자서 처리하려면 랭크 D 이상의 모험가가 아니고는 어렵다고 한다.

더욱이 사체를 보면 어떤 개체든 일격에 쓰러뜨렸다. 재빠른 베놈 도그를 이만큼 깨끗하게 쓰러뜨리려면 일정 이상의 실력이 필요한 것이다.

재빠른 모험가들은 베놈 도그의 사체나 차원 수납을 쓴 모습을 보고 프란이 가진 실력의 일부를 파악했을 것이다.

"고기는 먹을 수 있어?"

"독이 있어서 무리입니다. 독약의 원료가 되므로 전체가 매입 대상이 됩니다."

매입액은 해체비나 마석이 없는 점을 빼고 한 마리당 5천 골드로, 전부 해서 5만 골드였다. 위협도 E로서는 그럭저럭 괜찮은 액수일 것이다.

앞으로 필요할 숙박비나 식비 정도는 되려나.

"받으십시오."

"고마워. 그리고 묻고 싶은 게 있어."

"뭔가요?"

"왕도로 가는 법을 알고 싶어."

"알겠습니다. 잠시 기다려주세요."

접수원 누님이 이 주변 지도 같은 물건을 꺼내 보여줬다.

그레이실의 각차 조합에서 봤던 것보다 상당히 상세하게 그려져 있었다.

"우선은 루트 말인데요, 이곳을 봐주세요."

접수원이 전갈 사자의 숲을 가리켰다. 그 장소를 보니 이 도시에서 조금 남하한 주변에서 크게 좁아져 있는 것을 알 수 있었다.

"이 장소를 보면 아시겠습니다만, 전갈 사자의 숲이 상당히 좁아집니다. 여기라면 아마 하루 만에 빠져나갈 수 있을 겁니다. 모험가 사이에서는 샛길이라고 불리고 있지요."

"만티코어가 나온다고 들었어. 만날 확률은?"

"백 조에 한 조 정도입니다."

전갈 사자──즉 만티코어의 이름을 딴 것 치고는 만날 확률이 낮군.

더 우글거릴 줄 알았다.

"그 정도야?"

"모험가는 좋은 사냥감이라고 말하기 어려우니까요."

만티코어보다 약한 모험가라면 알맞은 사냥감이지만, 강한 모험가와 만나면 반대로 호된 반격을 받는 경우도 있다. 그 부담을 생각하면 얌전히 다른 마수를 잡아먹는 쪽이 안전하겠지.

늙고 강한 개체이면 개체일수록 그 사실을 이해하고 있기 때문에 숲 안쪽에서 나오지 않는 것이다.

반대로 샛길에 출몰하는 것은 경험이 얕은 젊은 개체나 다른 만티코어에게 영역을 빼앗긴 약한 만티코어가 많은 듯했다.

"샛길 앞까지는 길이 있으니까 헤맬 일은 없을 겁니다."

전갈 사자의 숲을 빠져나간 앞에는 로즈라쿤이라는 도시가 있다고 한다. 지금 있는 알젠트라판과 마찬가지로 샛길을 이용하는 모험가가 모이는 큰 도시다.

"그리고 프란 님이라면 혼자서도 문제없다고 생각합니다만, 저쪽에서 파티 멤버를 모집하고 있습니다."

"멤버 모집?"

"네. 실력이 부족하더라도 숫자가 많으면 위험도는 줄어드니까요."

상대가 강해도 다 같이 싸울 수 있고, 대적할 수 없는 강력한 상대를 만난 경우에도 다른 자가 희생되는 사이에 도망칠 가능성이 올라간다.

혼자나 적은 인원으로 활동하는 모험가들은 도시에서 임시 파티를 맺는 것이 당연하다고 했다.

우리에게는 필요 없지만 말이다. 아니, 분명 거치적거릴 것이다.

"여, 안녕."

"응? 안녕?"

"전갈 사자의 숲을 빠져나갈 생각이지? 혹시 괜찮다면 우리 파티에서 동행해주지 않겠어? 이래 봬도 랭크 E 파티야. 거치적거리지는 않을 거다."

길드를 나서려 했던 프란에게 말을 걸어온 것은 그럭저럭 잘생긴 인간 모험가였다.

그렇다 해도 살짝 수상쩍다. 수인도 아니고, 랭크 E 정도 모험가가 프란의 실력을 파악하는 경우가 있을까?

"왜 나한테 말을 걸었어?"

"그야 모두가 주목하고 있고, 아까 랭크 C라고 말하는 게 들렸으니까."

"그걸 믿어?"

"으음. 수인은 인간보다 스테이터스가 우수하고 전투력이 높은 사람도 많거든. 요전에도 엄청 강한 수인 여자아이를 만났어. 그래서 너만한 나이라 해도 강할 가능성은 있다고 생각하는데?"

"그렇구나."

의심해서 미안하군. 평범하게 프란과 동행하고 싶을 뿐이었던 모양이다. 다만 출발이 모레라고 해서 이번에는 거절하기로 했다.

아무리 그래도 이틀이나 낭비하고 싶지는 않기 때문이다.

그리고 우리는 울시를 타고 숲 위를 통과할 수 있을 것이다. 앞일을 생각하면 마력을 지나치게 쓰기는 그러니 되도록 걸어서 가고 싶지만.

뭐, 최후의 수단이다. 그때 동행인은 방해만 될 뿐이다.

『그럼 가볼까.』

"응."

우리는 누님에게 인사하고 길드를 나섰다.

『아직 아침이니 이대로 샛길로 향하자.』

"만티코어가 나올까?"

『기대하는 눈빛으로 말하지 마. 플래그가 서잖아!』

"기대돼."

플래그란 정말 무섭도록 성가신 것이다.

때로는 평범남과 학교 마돈나의 말도 안 되는 사랑을 연출하고, 때로는 딸의 사진을 소중히 여기는 자상한 가장인 병사를 어이없는 죽음으로 내몰기도 하며, 때로는 99퍼센트 손에 들어온 승리를 "다 됐나?"라는 한마디로 소용없게 만든다.

무슨 말을 하고 싶냐면──.

"크르오오오오오오오!"

『만티코어와 마주칠 확률은 백 분의 일 아니었냐고!』

"응, 운 좋네."

샛길을 이용해 숲을 빠져나가려 했던 우리의 눈앞에는 몸높이가 5미터에 가깝고 전갈 꼬리가 달린 거대한 사자가 앞길을 가로막고 있었다.

이름 : 만티코어

종족 : 마사자

Lv : 31

생명 : 399/819 마력 : 81/196 완력 : 201 민첩 : 350

스킬 : 발바닥 감각 1, 예민 후각 6, 은밀 : 4, 화염 한숨 6, 경계 4, 경화 8, 강력 5, 충격 내성 6, 상태 이상 내성 6, 생명 탐지 4, 조투술 7, 조투기 7, 흙 마술 5, 독 분사 6, 미격(尾擊) 9, 불 마술 4, 물리 장벽 7, 포효 5, 암시, 기력 조작, 체모 강화, 체모 경화, 마독아

설명 : 높은 방어력을 가지고 전갈 꼬리가 달린 사자의 모습을 한 마수. 그 방어력은 위협도 C 마수에 걸맞다. 다만 공격력은 같은 위협도의 마수 중에서는 하위에 해당한다. 독 꼬리만 조심하면 비교적 싸우기 쉽다. 단, 무리를 짓는 습성이 있으니 주의할 것. 위협도 C. 마석 위치는 심장부.

과거에 싸운 위협도 C 마수와 비교하면 스테이터스는 약간 낮나? 그러나 설명에도 적혀 있는 대로 생명력이 높은 데다 경화 8, 충격 내성 6, 상태 이상 내성 6, 물리 장벽 7, 체모 강화, 체모 경화 등 수비 계열 스킬이 갖춰져 있다.

마독아에 강력도 있으니 우습게 봐서는 안 될 상대일 것이다. 적어도 스테이터스만 보고 약하다고 말할 수는 없었다.

뭐, 만전의 상태라면.

"죽어가?"

『그 정도는 아니지만, 생명과 마력이 반 이상 줄어든 건 확실해.』

만티코어는 온몸에 깊은 상처를 입고 있었다. 오른쪽 앞발은 보기에도 깊은 상처를 입었고, 왼쪽 눈은 뭉개져서 전혀 보이지 않을 것이다. 게다가 만티코어의 생명줄이라고 할 수 있는 꼬리는 중앙에서 끊어져 독침 부분이 없었다.

동족과 영역 다툼이라도 벌였다 패한 걸까? 확실히 샛길에 출몰하는 만티코어는 젊은 개체나 동족에게 져서 도망쳐온 개체가 대부분이었을 터다.

이 만티코어가 그야말로 그럴 것이다.

"음."

"크르르르."

프란의 힘을 감지했는지 어딘가 엉거주춤한 태도다. 하지만 다리의 부상 때문에 도망치지 못하고 전투태세를 취했다.

『그럼 마석과 경험치를 벌어볼까.』

"응!"

『울시는 주위를 경계해. 이 만티코어와 싸운 개체가 근처에 있을지도 몰라.』

"웡!"

『프란, 가자!』

"응! 각성!"

이번에는 내가 공격 담당이다. 물리적인 방어력이 높은 만티코어에게는 마술로 밀어붙이는 전술이 유효하다고 판단했기 때문이다.

"크르아아아아아아아아!"

"훗."

방어 담당인 프란은 감지 계열 스킬과 높은 민첩으로 공격을 피하면서 완전 장벽과 검왕술로 만티코어의 공격을 받아넘겼다. 물론 공격 담당이라고는 하나, 나 역시 도망치기 위한 전이는 언제든지 쓸 수 있도록 준비 중이다.

그런 다음 나는 마술을 날려 만티코어를 공격해갔다.

『선더 볼트! 선더 볼트!』

"캬오오오오오오!"

뇌명 마술의 장점은 움직임을 둔하게 만드는 효과가 높은 것이다. 적이 대미지를 입으면서 움직임도 느려지면 프란이 공격을 피하기가 더욱 쉬워진다.

"응! 통하고 있어!"

『좋아, 이대로 해치우자.』

나는 뇌명 마술 몇 발을 연속으로 날렸다.

아마 시작하자마자 칸나카무이——아니, 토르 해머를 날린다 해도 이길 수 있을지도 모른다. 하지만 위력이 지나치게 세면 마석까지 파괴될 가능성이 있다.

이대로 중간 위력의 술법으로 밀어붙인다!

『라이트닝 블래스트! 라이트닝 블래스트!』

뭐, 중간 위력이라 해도 비교하는 대상이 칸나카무이나 토르 해머다. 위협도 C 마수에게 대미지를 주고 있는 시점에서 위력이 높다고 할 수 있을지도 모른다.

그대로 네 발째 라이트닝 블래스트를 명중시켰을 때 만티코어의 움직임이 완전히 멈췄다. 생명력이 다한 것이다.

"······해치웠어?"

『프란! 프란!』

"응?"

이야, 이번에는 괜찮았네요. 만티코어 씨는 완전히 돌아가셨어요.

『오랜만에 얻은 거물이다아!』

나는 만티코어의 사체로 돌진해 마석을 흡수했다.

흘러들어 오는 마석이 내 기분을 들뜨게 했다.

아아, 강력한 마수의 마석을 흡수하니까 기분 좋네! 마석치도 상상 이상으로 많아서 2백이나 입수했고, 한 마리 정도라면 더 싸워도 괜찮겠는데?

그렇게 생각했지만 다른 만티코어의 기척은 느껴지지 않았다. 그렇게 간단히 마주치는 상대가 아니라는 뜻인가 보다.

"크릉!"

"뭔가 와······!"

『마력이 상당히 강해!』

하지만 만티코어의 기척은 없어도 다른 기척이 이쪽으로 향하고 있었다. 상당한 속도다. 그 마력의 크기는 만티코어에게 뒤지지 않았다.

게다가 그 뒤를 한 마리가 더 따르고 있었다. 아마 동료겠지. 마수라면 한 쌍일지도 모른다.

『여차하면 전이로 도망치자.』

"응."

"윙!"

방심하지 않고 나를 쥔 채 정체 모를 기척을 기다리는 프란. 하지만 나타난 기척의 주인은 우리의 상상을 뛰어넘는 상대였다.

"아! 내 사냥감이!"

덤불 저편에서 뛰쳐나온 것은 프란보다 몇 살 위로 보이는 소녀였던 것이다.

미소녀로군. 음, 미소녀다.

중요한 것은 두 번 말해야 하기 때문에 두 번 말했다.

머리는 가볍게 컬이 들어가고 아주 짧다. 가로로 살짝 짧고 세로로 두꺼운 눈썹은 멀리서 보면 그린 눈썹처럼 보이기도 했다. 살짝 넓은 이마도 소녀의 스포티한 매력을 끌어올리고 있었다. 게다가 백발에 귀도 흰색이다. 그뿐만 아니라 피부도 눈처럼 희다.

그렇게 하얗기만 한 얼굴의 부분 중에서 새빨간 눈만이 강렬한 존재감을 내뿜고 있었다. 그저 크고 빨갛기만 하지는 않았다. 그 눈동자에는 소녀의 오기가 그대로 깃들어 있는 듯했다. 그 억센 기운이 내 눈길을 끌었다.

하지만 몸에 걸치고 있는 장비는 새하얀 소녀와는 반대로 전부 다 검정으로 통일되어 있었다.

광택 있는 흑철을 바탕으로 한 금 장비를 입어서 고귀함과 위압감 양쪽을 갖추고 있었다.

이런 아이가 장비하기에는 지나치다는 느낌도 들지만, 소녀에게는 신기하게도 잘 어울렸다.

종족은 알 수 없다. 감정하지 않은 건 아니다. 이 상황에서 사양할 이유가 없다. 하지만 감정할 수 없었다. 본인의 스킬인지 아이템의 효과인지는 알 수 없었지만, 내 천안마저 튕겨내는 강력한 감정 차단으로 몸을 지키고 있는 듯했다.

뭐, 나도 이 세계에 와서 나름대로 수인을 봐왔으니 고양이 계통의 수인이라는 건 안다. 아마 백묘족일 것이다.

『프란, 상대는 감정 차단을 가지고 있어. 다만 보기에 백묘족 같아.』

'백묘족은 존재하지 않아.'

『뭐? 진짜?』

'응. 같은 고양이 계통이라면 잘 알아.'

『그, 그렇구나.』

백묘족이 아니었습니다!

그렇다면 뭐지? 고양이가 아니야? 하지만 저 귀와 꼬리는 확실히 고양이 같은데⋯⋯. 아니면 백표나 백호 같은 종족인가?

'하지만 진화한 건 알겠어.'

『진짜야?』

'응. 종족까지는 몰라⋯⋯. 이상하게도 무슨 족인지 모르겠어.'

감정 차단뿐만 아니라 종족을 숨기는 능력이 있는 건가?

내가 고민하고 있는데 소녀가 성큼성큼 걸어왔다.

무시무시한 적의가 느껴지지만 살의는 아니었다. 그래서 일단 상황을 지켜보기로 했다. 다만 그 이상은 접근시키지 않았지만.

"거기서 멈춰."

"크릉!"

"⋯⋯나도 알아."

소녀는 놀랄 만큼 순순히 프란이 말한 장소에서 멈췄다. 저쪽도 이쪽의 간격에 들어올 생각은 없었다는 뜻인가.

그것으로 알았다. 이 소녀, 상당한 실력자다. 프란의 힘을 한눈에 간파하고 자신의 안전을 확보할 수 있는 거리를 순식간에 확인했다.

그 소녀는 프란을 보고 눈을 크게 뜨고 있었다.

이쪽의 정체를 간파했기 때문인지, 아니면 단순히 진화한 흑묘족을 봤기 때문인지는 반응만으로는 판별할 수 없었다.

그럼 누구인지 알아볼까?

다만 물어보는 건 잠시 기다리자. 상대는 소녀뿐만이 아니었기 때문이다.

"다가오는 건 그쪽 동료야?"

"으음. 그렇다."

소녀가 고개를 끄덕인 순간, 그 뒤의 덤불에서 새로운 인영이 모습을 드러냈다.

"아가씨. 너무 빠르세요."

그 인물을 본 순간, 나는 정수리를 관통하는 듯한 충격을 받았다. 솔직히 말해서 요전에 리바이어던과 만났을 때에 필적했다.

나는 무심코 중얼거리지 않을 수 없었다.

『메이드……라고?』

그렇다. 덤불을 헤치고 나타난 것은 틀림없이 메이드였다.

어어? 어째서 이런 곳에 메이드가? 위협도 C의 마수가 나타나는 위험한 마경인데? 자리에 어울리지 않는 데도 정도가 있지!

내가 놀란 이유는 그것뿐만이 아니다. 나 역시 단순한 메이드라면 이렇게까지 놀라지 않는다. 이쪽 세계로 전생하고 나서 메이드를 수도 없이 만났으니 말이다. 물론 진짜 메이드다.

하지만 지금 내 눈앞에 있는 메이드는 그녀들과는 확연히 달랐다.

진짜 직업 메이드가 입는 기능 우선의 수수한 의상과는 달리 프릴과 레이스가 달린 고스로리 취향이 들어간 메이드복을 걸치고 있었던 것이다.

기능미보다 귀여움 우선? 그런 느낌이다.

그래도 만화에 등장하는 야하고 화려한 메이드복보다는 상당히 얌전하지만 말이다.

남색과 흰색을 기조로 하고 곳곳에 프릴 등을 단 에이프런 드레스 타입의 메이드복이다. 아래는 롱스커트인데, 그것이 또 청초함을 느끼게 하여 흥분되게 만든다. 나는 이 정도가 좋단 말이지!

그런 메이드복을 착용한 것은 차가운 눈을 한 늘씬한 여성이었다. 루팡 3세의 후지코 체형이로군. 밤색 긴 머리를 등에서 굵게 세 가닥으로 땋았고, 긴 앞머리는 이마에서 가르마를 탔다.

코에 놓인 도수 높은 안경은 살짝 밑으로 내려와서, 정면에서 보면 눈보다 아래쪽에 쓴 것처럼도 보였다. 둥근 안경도 내게는 포인트가 높다.

짐승 귀는——있었다. 차양 때문에 보기 어렵지만 말의 귀와 비슷한 길쭉하고 검은 귀다. 머리카락에 동화되듯이 뒤로 바짝 눕혀져 있었다. 얼핏 보면 검은 머리 장식처럼도 보였다.

이쪽 여성에게는 감정이 통하는군.

이름 : 쿠이나 나이 : 29세

종족 : 수인 · 회모족(灰獏族) · 몽환모(夢幻獏)

직업 : 달인 하녀

Lv : 49/99

생명 : 539 마력 : 651 완력 : 297 민첩 : 312

스킬 : 암살 7, 은밀 8, 회복 마술 10, 궁정 작법 6, 기척 감지 4, 기척 차단 8,
　　　환영 마술 10, 환상 마술 2, 구속 6, 재봉 7, 살의 감지 8, 소음(消音)
　　　행동 7, 정화 마술 4, 상태 이상 내성 6, 신문 7, 정신 이상 내성 8,
　　　세탁 8, 청소 10, 치유 마술 4, 투극기 8, 투극술 9, 독 지식 8, 독물
　　　감지 8, 마술 내성 4, 마력 감지 6, 마력 흡수 6, 물 마술 5, 요리 8,
　　　연금 4, 통각 차단, 부동심, 마력 제어

고유 스킬 : 각성, 몽환진, 메이드의 소양

칭호 : 암살자 살해자, 회복술사, 환영술사, 지옥을 극복한 자, 청소왕,
　　　로열 메이드

장비 : 신견(神絹)의 하녀복, 신견의 장갑, 마도의 반지, 환술 봉인의 팔찌

상당히 강했다. 애초에 진화를 했고, 스킬은 전투직도 맡을 수
있을 만큼 충실했다. 아니, 암살자 같다고 해야 하나? 이런데 메
이드라니…….

모험가로 말하자면 랭크 B 클래스. 아니, 각성의 파워업에 따
라서는 랭크 A라도 이상하지 않았다.

"아가씨, 혼자서 먼저 가지 말라고 몇 번이나 말씀드렸잖아요."

"미안하다, 쿠이나. 도망친 사냥감을 쫓다가 그만."

"그래서 이분은 누구신가요?"

메이드──쿠이나가 여전히 차가운 눈으로 프란을 바라봤다. 영리하다기보다는 졸려 보이고 갈피를 잡을 수 없는 눈빛이다. 프란과 비슷하지만 타인에 대한 흥미가 더욱 없어 보였다.

실제로 프란을 봐도 전혀 놀란 기색이 없었다. 이렇게까지 반응이 없는 수인은 진화하고 나서 처음 만나는 거 아닐까? 혹시 프란이 진화한 것을 알아차리지 못했나?

"솔직히 너무 놀라서 쓰러질 것 같습니다만."

"으음. 네가 이렇게 놀라는 건 처음 봤다!"

딱히 프란에게 흥미가 없는 건 아니었던 모양이다. 단순히 감정이 표정으로 드러나지 않을 뿐이었다. 그런 쿠이나의 감정을 제대로 분간하는 소녀도 대단하군.

소녀가 프란을 쏘아보며 입을 열었다.

"너, 이름을 대라!"

거만하군.

하지만 남에게 이름을 물을 때는 우선 자신부터 이름을 밝히는 게 예의잖아! 프란에게 그렇게 말하게 하려고 하는데──.

"아니, 우선 나부터 이름을 대지! 메아라고 부르면 된다!"

"저는 쿠이나라고 합니다."

메아가 허리에 양손을 대고 여전히 거만하게, 쿠이나는 그 옆에서 아름답게 허리를 굽히고 머리를 숙이면서 이름을 밝혔다.

음, 상태가 이상한 녀석들이군. 뭐, 악인은 아닌가?

"나는 랭크 C 모험가 프란. 이쪽은 울시."

"웡!"

"프란…… 역시 그런가. 흑뢰희지?"

"응."

흑뢰희라는 이명까지 알고 있었나. 모험가인가? 하지만 메이드를 데리고 다니는 모험가? 그렇다면 상인인가? 그런 것 치고는 지나치게 강한 것 같다. 그리고 말하기는 좀 그렇지만 살짝 바보 같다. 도저히 상인으로는 보이지 않았다.

"설마 이런 형태로 만나 뵙게 될 줄은 생각도 못 했네요. 되도록 온건한 형태로 만나 뵙고 싶었는데요."

"핫! 그랬지! 너! 잘도 내 사냥감을 가로챘겠다!"

"사냥감?"

"이 만티코어다! 맛있는 부분만 낚아채고!"

메아가 뇌명 마술에 탄 만티코어의 사체를 휙 가리켰다.

그리고 분노의 소리를 질렀다. 아무래도 이 만티코어는 영역 다툼에서 진 게 아니라 메아 일행에게 쓰러질 뻔하다 도망친 건가 보다.

그렇게 생각하면 빈사 상태였던 것도 이해할 수 있다.

다른 모험가라면 가로채기 위한 거짓말이라 생각하기도 하겠지만, 메아와 쿠이나라면 만티코어를 상대로도 문제없이 이길 수 있을 것이다.

놓친 메아 일행이 잘못했다. 그건 확실하다. 하지만 맛있는 부분만 가로챈 건 확실하고, 가로챘다고 지적하면 그런 기분도 든다. 아마 우리가 같은 상황에 처하면 불평 한마디 정도는 하고 싶어질 것이다.

『되도록이면 다투고 싶지 않은데…… 어떻게 할래?』

'응? 만티코어를 주는 건 어때?'

『괜찮겠어?』

'딱히 상관없어.'

뭐, 메아 일행과의 싸움을 피할 수 있다면 소재를 양보하는 정도는 싸게 먹힐 것이다.

다만 마석은 내가 흡수했지만 말이다. 우리는 마석을 판 적은 없지만, 평범한 모험가라면 크게 작용할 터다. 그것이 없는 상태로 납득해줄까?

"그럼 만티코어의 소재는 양보할게."

프란이 그렇게 말했지만 메아의 불쾌한 표정은 전혀 바뀌지 않았다.

"그런 건 딱히 필요 없다!"

"아가씨. 필요합니다. 슬슬 여비가 줄어들고 있어서요."

소리친 메아에게 쿠이나가 냉정하게 지적했다.

"그럼 받아도 좋다! 하지만 소재는 어차피 덤이다! 중요한 건 만티코어를 쓰러뜨리면 얻을 수 있는 힘이야! 조금만 더 있으면 내 레벨이 오를 참이었단 말이다!"

아아, 그렇군. 한창 레벨링 중이었던 건가. 만약 메아가 쿠이나 수준의 실력자라면 레벨을 올리는 데 만티코어 수준의 상대가 필요할 것이다. 적어도 그런저런 잔챙이를 쓰러뜨려도 대단한 경험치는 얻지 못하겠지.

다만 그런 말을 해봐야 이미 어쩔 방법이 없다.

그리고 우리는 부정이나 범죄 행위를 저지른 것도 아니다.

"놓친 그쪽이 나빠."

"크으음."

프란의 정론에 메아가 입을 다물고 신음했다. 찍소리도 못한다는 건 이런 것이다.

"아가씨, 흑뢰희님의 말씀대로입니다."

"으으."

그러나 자신의 과실을 이해한다 해도 납득은 할 수 없나 보다. 원망스러운 듯이 만티코어의 시체를 보고 있다.

그리고 다시 외쳤다.

"……모의전으로 붙자. 그러면 이번 일은 넘어가 주지!"

역시 거만하다.

다만 이 애의 으스대는 모습은 그렇게 싫지 않다. 미소녀라서? 하지만 프란도 그럭저럭 받아들이는 느낌이다. 적어도 다른 귀족이 같은 태도를 보였을 때 품은 혐오감은 조금도 보이지 않았다.

역시 귀여움이 앞서서 그런가? 혹은 으스대는 모습이 지극히 자연스러워서일지도 모른다. "네이" 하고 엎드릴 듯한 위엄 같은 것은 전혀 느껴지지 않고 "할 수 없지~" 하고 웃어넘길 수 있는 느낌이었다.

"호오?"

메아의 제안을 들은 프란이 나만 아는 웃음을 띠었다.

"아가씨, 갑자기 그거인가요?"

"만티코어를 놓쳤어! 적어도 그 정도는 돌려받아야지! 소문의 흑뢰희와 모의전이라면 충분해. 어떤가, 흑뢰희?"

프란의 대답은 들을 것도 없이 알고 있다. 그야 눈이 완전히 배틀 모드이니까! 당장이라도 "오냐, 두근거림이 멈추지 않는구나!"라고 말할 듯한 얼굴을 하고 있었다.

"알았어."

"으음! 그러면 장소를 옮기지. 아무리 그래도 여기서는 할 수 없으니까."

"응!"

뭐, 메아도 쿠이나도 거짓말을 하고 있지 않고, 살기도 없다. 정말로 모의전을 하고 싶을 뿐인 듯했다.

여기서는 어울려주도록 하자.

"어디로 가?"

"일단 숲을 빠져나간다!"

"숲을 나가면 잔챙이밖에 없는 평원이 나오거든요."

랭크 C 마경이라고는 하나 만티코어가 나오는 것 외에는 난도가 높은 장소가 아니다.

아니, 평범한 모험가의 입장에서 보면 충분히 위험한 곳이겠지만, 지금의 우리는 전력이 이만저만 넘쳐나는 게 아니다.

마수가 나오면 프란과 메아가 경쟁하듯이 달려들어 해치웠다. 마수가 가엾어 보이는 광경이다.

만티코어가 나와도 가뿐히 이길지도 모른다.

도중에 쓰러뜨린 마수의 소재는 마석만 받고 나머지는 전부 양보하는 것으로 교섭이 성립됐다. 잔챙이에 관해서는 돈이 되면 어느 쪽이든 상관없는 모양이다.

참고로 아까 쓰러뜨린 만티코어의 사체는 쿠이나가 아이템 주머니에 넣었다. 특수한 타입인지 입구가 작아도 빨아들이는 듯한 형태로 커다란 물건을 넣는다고 한다.

프란과 메아는 좋아하는 요리에 대한 이야기 등 시시한 잡담을 하면서 걷고 있었다.

"카레? 그건 어떤——."

"궁극의 요리——."

"팬케이크? 흐음——."

"추천하는 건 돈가스 덮밥과——."

쿠이나는 말없이 뒤를 따라올 뿐이었다.

아까는 납작 누워 있던 귀가 지금은 주위를 살피듯이 움직이고 있었다. 역시 표정으로는 감정을 읽을 수 없지만 말이다.

2시간 후.

프란 일행은 전혀 붙잡히는 일 없이 쉽게 전갈 사자의 숲을 빠져나왔다.

쿠이나가 말한 대로 숲 앞에는 넓은 평원이 펼쳐져 있었다.

"그러면 바로 모의전이다!"

"웅!"

모의전이 어지간히 기대됐는지 숲을 빠져나간 두 사람은 들뜬 표정으로 즉시 마주 섰다.

하지만 쿠이나가 메아의 머리를 덥석 움켜쥐며 제지했다.

"기다리세요."

"뭐야, 쿠이나!"

이건 불경이랄까, 사용인이 주인에 대한 행동이 아닌데? 하지만 메아는 전혀 화가 난 기색도 없이 자신의 뒤통수를 움켜쥔 등 뒤의 쿠이나에게 되물었다. 익숙해 보인다. 이상한 주종관계다.

"이런 가도 부근에서 여러분이 모의전을 하면 다른 여행자에게 폐가 됩니다. 평원 안쪽으로 좀 더 이동합시다."

들고 보니 확실히 검만으로 싸우는 모의전으로 끝날 것 같지 않고, 요란하게 맞붙으면 가도에 피해가 생길지도 모른다.

"음, 그것도 그렇군! 이동하자, 프란이여!"

"알았어."

"그러면 이쪽으로 오세요."

쿠이나에게 이끌린 프란과 메아는 10분 정도 더 이동했다.

지금 있는 곳은 주위에 아무것도 없는 광대한 들판이다. 이곳이라면 마음껏 붙을 수 있을 것이다.

"그러면 모의전을 시작하겠습니다만, 목숨을 빼앗는 일까지는 없도록 하십시오. 그리고 각성은 쓰지 않겠습니다."

"알고 있어!"

"응!"

당연하지만 메아도 각성할 수 있는 듯했다. 그만한 힘을 자랑하는 수인이니 예상은 했지만 말이다.

"빈사 상태 정도라면 제 마술로 고칠 수 있으니, 조금은 실력을 발휘해도 상관없습니다만."

"후후후, 팔이 근질거리는구나!"

"나야말로."

"그런데 그 늑대는 어떻게 할 거지? 같이 싸울 건가? 나는 상관없는데."

"2대1이 되는데?"

"괜찮다!"

고개를 갸웃거리는 프란에게 메아는 대담하게 웃었다.

그리고 천천히 등에 멘 장검을 뽑았다.

노랗게 빛나는 황금색 날밑에 레드와인색 천을 두른 자루는 화려함과 고귀함을 겸비하고 있었다. 둔탁하게 빛나는 은색 칼날에서는 동시에 위태로움도 느껴졌다.

하지만 가장 화려하고 눈에 띄는 부분은 그 도신에 떠 있던 진홍색 용의 조각일 것이다. 마치 자루에서 칼끝을 향해 승천하는 듯한 붉은 드래곤이 그 은색 도신에 그려져 있는 것이다.

겉모습만 화려한 것은 아니었다.

오는 도중에도 신경 쓰였는데, 상당히 고위 마검일 것이다.

"후하하하── 나와라, 린드!"

소녀는 검을 하늘로 치켜들고 외쳤다.

『우왓! 무시무시한 마력이……!』

메아의 부름에 호응하듯이 그 안에서 마력이 솟아나오는 것을 알 수 있었다.

검에서 붉은 그림자가 떠올랐다.

그것은 용이었다.

도신에 그려진 붉은 용이 검에서 빠져나와 나타났나 싶을 만한 광경이었다.

아니, 그건 어떤 의미에서 정확할 것이다. 장검의 붉은 용은 그대로지만, 정말로 메아의 앞에 붉은 용이 소환됐다.

"큐오오오!"

"귀여워."

작기는 하지만. 몸길이 1미터 정도? 용은 용이라도 새끼 용이다.

"그건 마수 무기야?"

"으하하하! 굉장하지?! 용검 린드다!"

메아의 감정 차단은 검에는 미치지 않는지 검과 용을 감정할 수 있었다.

이름 : 용검 린드

공격력 : 963 보유 마력 : 669 내구도 : 887

마력 전도율 · B+

스킬 : 화염 내성, 자동 수복, 용혼 소환

가, 강해! 공격력도 앞서고! 게다가 용이 깃든 마수 무기?

신검에는 미치지 못하지만 일급품 마검인 건 확실해.

하, 하지만 나 역시 지지 않아! 나, 나한테는 스킬이 있으니까!

뭐, 이 검이 강한 건 인정해야 하겠지만!

요, 용 쪽은 어떻지?

이름 : 린드

종족 : 드래곤 · 용혼

생명 : 887 마력 : 669 완력 : 120 민첩 : 300

스킬 : 화염 한숨 6, 아투기 4, 아투술 5, 기척 감지 4, 재생 5, 상태 이상
    내성 5, 정신 이상 내성 5, 돌진 6, 열원 탐지 5, 비행 8, 불 마술 5,
    포효 4, 용마술 5, 비늘 강화, 화염 무효, 마력 조작

유니크 스킬 : 조염(操炎)의 이치 6

설명 : 불명

설명이 불명인 건 검에 깃든 특수한 개체이기 때문일 것이다. 그보다 기초 능력이 상당히 높다. 울시에게는 뒤지지만 위협도 D 이상은 확실하겠지. 게다가 유니크 스킬까지 가지고 있다.

조염의 이치라……. 주위의 불꽃을 조종하는 스킬인 모양이다. 조종이라고 상당히 뭉뚱그려 표현하기는 했지만, 그것만으로도 다양한 일을 할 수 있다는 뜻일 것이다.

"그 늑대의 상대는 이 린드가 한다!"

"알았어. 울시, 지면 안 돼."

"웡!"

울시가 자신만만하게 고개를 끄덕이는 모습을 보고 메아도 작은 용에게 기합을 불어넣었다.

"무슨 소리를! 알았냐, 린드! 용의 긍지를 보여줘라!"

"큐오오오!"

저쪽 콤비도 의욕이 가득한가 보다.

"그러면 모의전을 시작하죠. 승패에 상관없이 원한은 남기지 않도록 합니다."

"당연하다."

"당연해."

두 사람이 동시에 고개를 끄덕였고, 쿠이나의 신호에 따라 모의전이 시작됐다.

다만 첫 동작은 조용했다.

"……."

"……."

서로 검을 쥐고 빤히 마주 노려봤다.

양쪽 모두 조금씩 움직이면서 상대를 견제하였다. 안목 있는 사람이 보면 고도의 페인트의 응수를 하고 있다는 것을 이해할 수 있을 것이다.

하지만 이대로는 끝이 없다고 생각했는지, 메아가 다짜고짜 공세를 폈다.

"하아압!"

"홋!"

소녀들의 날카로운 숨소리와 함께 검이 격렬하게 부딪치는 소리가 울려 퍼졌다.

메아의 검술은 상당한 실력이군. 프란과 정면에서 맞겨루고 있다. 다만 검왕술을 가진 프란과 호각이라고 할 수는 없어서, 차츰 프란이 공격하고 메아가 막는 횟수가 늘기 시작했다.

그래도 메아의 얼굴에 떠 있는 것은 초조한 표정이 아니라 사나운 웃음이었다.

"하하하! 엄청나군, 흑뢰희! 그야말로 전설의 종족이야."

"그쪽이야말로 나쁘지 않은 실력이야."

"분하지만 검만으로는 내 패배인 듯하군! 이제부터는 조금 본 실력을 내겠다!"

"바라는 바야!"

격렬하게 칼을 맞부딪치면서 대담하게 대화하는 프란과 메아. 전투광끼리 상당히 마음이 맞는 듯하다.

"검은 달인급. 하지만 마술은 어떻지?"

그때부터 메아가 화염 마술을 날렸지만, 프란은 장벽과 검으로 마술을 튕겨냈다.

그리고 마술도 섞은 격렬한 공격으로 응수했다.

민첩에서 앞서는 프란이 횟수 중시로, 완력에서 앞서는 메아가 일격 중시로. 서로 결정타를 노리고, 맞으면 빈사 상태에 빠져도 이상하지 않을 공격을 웃음을 띠면서 주저 없이 날렸다.

메아가 때때로 무영창으로 화염을 날렸는데, 마술인가? 아니면 수왕처럼 화염을 조종하는 능력을 가지고 있는 걸까? 하지만 적묘족이 아니잖아? 하얗기도 하고.

다만 닮았다.

외모는 닮지 않았다. 그러나 더 깊은 부분에서 닮은 느낌이 들었다. 성격이나 웃는 모습. 그리고 전투 스타일 등이.

수왕도 딸이 있다고 했을 터다.

하지만 아무리 그래도 왕녀가 메이드와 둘이서 모험가 같은 짓을 할 리는 없을 것이다. 없겠지? 그 수왕의 딸이니까 가능성이 제로로는 아닐지도 모르지만…….

과연 어떨까?

메아의 정체를 생각하면서 나는 울시의 싸움으로 눈길을 돌렸다.

"크르오오!"

"큐오오!"

이쪽은 상당히 고속 기동전이다.

범위를 넓게 활용해서 술래잡기와도 비슷한 싸움이 펼쳐지고 있었다. 그 모습을 눈으로 좇지 못하는 자가 보면 단거리 순간 이동을 반복하며 싸우고 있는 듯이 보일 것이다.

놀란 것은 린드의 속도다. 최고속에 도달한 순간뿐이기는 하지만 민첩에서 앞설 터인 울시의 속도를 능가했다.

아무래도 불을 뒤로 분출해 가속을 하고 있는 듯했다. 화염 마술의 버니어와 같은 원리일 것이다.

게다가 완전히 제어할 수 있는지 복잡한 움직임도 가능했다.

하지만 다른 부분에서는 울시가 앞섰다.

특히 회복력과 회피 성능은 차이가 현격해서, 린드는 울시에게 뾰족한 수가 없었다. 저쪽은 힘을 조절하면서도 울시가 줄기차게 밀어붙이니 내버려 둬도 괜찮을 것이다.

"음!"

"후하하하!"

프란과 메아는 줄곧 즐겁게 검을 맞부딪치고 있었다.

하지만 싸움의 균형은 이미 무너지고 있었다.

메아가 몇 군데에 상처를 입어 피를 흘리는 데 비해 프란은 찰과상 외에는 거의 멀쩡했기 때문이다.

메아는 검이든 마술이든 앞서는 프란에게 이렇다 할 방법이 없는 듯했다.

그러나 포기하는 기색은 없었다.

메아가 화염 마술을 방패로 삼아 거리를 크게 벌렸다. 뿜어지는 전의가 단숨에 커졌다. 무언가를 할 생각인 듯했다.

프란은 마술을 흩어버리고 추격할 수 있었지만 메아가 할 행동에 흥미가 있는지 굳이 따라붙지 않았다.

메아의 눈이 전투로 들떠서 번쩍번쩍 빛나고 있다. 그리고 그 목에서 마치 맹수의 울음소리 같은 소리가 새어 나왔다.

"……온다."

마력이 급격히 높아져 가는 것을 알 수 있었다. 메아에게서 나오는 마력에 의해 대기가 찌릿찌릿 떨리고 있었다.

각성인가? 아니면 스킬?

나는 전이 준비를 하면서 메아가 하려는 것에 신경을 집중시켰다.

프란은 메아와 똑같은 표정을 띠고 기대로 가슴을 두근거리고 있었다. 하지만 그 시선이 메아의 등 뒤의 아무것도 없는 공간으로 향했다.

그리고 높아진 메아의 마력은 그 직후에 흔적도 없이 사라졌다.

"으갸아아아악!"

"하여간에 이 바보 아가씨는……. 지금 그걸 할 생각이셨죠?"

"쿠, 쿠이나……."

어느새 메아의 뒤에 다가온 쿠이나가 물 마술로 생성한 대량의 물을 머리에 뿌린 것이다. 흠뻑 젖은 메아는 비명을 지르며 펄쩍 뛰었다가 얼빠진 얼굴로 쿠이나를 올려다봤다.

당연히 나는 쿠이나의 행동을 알아차리고 있었다. 아니, 진짜다.

전투 중이어도 항상 일정한 주의력을 쿠이나에게 배분하고 있었으니 말이다. 아마 환영 계열의 마술을 사용했는지, 갑자기 모습을 감췄을 때에는 참전을 경계했다. 메아가 질 것 같아지자 도움을 주려고 한다고 생각한 것이다.

하지만 쿠이나가 향한 방향이 메아 쪽이어서 일단 내버려 두기로 했다.

프란은 기척으로 알아차린 모양인데, 메아는 프란만 보느라 전혀 눈치채지 못했나 보다.

"아가씨? 진짜 싸움이라도 하실 생각이세요?"

"그, 그게, 질 것 같으니까――."

"모의전 승패에 정색해서 어쩌자는 거죠?"

"윽."

"아가씨?"

"미, 미안했다!"

결국 모의전은 거기서 끝나게 됐고, 프란은 쿠이나와 메아에게 사과를 받았다.

결판이 나기 전에 강제로 끝이 나서 프란은 아쉬운 듯했다. 그래도 어느 정도 만족은 했는지 얌전히 물러났다.

이러니저러니 해도 프란에게 기분전환도 됐고, 메아 일행과 사생결단도 피했다. 나쁘지 않은 결과다. 사생결단으로 보이는 격한 전투를 벌였는데도 불구하고 프란과 메아는 서로가 마음에 든 모양이다.

"프란이여! 소문과 다르지 않은 실력이었다!"

"메아도 강했어."

그렇게 말하고 악수를 했다.

뭐, 이쪽이 우세하기는 했지만 메아는 비기를 아직 숨기고 있는 느낌이니 프란도 이겼다고는 생각하지 않겠지.

"이봐, 프란. 혹시 괜찮다면 나와 같이 가지 않겠나? 같이 여행을 하면 언제든지 모의전을 할 수 있다고!"

"!"

"프란에게는 왔던 길을 되돌아가는 게 되겠지만……. 어때?"

설마 권유를 할 줄은 생각도 못 했다.

메아는 명백하게 사연이 있어 보인다. 외부인을 데리고 다녀도 괜찮은 건가?

아니면 내가 억측을 지나치게 했을 뿐 딱히 이유가 없을 수도 있다.

메아의 제안에 눈을 빛내는 프란이었지만, 바로 아쉬운 표정으로 고개를 저었다.

"미안. 볼일이 있어."

"으음, 그런가…….”

"메아가 같이 와줘도 되는데.”

오오, 프란이 반대로 권했어!

메아와 어지간히 헤어지고 싶지 않은가 보다.

"프란은 로즈라쿤에서 왕도로 향하는 건가?”

"응.”

"미안하다, 내게는 로즈라쿤과 왕도로 가지 않을 이유가 있다.”

이번에는 메아가 머리를 숙였다.

"이유?”

"미안하다, 말할 수 없다.”

역시 이유가 있었군.

모의전이 끝나고 5분 후.

"다음에는 내가 이길 거다~! 각오해둬라~!”

"큐이이이이이이이이이이이!”

우리는 메아와 헤어져 가장 가까운 도시로 향하려 하고 있었다. 로즈라쿤이라는 도시다.

결과적으로 길도 알았으니 메아 일행과의 모의전은 불필요하지 않았다.

메이드도 봤고.

그리고 프란에게 새로운 친구도 생겼다.

『마지막까지 활기찬 녀석들이었어.』

"응. 다음에는 내가 이길 거야."

"웡!"

울시가 자신도 잊지 말라는 양 짖자 프란이 말을 수정했다.

"우리가 이길 거야."

"웡웡!"

『그럼 더 강해져야겠네.』

"응!"

쿠이나는 방심할 수 없는 상대지만, 메아는 보는 그대로 올곧고 싸우기를 좋아할 것이다. 모의전은 프란이 판정승을 거둔 모양새였지만, 진짜 싸움이 되면 알 수 없다. 메아는 그 정도 잠재력을 숨기고 있는 것처럼 보였다.

프란에게는 처음 만난 동년배에 제대로 싸울 수 있는 상대다.

필리어스의 힐트와 사티아, 시드런의 왕녀들 등 친구라고 부를 수 있는 상대는 있다.

하지만 같은 마법 전사 타입에 이렇게까지 프란과 경합할 수 있는 또래는 없었다.

메아와의 모의전은 좋은 자극이 됐을 것이다. 뭐, 이 이상 싸움광이 되면 그건 그것대로 곤란하지만 말이다.

아직도 모의전의 흥분이 남아 있는지 프란과 울시가 살짝 격렬한 술래잡기를 하면서 평원을 나아갔다.

아아, 격렬하다 해도 공격을 날린 것은 아니다.

공중 도약이나 속도 상승 스킬을 써서 움직임이 격렬하다는 의미다.

"스승, 도시가 보여."

『오, 그래?』

상당히 큰 도시로군.

『외벽도 높으니 저게 로즈라쿤이 틀림없을 거야.』

"응."

그럼 어떤 도시일까. 프란과 울시를 만족시킬 맛있는 명물이라도 있으면 좋겠는데 말이야.

제2장 흑묘족의 영웅

로즈라쿤에 도착한 우리였지만, 도시 정문 앞이 묘하게 소란스러웠다.

아니, 큰 도시이니 약간은 소란스러울 수 있다고 생각은 하는데, 왠지 도시 밖에서 수많은 사람이 우왕좌왕하고 있는 듯했다.

더 다가가서 보니 그 대부분이 모험가인 것을 알 수 있었다. 서른 명 정도 되는 모험가가 허둥지둥 각차에 올라타려 하고 있었다.

뭔가 사건이 있었던 걸까?

프란이 다가가 모험가 중 한 사람에게 말을 걸었다.

"저기. 무슨 일 있었어?"

"어엉? 뭐야, 꼬마——어어?"

모험가가 프란을 보고 눈을 부릅떴다. 어지간히 놀랐는지 각차에 올라타기 위해 짐칸에 한쪽 다리를 걸친 상태로 굳어버렸다.

"있잖아."

"핫, 미, 미안하다…… 아니, 죄송합니다."

모험가는 처음에는 위협적인 태도로 나왔지만 바로 저자세로 굴었다. 프란이 진화한 것을 알고 실력이 위라는 것을 이해했나보다. 이런 점에서 수인은 알기 쉬워서 편하다.

"무슨 일이 일어났어?"

"그게 말이죠, 귀족의 호위입니다. 남쪽 도시로 급히 이동해야 한다나요."

"귀족 호위에 모험가? 병사는?"

요인의 호위에 이렇게까지 많은 모험가를 투입하는 건가? 미행이라도 하지 않는 한 병사나 기사를 쓰지 않나?

하지만 그러지 못할 사정이 있는 모양이다.

"기사와 병사는 국경으로 향해서 이 도시에는 남은 전력이 없습니다."

"이 도시로 올 때까지 통솔했던 병사는?"

"있기는 있지만 평원을 빠져나가기에는 그것만으로 불안하다고 해서요."

"그렇구나."

그건 그렇고 서른 명이나 데려가면 도시가 곤란하지 않을까?

"뭐, 상대가 상대이니까요."

"누군데?"

"네메아 왕녀님입니다."

뭐? 왕녀? 그건 이 나라의 왕녀라는 뜻인가?

"왕녀님이 있는 거야?"

"네. 저 사람이 왕녀님입니다."

남자가 떨어진 곳에 있는 마차를 가리켰다.

어? 왕녀님이 있는 건가? 모험가가 가리킨 쪽을 보니 확실히 자리에 어울리지 않는 드레스를 입은 소녀가 정문 앞에 서 있었다. 그렇군, 확실히 왕녀님 같아.

"그래서 길드 마스터가 바짝 긴장해서요."

우리 길드는 이렇게 병력을 동원할 수 있다고 어필해 왕족에게 장점을 보이려 했다는 뜻일 것이다.

수왕에게는 신세를 졌으니 인사를 하는 편이 나으려나? 다만 호위인 남성들이 눈을 부라리고 있어서 가볍게 다가갈 분위기는 아니었다.

'어떡해?'

『일단 가까이 가보자.』

'응.'

일단 왕녀님에게 다가가 봤는데, 뭔가 위화감이 있었다. 이렇게, 찌릿찌릿한 감각이 있었다. 이건 울무토에서 상대가 강제 친화 스킬을 썼을 때와 비슷하군. 혹시 뭔가 스킬을 썼나? 왕녀님의 호위가 감정이라도 썼나? 하지만 그 위화감은 계속 이어졌다.

『프란, 좀 떨어져.』

'알았어.'

20미터 정도 떨어지자 위화감이 사라졌다. 그 자리에서 마력 감지를 써보자 위화감의 정체를 알 수 있었다. 아무래도 왕녀님을 중심으로 어떤 스킬이 넓게 발동하고 있는 듯했다.

나는 감정을 해보기로 했다. 다만 상대는 왕족이다. 감정한 것을 들키면 여러모로 위험할지도 모른다. 왕녀쯤 되면 호위가 감정 감지를 가지고 있을 가능성도 있기 때문이다. 여기서는 거듭 조심해 위장하자. 프란이 의심을 받으면 성가시기만 하다.

나는 프란의 등에 숨어 분신 창조로 나의 복제를 생성해 몰래 나와 바꿔치기했다. 그 후 형태 변형으로 탁구공 크기까지 작아진 다음 전이해 왕녀의 상공으로 이동했다.

그런데 커지는 것보다 작아지는 게 어렵군. 너무 긴 시간은 무리일 것이다. 쿠이나가 했던 투명화를 떠올리고 환영 마술로 하늘의 풍경을 자신에게 비쳐 눈에 띄지 않게 했다. 스텔스 슈트 같은 이미지다.

감정을 해보니 확실히 왕녀였다. 하지만 뭔가 이상하다.

이름 : 네메아 나라싱하　나이 : 16세

종족 : 수인 · 적묘족 · 금사자

직업 : 검사

Lv : 45/99

생명 : 198　마력 : 129　완력 : 181　민첩 : 202

스킬 : (연기 7), 가창 5, 궁정 작법 6, 기척 감지 5, 검기 5, 검술 5, 방패술

　　　4, 방패기 2, 독물 감지 4, 불 마술 5, 무용 5

고유 스킬 : 각성

칭호 : 왕녀, (로열 가드)

장비 : 신견의 드레스, (감정 위장의 반지), 대신의 팔찌

이 ()가 쳐져 있는 항목은 뭐지? 연기에 로열 가드에 감정 위장
의 팔찌라……. 혹시 위장하고 있는 부분에 ()가 쳐져 있는 건가?

나는 천안 스킬을 가지고 있는 데다 감정 레벨이 최대다. 그래
서 내 감정에 대해서는 위장이 완벽하게 작동하고 있지 않은 것
일지도 모른다. 완전히 꿰뚫어 봤는지 어땠는지는 모르니까 아직
위장된 부분이 있을지도 모르지만…….

잘 알 수 없는 것은 칭호의 로열 가드라는 부분이다. 로열한 가
드? 수비력 특화인 왕족? 왕족의 수호라는 의미라고 치면 왕녀
의 칭호가 이상하고……. 더 자세히 보려 해도 감정 위장에 막혀
서 잘 알 수 없었다.

그건 그렇고 수왕의 딸치고는 그다지 강하지 않다. 아니, 아무래도 수왕과 비교하게 되지만 열여섯 살치고 이 스테이터스는 충분히 강한가?

하지만 레벨과 스킬이 균형 잡히지 않는 느낌도 든다. 스킬의 레벨이 너무 낮다는 생각이 드는 것이다. 혹시 파워 레벨링을 한 속성 재배일지도 모른다. 그 수왕이 그런 짓을 한다고는 생각할 수 없지만, 그것밖에 생각할 수 없었다.

『그리고 이상한 부분은…… 열여섯 살? 확실히 열다섯 살이라고 하지 않았나?』

아니, 우리와 만나기 전에 생일이 왔을 뿐인가.

위화감의 근원을 찾아보면 감정 위장의 반지를 낀 듯하니 문제는 없을 것이다. 길드 마스터에게 직접 의뢰를 했다는 건 신분도 확실하다는 뜻이다. 주위의 시녀들을 감정해봐도 직업은 궁정 시녀이고 이상한 부분은 없었다.

나는 프란에게 가만히 돌아갔다.

『프란, 괜찮아. 인사하러 가자.』

'응. 알았어.'

그리고 프란은 왕녀에게 향했다.

당연하지만 터벅터벅 걸어오는 수수께끼의 소녀가 제지를 받지 않을 리가 없었다.

처음에는 호위진이 엄격한 얼굴로 가로막았지만, 프란이 진화한 것을 알고 정중한 태도로 바뀌었다. 이 세계에서 유일하게 진화한 흑묘족이다. 게다가 소녀.

그런 건 프란 외에 있을 수 없을 것이다. 흑뢰희의 이명을 아는 수인에게는 이 이상 없는 신분 증명이었다.

호위인 모험가가 즉시 왕녀에게 알렸다.

그러자 아주 간단히 왕녀가 마차에서 내려왔다. 그래도 되나? 뭐, 그 수왕의 딸 같은 느낌이 들기는 하는데.

"저기, 당신이 흑뢰희인가요?"

"응."

"이봐, 왕녀님 앞이다!"

프란이 여전한 태도로 고개를 끄덕이자 호위들이 역시 노기를 띠었다. 하지만 그것을 제지한 것은 왕녀님 자신이었다.

"그만두세요. 아버님께 정중히 대접하라고 지시가 왔잖아요?"

오오, 수왕에게 전갈이 온 듯하다. 고마워, 수왕.

그러자 왕녀가 미안하다는 듯이 입을 열었다.

"꼭 대접하고 싶지만, 공교롭게도 긴급 사태예요……."

아무래도 당장이라도 출발해야 하는 모양이다.

지금도 모험가들은 각차에 계속 올라타고 있으니 말이다.

"응, 상관없어."

"미안해요."

어지간히 서둘러 남부 도시로 가야 하나 보다.

그건 그렇고 가까이서 보니 수왕과 전혀 닮지 않았다. 능력도 그렇게 높지 않고, 진짜 수왕 딸인가?

아니, 어쩌면 진짜 대역인 거 아닐까? 감정 위장으로 왕녀로 보이게 한다? 그렇게 생각하자 그렇게만 보이기 시작했다. 로열 가드의 칭호도 왕족의 수호병이라는 의미라면 위장할 의미가 있다.

그리고 잘 생각해보면 고유 스킬이 이상하다. 지금까지 봐온 수인을 기준으로 생각하면 진화했을 때 그 종의 고유 스킬을 얻을 터다. 흑천호라면 섬화신뢰, 흑호라면 신뢰. 금화사라면 금염절화.

그렇다면 금사자라면 금염이나 절화 같은 스킬이 있지 않을까?

역시 뭔가 이상하다. 감정 위장으로 왕녀로 꾸민 대역설이 설득력을 얻고 있지 않은가.

길드에서 신분을 증명받은 상대가 설마 가짜라고는 전혀 생각하지 않는다. 하지만 길드 마스터라면 그런 비밀을 알고 일부러 편의를 봐주고 있는 경우도 있을지도 모른다.

'스승?'

『이런, 미안. 이 왕녀님, 어쩌면 대역일지도 몰라.』

'가짜야? 어떡해?'

『어떡하냐니…… 아무 짓도 안 하는 편이 낫지.』

대역이었다고 해도 그것을 폭로할 이점이 우리에게는 전혀 없다. 오히려 여기서 폭로하면 혼란이 일어나고 국가의 주목을 받을 것이다.

뭔가 나쁜 짓을 한 것도 아니니 여기서는 상대를 왕녀님라 치고 넘어가야 한다.

'알았어.'

"그러면 실례하겠습니다."

"응."

결국 우리는 왕녀님(가짜)를 아무 일 없이 보내기로 했다.

왕녀님(가짜)는 가볍게 인사하고 자신용으로 준비된 각차에 올라탔다. 그리고 황급히 출발했다.

정말 가벼운 인사뿐이었군. 뭐, 왕도로 서두르고 있는 지금 호위를 하라든가 같이 차라도 마시자고 해봐야 귀찮기만 하다. 오히려 고마워해야 하는 거 아닐까?

『그럼 길드로 가볼까.』

"응."

로즈라쿤은 규모는 크지만 특필할 점이 없는 도시이기도 했다. 그래서 안정적으로 번영하고 있는 거겠지만.

포장마차의 맛도 평범했던 모양이다.

프란과 울시는 '그럭저럭 괜찮은 맛이네'란 느낌의 표정으로 꼬치구이를 먹고 있었다.

나름대로 맛있지만 잔뜩 살 정도는 아닐 것이다.

그렇게 큰 거리를 걷고 있는데 갑자기 프란이 발걸음을 멈췄다.

『왜 그래, 프란.』

'스승, 뭔가 있어.'

『뭐?』

'문 쪽.'

나는 프란의 말대로 주위의 기척을 살펴봤다. 그러자 확실히 묘한 기척이 느껴졌다. 마치 기척을 지우고 사냥감을 노리는 야생 마수처럼 위태롭고 뒤숭숭한 기척이었다.

도시 안에 정말로 야생동물이 있을 리도 없다. 기척의 주인은 사람일 것이다. 상당한 실력자로 보였다.

『잘도 눈치챘네.』

내가 이 기척을 눈치채지 못했던 것은 프란에게 살의나 적의는 커녕 의식이 전혀 향해 있지 않았기 때문이다.

단순히 기척을 지우고 숨어 있을 뿐이었다. 오히려 프란이 용케 알아차렸다.

'어떡해?'

『으음…… 내버려 두는 것도 꺼림칙한데.』

명백하게 그런저런 피라미가 몸을 숨기고 있는 것과는 비교할 수 없었다.

『내가 좀 보고 올게. 프란은 여기서 기다려.』

"응."

『금방 올게.』

나는 전이를 사용해 숨어 있는 자의 정체를 조사하러 가봤다.

『흐음…… 있군.』

문 옆 뒷골목에 조용히 몸을 숨긴 그림자가 있었다.

스킬을 써서 기척을 차단하고 있는 모양이다.

『……암살자네.』

감정하니 그 남자──겐로의 직업은 암살자라고 적혀 있었다. 게다가 칭호에 귀족 살인자라는 글자가 있었다. 스테이터스를 보니 실력이 상당히 뛰어나군.

단순한 깡패나 마피아 정도라면 몰라도 도시 안에 숨어 있는 실력 좋은 암살자는 아무리 그래도 내버려 둘 수 없었다.

『그럼 어떻게 할까……. 일단 붙잡아서 조금 거칠어도 상관없으니까 목적을 캐물을까.』

만약 단순히 휴가 중에 우연히 이 도시에 있었던 거라 해도 상대는 암살자이니까 죄책감도 들지 않을 것이다.

나는 일단 겐로의 움직임을 봉쇄하기로 했다. 염동과 바람 마술로 구속해 움직일 수 없도록 했다.

『그리고 나머지는 흙 마술로…….』

나는 더욱 신경을 쓰기로 했다. 암살자의 하반신을 흙 마술로 단단히 고정했고, 이로써 포획 완료다.

"아니…… 대체 무슨 일이…….."

『이봐, 너는 내가 붙잡았다. 불필요한 저항은 하지 마라.』

"누구냐!"

『찾아봐야 소용없어. 너로서는 나를 찾을 수 없다.』

"큭……."

농담이야. 사실은 이 녀석 바로 뒤 벽에 평범하게 기대고 있을 뿐이거든.

뭐, 나는 검이니 생물학적인 기척은 전무하다. 마력의 흐름을 어지간히 잘 느끼는 인간이 아니면 나를 알아차리지 못할 것이다.

『그런데 암살자 겐로지?』

"!"

『입 다물어도 소용없어. 다 알고 있으니까.』

"감정의 소유자냐."

『이 도시에 온 목적은 뭐지? 왕녀의 암살인가?』

"……."

『침묵인가?』

겐로가 명백하게 동요했다. 뭐, 자신을 상대로 기척을 완전히 숨길 수 있을 정도의 실력에 보이지 않는 공격을 펼치고 마술도 사용하는 데다 감정까지 가지고 있다.

완전히 자신의 임무가 실패했다는 것을 이해했으리라.

그래도 바로 동요를 억누르고 입을 다문 것은 대단하지만.

『고용주는 누구지?』

"……큭."

내 질문에는 전혀 대답하지 않고 겐로가 갑자기 신음 소리를 냈다. 순식간에 얼굴이 보라색으로 변하더니 동공이 풀렸다.

아무래도 어금니에 끼워둔 독을 마신 모양이다.

『——안티 도트.』

"아니!"

겐로가 놀라 눈을 크게 떴다. 몇 초 만에 죽음에 이르는 강력한 독인데 순식간에 해독됐기 때문이겠지.

『상당히 강한 독이었던 것 같지만, 소용없다.』

"……."

『이제 그만 포기하고 전부 부는 게 어때?』

"큭——아니!"

이번에는 혀를 깨물었군. 하지만 내게는 통하지 않는다.

『——힐. 혀를 깨무는 것도 추천하지 않아. 나는 치료 마술을 쓸 수 있어.』

"……."

『자, 몸에다 물어봐도 상관없지만 그 전에 입을 열어주면 나도 편할 거 같은데?』

"……."

그 후, 나는 겐로를 신문하면서 정보를 모으려고 했다. 중간 중간 입을 열지 않으려 했지만 상관없었다. 때때로 허세처럼 나오는 "모른다" "아니다"라는 한마디만으로도 내게는 충분하기 때문이다.

허언의 이치를 구사해 판별한 결과, 이 남자는 바샬 왕국의 암살자로, 이 도시에 있다는 네메아 왕녀를 노리고 온 듯했다. 이 뒤에 어떤 방법으로 마차에 탄 왕녀를 쫓아 죽일 생각인 것 같았다.

이 녀석은 그 왕녀를 진짜라고 생각하는 듯했다.

아마 이런 녀석을 끌어들이는 역할이겠지.

"……으으……."

그럼 빈사 상태인 겐로를 어떻게 할까. 되도록 위병에게 넘기고 싶은데…….

『부르면 되나.』

나는 위병을 부르기 위해 소동을 일으키기로 했다.

주위에 피해가 나지 않도록 세심한 주의를 기울이면서 익스플로전을 공중에 날렸다. 진홍색 불덩어리가 하늘로 날아가 커다란 폭음이 도시에 울려 퍼졌다.

이로써 가만히 있어도 위병이 올 것이다.

예상대로 3분도 지나지 않아 위병 여럿이 달려오는 모습이 보였다.

"이봐, 너! 거기서 움직이지 마!"

"예이 예이, 알고 있습니다요."

적당히 만든 내 분신에게 창을 들이대면서 다가오는 위병들. 나는 한 손을 들어 적의가 없다는 것을 어필하면서 겐로를 가리켰다.

"이 녀석은 바샬 왕국의 암살자예요."

"뭐? 무슨 소리야?"

"왕녀님을 노리고 있어서 붙잡았어요. 넘겨드릴 테니 나머지는 잘 부탁해요."

"무슨 소리──아니, 모습이!"

"그러면 이만~."

분신을 눈앞에서 사라지게 하자 위병들이 놀라 경직됐지만, 바로 겐로의 존재를 떠올린 모양이다.

참고로 겐로는 상처를 고친 뒤 의식을 빼앗았다. 일단 실로 두 팔다리를 구속시켰으니 위병들도 연행할 수 있을 것이다.

지켜보고 있으니 위병들이 겐로를 안아 데리고 가는 모습이 보였다. 이로써 인도는 완료다.

『좋아, 돌아가 볼까.』

나는 전이로 프란에게 돌아갔다.

『다녀왔어.』

"어서 와. 뭐가 있었어?"

『길드로 가면서 얘기할게.』

"응."

나는 길드로 가는 도중에 겐로에 대한 이야기를 들려줬다.

프란은 미묘하게 화가 난 듯했다.

이 나라에서 태어나지는 않았지만 수인이 다스리는 수인국에 약간의 호의를 가지고 있을 것이다. 사이좋았던 수왕의 나라이기도 하니 그 딸인 네메아 왕녀를 노렸다는 이야기를 듣고 화가 난 거겠지.

『자자, 이미 붙잡았어.』

"응."

그런 이야기를 나누면서 걸으니 모험가 길드는 얼마 멀지 않았다.

"사람이 없는데?"

프란이 말한 대로 길드 안은 한산했다.

왕녀의 호위로 수많은 모험가가 나간 탓이겠지.

"어서 옵쇼!"

오오, 오랜만에 미녀 이외의 접수원을 보는 것 같군. 수건을 동여맨 아저씨다. 순간 어시장인 줄 알았다고. 그만큼 위세가 좋았다.

"호오오! 너, 혹시 흑뢰희인가?"

"응. 이거."

"역시 그렇군! 환영한다!"

프란의 길드 카드를 확인하면서 아저씨가 소리쳤다. 위세가 좋은 걸 넘어 시끄럽군.

"그래서 오늘 용건은?"

"왕도로 가는 법을 알고 싶어."

"왕도라……. 베스티아로 가는 데는 평소라면 각차를 추천하지만."

"평소라면?"

"실은 지금 다 나가고 없거든."

"왕녀님?"

"맞아! 하여간에, 우리 길드 마스터는 힘 앞에 굴복하는 주의라서 말이야! 모험가든 각차든 더 적어도 된다고 몇 번이나 말했는데~."

왕가에 아첨하기 위해 여유를 남기지 않고 모험가와 각차를 제공한 모양이다.

"뭐, 왕가 사람들의 힘이 되고 싶다는 마음도 이해는 가지만 말이야~."

"그래?"

"그래. 당대 수왕님이 왕이 되고 나서 나라가 잘 돌아가고 있거든. 그리고 모험가 출신답게 모험가 길드에 각종 편의를 봐주고 있어."

수왕은 모험가에게 존경을 받고 있나 보다. 길드 마스터도 권위에 약한 타입이라고 생각했는데, 왕가에 대한 호의도 관련되어 있는 듯했다.

하지만 각차와 모험가가 확 줄어들었는데 로즈라쿤은 괜찮을까? 긴급 사태에 대응할 수 있을까?

"여기 길드는 괜찮아?"

"하하하, 어떻게든 되겠지!"

지름길을 이용한 모험가가 온 나라에서 모이기 때문에 열흘만 지나면 모험가도 각차도 보충할 수 있다고 한다.

"왕도의 길드에 지원을 요청할 생각이야. 쓸 만한 놈 몇을 이쪽으로 돌리면 어떻게든 되겠지. 그동안 무슨 일이 있으면 길드 마스터가 해결하면 되고."

"길드 마스터는 강해?"

"뭐, 일단 길드 마스터니까. 자신이 허세를 부린 결과야. 말처럼 힘껏 일해주겠지."

그리하여 전력 부족은 그렇게까지 걱정하지 않아도 되는 모양이다.

"베스티아까지 마차라면 대엿새면 돼."

"길은 복잡해?"

"길 말이야? 아니, 왕도까지는 거의 일직선이야. 마차 가도도 정비되어 있으니까 헤맬 일도 없어."

"그래? 고마워."

"자력으로 갈 셈인가?"

"응."

"그런가. 뭐, 흑뢰희의 소문이 전부 진짜라면……. 아니, 절반 이 맞다 해도 마차보다 빠르게 이동할 수 있나."

어떤 소문이 퍼지고 있는지는 모르지만, 랭크 A 모험가와 동등 한 실력이라고 알려져 있다면 그런 결론도 당연할 것이다.

그런 이야기를 하고 있는데 접수원 아저씨가 심각한 얼굴을 했다.

"왜 그래?"

"길드 마스터가 댁을 불렀어."

"응?"

"길드 마스터는 바람 마술사여서 특정 상대에게만 목소리를 전 달할 수 있거든."

그렇군. 진동을 조종하면 불가능한 것도 아니다. 뭐, 상당한 제 어력이 없으면 무리지만 말이다. 그 술법으로 아저씨에게만 들리 게 어떤 명령을 내렸나 보다.

"위로 가면 돼?"

"그래, 미안하군. 바보 같은 소리를 하면 날려버려도 돼."

"알았어."

"뭐, 나쁜 사람은 아니니까 그건 안심해."

그 말만으로 어떤 사람인지 왠지 모르게 상상이 간다. 길드 마스터의 집무실에 들어가니 상상했던 대로 경박해 보이는 남자가 프란을 맞이했다.

"여어, 잘 와줬어! 이 길드의 미스터인 풍령리(風靈狸) 엘뮤트야."

너구리 계열의 진화 수인인가 보다. 이름에 바람이 들어갈 정도니까 종족적으로 바람 마술이 특기일 것이다.

"랭크 C 모험가 프란."

"알고 있어. 이야, 전설의 존재를 만나다니 감격스러워. 그리고 강해 보여. 수왕님의 보증이 있을 만해."

엄청나게 가벼운 태도로 그렇게 말했지만, 접수원에게 들은 대로 나쁜 사람은 아닌 듯했다.

다만 프란의 어깨를 가볍게 감싸는 손은 어떻게든 안 되나? 프란이 조금이라도 불쾌한 행동을 하면 가만 안 둔다?

'크릉.'

울시도 준비 만반이다.

"그래서 볼일 있어?"

"얘기가 빨라서 좋군. 실은 부탁이 있어."

"부탁?"

"방금 암살자가 붙잡혔는데, 그 녀석의 목적이 문제여서 말이야. 아무래도 왕녀님의 암살을 꾀했던 모양이야."

"네메아 왕녀?"

"그래."

그건 아까 붙잡은 암살자 이야기인가? 정보를 얻는 게 너무 빠르지 않나? 위병의 신문에 모든 것을 이야기했다 해도, 그 정보가 길드 마스터에게 전해질 시간 따위는 없었다고 생각하는데…….

"위병소에는 통화 마도구가 있어서 몇 분 전에 얻은 최신 정보야. 이 타이밍에 네가 찾아온 건 그야말로 하늘의 도움이지."

"그래서 부탁은?"

"간단해. 왕도에 이 편지를 가져가 줘. 의뢰로 취급해줄 테니."

엘뮤트가 집무 책상에 놓아둔 편지를 들었다.

건네는 동작도 하나하나 경박하군. 호스트가 명함을 건네는 것처럼 손가락에 끼워 휙 내밀었다.

"왕도의 길드로 가면 돼?"

"너라면 마차보다 빨리 왕도에 도착하겠지? 서둘러야 해."

뭐, 길드 마스터 직통 의뢰이니 거절할 수 없다. 어차피 왕도로 갈 생각이고. 은혜도 입혀둘 겸 우리는 그 의뢰를 받기로 했다.

"알았어. 의뢰를 받을게."

"고마워. 살았어! 왕녀님의 호위를 늘리도록 진언하는 내용이니까 최대한 빨리 전하고 싶어."

"하지만 왕녀에게는 모험가가 잔뜩 붙어 있지 않아?"

"그야 그런데……. 네게는 가르쳐줄까. 실패하면 정말 곤란하니……. 다만 남한테 말하지 마. 아니, 비밀을 지킬 의무도 의뢰에 포함되어 있어."

"괜찮아. 꼬리에 맹세할게."

엘뮤트가 소곤소곤 이야기하는 듯한 동작으로 프란에게 사정을 설명했다.

"실은 이 도시에 있던 왕녀님은 대역이야. 진짜 왕녀님은 다른 곳에 계셔."

역시 그런가. 그런데 대역이라는 것을 아는데 모험가를 서른 명이나 붙이고 각차를 전부 넘긴 건가? 그렇게 생각했는데, 그것도 대역을 진짜라고 믿게 만들기 위한 작전인 모양이다.

하지만 그렇게까지 해도 암살자 중에는 그것을 눈치챈 자도 있는 듯했다. 내가 붙잡은 암살자도 의문스럽게 생각했다고 한다.

"그래서 진짜 왕녀님을 지키기 위해서도 그 편지가 중요해."

"알았어."

"뭐 그건 그렇고, 출발 전에 식사라도 어때?"

"급한 거 아냐?"

"그건 그거. 배가 고프면 어떻다고 하잖아? 그리고 여성과의 식사는 어떤 일에든 우선하거든!"

프란은 아직 어린애인데? 페미니스트? 호색한? 로리콤? 진심인지 농담인지 알 수 없지만 이건 날려버려도 되겠지?

"응."

프란은 물 흐르듯이 길드 마스터의 배에 펀치 한 대를 먹였다. 술사 타입의 엘뮤트에게는 상당히 효과적이었는지 몸을 기역 자로 구부리고 쿨럭댔다.

"커헉! 뭐 하는 거야……."

"접수대에서 길드 마스터가 바보 같은 소리를 하면 때려도 된다고 했어."

"그렇다고……. 보디 블로는 아프잖아~."

"얼른 왕도로 가는 길을 가르쳐줘."

"네……."

그리하여 우리는 편지를 받고 왕도로 가는 상세한 길을 전해 들었다.

사전의 예정으로는 이 도시에서 하룻밤 묵고 명물 요리를 먹고 갈 셈이었지만…….

왕녀의 암살 미수가 되면 그렇게 느긋하게 있을 수 없다. 우리는 길드를 나가자마자 왕도로 향하기로 했다.

뭐, 명물이라고 부를 만한 요리도 없는지 프란과 울시도 아쉬워하지는 않았다.

『그럼 가볼까.』

"울시, 힘내."

"웡!"

거의 일직선이지만 도중에 한 곳만 두 갈래로 갈라진 장소가 있는 모양이다. 그곳을 오른쪽으로 가는 것 외에는 마차 가도를 따라 북상하기만 하면 된다고 한다.

『울시, 날아!』

"웡웡!"

울시가 전속력으로 달려 나갔다. 각차도 압도적으로 뛰어넘는 속도다. 마차로 대엿새 걸리는 거리라면 하루만 있으면 주파할 수 있을지도 모른다.

『좋았어, 울시! 야호!』

"하─."

"웡웡!"

울시도 오랜만에 전속력으로 달려서 즐거운가 보다. 부쩍부쩍 가속해갔다.

이거 예상보다 빨리 도착할 거 같군.

로즈라쿤을 출발한 지 여덟 시간.

울시가 분발해 날아와 준 덕분에 이미 왕도 베스티아로 보이는 대도시가 시야에 들어와 있었다.

"저거, 왕도야?"

『틀림없을 거야. 저런 큰 도시가 몇 개나 있을 리 없어.』

"응. 커."

『멀리서 보이던 저 탑 같은 거, 역시 왕도의 건물이었나.』

이미 밤이지만 도시 안에서 휘황찬란하게 피워지는 화톳불이나 마법등에 의해 밤의 사이로 성벽이나 첨탑이 환상적으로 떠올라 있었다.

생각해보니 일국의 왕도를 찾는 건 처음이었다. 지금까지 갔던 장소 중에서 가장 컸던 곳은 바르보라인데, 왕도 베스티아는 그것을 아득히 뛰어넘는 규모였다.

20미터를 넘는 높이의 두꺼운 성벽과 그 성벽에 둘러싸인 광대한 도시. 더욱이 그 중앙에 우뚝 선 왕성은 이 세계에 와서 본 것 중에서 가장 높은 건물이었다. 지붕에서 튀어나온 첨탑은 아득히 먼 곳에서도 볼 수 있었다.

『이 시간에 안에 들어갈 수 있을까?』

'노숙해도 상관없어.'

『최악의 경우에는 그러자.』

도시에 따라서는 밤이 되면 문을 닫는 곳도 있다. 마수나 도적의 침입을 막기 위해서인데, 왕도는 어떨까?

문 앞까지 가보니 아직 열려 있는 듯했다. 상인이나 모험가가 줄 서 있었다.

역시 왕도. 이미 밤인데 수많은 사람이 오가는 듯했다.

우리는 입도 수속을 밟기 위해 스무 명 정도 되는 줄의 뒤에 섰다.

울시는 왕도 앞에서 소형화했다. 안 그래도 밤이라 마수에 대해 사람들이 과민해진 상황에서 거대 늑대 사이즈의 울시가 갑자기 등장하면 패닉이 일어날 테니 말이다.

조용히 줄을 설 생각이었지만 역시 프란은 눈에 띄는 모양이다. 주위에서 엄청나게 보고 있다.

약한 흑묘족의, 그것도 소녀가 종마를 데리고 있다고는 하나 혼자서 줄을 서 있는 것이다. 어두운 밤에 여행을 했는지 의문스럽게 생각하는 듯했다. 게다가 자세히 보니 진화도 했다.

"어? 뭐지?"

"내 눈이 이상해졌나?"

"멍청아, 소문의——."

"저게 흑뢰희——."

"흑뢰희? 누구야——."

상인이나 모험가들이 놀란 얼굴로 속삭이고 있다. 이미 익숙한 일이어서 프란도 울시도 전혀 신경 쓰지 않고 있지만.

그대로 주위의 주목을 받아가며 줄을 서기를 몇 분.

"저기, 혹시 소문의 흑뢰희님이십니까?"

"응?"

말을 걸어온 것은 적묘족 청년이었다. 뒤에는 적묘족 아가씨와 청묘족 아저씨가 서 있었다.

"저희는 여섯 가닥 수염이라는 파티인데요……. 고양이 계열 수인만으로 파티를 짜고 있어서 흑뢰희님을 꼭 한 번 뵙고 싶었습니다!"

"정말 진화했군."

"그래, 소문은 진짜였어!"

청묘족 남자를 경계했지만 프란을 무시하는 행동은 하지 않았다. 오히려 존경하는 눈빛을 보냈다.

수왕이 흑묘족을 보호하고 있는 덕분이거나, 수인국에는 착실한 청묘족이 많기 때문일지도 모른다.

특별히 볼일이 있지는 않았고, 같은 고양이족인데 진화한 프란에게 흥미가 있었던 모양이다. 진화했을 때의 상황을 물어서 살짝 초조했지만, 무난하게 대답했다고 생각한다.

흑묘족의 진화 조건도 전했고, 좋은 시간 때우기가 됐다.

얼마 있으면 우리 차례가 될 시점에 다시 다가오는 인영이 있었다. 확실히 프란을 향해 오고 있었다. 상당히 크다. 키는 2미터는 넘을 것이다. 다만 아까 모험가들과는 기색이 달랐다.

명백하게 적의가 느껴진 것이다.

"이봐, 네가 흑뢰희라는 꼬맹이냐?"

"응? 맞아."

"크하하하! 이딴 꼬마한테 지다니, 아저씨도 한물갔군!"

갑자기 크게 웃기 시작하는 거인. 역시 느낌이 나쁘다. 지금 말로 볼 때 이 녀석의 아저씨 뭐시기가 프란에게 진 건가? 누구지?

일단 감정해보니 종족이 백서족이었다. 진화는 하지 않은 듯했다.

이름은 그엔다르파. 아저씨 뭐시기가 누구인지 알았다.

이름도 비슷하고, 애초에 백서족은 한 명밖에 만난 적이 없다.

『프란, 이 녀석 아마 고드다르파의 친척일 거야.』

수왕의 호위이자 랭크 A 모험가. 그리고 무투 대회에서 프란에게 패배한 코뿔소 수인이다.

"……고드다르파의 지인이야?"

"핫! 이런 계집애한테 경칭 없이 불리는 거냐! 그렇다! 좋아, 가르쳐주마! 내 이름은 그엔다르파! 겁쟁이 고드다르파는 내 아버지의 형, 즉 백부다! 아쉽지만!"

"겁쟁이?"

프란은 살짝 짜증 난 얼굴로 되물었다.

갑자기 나타나 거만한 태도로 구는 이 녀석에게 화가 난 것도 있고, 싸움으로써 전사로서 통한 고드다르파의 험담을 듣고 분노가 솟은 것도 있는 거겠지.

"그래! 고드다르파는 족장의 자리를 버리고 수왕의 수행원이 되는 걸 선택한 겁쟁이다!"

"겁쟁이가 아냐. 강하고 용감한 전사였어."

"하하하하! 너 따위에게 진 잔챙이가 강하다니, 웃음만 나오는구나! 뭐하면 여기서 널 때려눕히고 녀석이 사실은 잔챙이라는 걸 증명해줘도 되는데?"

"……바라는 바야."

『이봐, 프란. 이 녀석을 때려눕히는 건 상관없지만 여기는 위험해. 소동을 일으키면 왕도로 못 들어가게 될지도 몰라.』

"응. 그럼 장소를 옮기자."

"뭐? 뭐냐, 무서운 거냐? 됐으니까 덤벼라, 계집."

"소란을 피우고 싶지 않아."

"됐으니까 와라! 얼른!"

열 받는 얼굴로 시비를 거는 그엔다르파.

프란의 얼굴에서 표정이 완전히 사라졌다. 이건 분노다.

"······."

『프란? 투기를 좀 억눌러볼래?』

'괜찮아, 한 방에 해치우면 돼.'

이런, 절대로 멈추지 않겠군.

"하하하! 뭐냐? 역시 겁쟁이였던 거냐?"

이봐! 프란이 내뿜는 투기를 감지 못 하는 건가? 역량 차이도 감지 못 하는 수준 주제에 강자에게 시비 좀 걸지 말라고! 일이 커지면 이쪽이 책임을 지게 되잖아!

"괜찮습니다, 흑뢰희님! 저희가 이 백서족이 나쁘다고 증언하겠습니다! 해치워주세요!"

아아, 불을 지폈어! 나는 황급히 스톤 월을 사용해 주위를 흙벽으로 둘러쌌다. 이로써 사각이 생겼으니 어떻게든 변명할 수 있어!

"각성——."

프란이 각성을 사용한 순간 그엔다르파의 얼굴이 일그러졌다.

아무리 둔감해도 이만한 위압감은 역시 무시할 수 없는 모양이다.

"아…… 잠, 이……."

이미 늦었어. 멍청이야.

"섬화신뢰── 받아라."

"크에에에에엑!"

프란의 주먹이 그엔다르파의 배에 꽂혔다. 전격이 튀는 소리와 쇠 갑옷이 부서지는 소리를 울리면서 그엔다르파가 날아갔다.

『아아, 기껏 스톤 월을 만들었는데, 의미가 없네.』

자신의 거구에 부서진 스톤 월의 잔해에 파묻히면서 그엔다르파가 대자로 쓰러져 있었다.

"……큰소리치더니 그 정도야?"

하지만 프란의 분노는 아직 가라앉지 않았는지, 천천히 다가가면서 그 얼굴을 위에서 들여다봤다.

"잔챙이는 그쪽이지?"

"……."

『그게, 이 녀석 완전히 의식이 없어.』

"이 정도에? 고드다르파라면 아무렇지 않은 얼굴을 하고 있었을 거야."

그건 그렇고 이 녀석을 어쩌지. 프란은 아직 부족한지 그엔다르파를 여전히 날카로운 눈으로 내려다보고 있었다.

"이봐, 일어나."

"커헉!"

프란이 일으키기 위해 발차기를 먹였지만 그엔다르파는 신음만 낼 뿐 눈을 뜰 기미는 보이지 않았다. 몇 번인가 발차기를 날렸지만 결국 깨우지 못했다. 프란의 발치에서 의식을 잃은 채였다.

"예이 예이, 거기까지."

그런 짓을 하고 있는데 위병소에서 위병이 나왔다.

"웃."

"이것 참, 요란하게 했네."

위험하다, 문책을 받을까? 살짝 지나친 건 확실한데 말이다.

내가 변명을 이것저것 생각하고 있는데 위병이 그엔다르파에게 포션을 부었다.

"아, 가능하면 이 정도로 용서해주지 않겠어? 죽이고 싶을 만큼 열 받을 일도 아니잖아?"

어라? 이거 우리가 전혀 문책받지 않는 건가? 뭐, 날려버려서 프란도 어느 정도는 후련해졌을 테니 문책받지 않으면 그것으로 상관없는데. 그보다 이 타이밍에 나왔다는 건 보고 있었다는 뜻이지? 그러면 말리라고!

"왜 안 말렸어?"

"이 녀석도 한 번 험한 꼴을 보는 편이 낫다고 생각해서. 아가씨의 힘이라면 이 녀석 정도는 문제없지?"

"응. 물론."

프란도 추어줬다고 기분 좋아하지 마!

"이 녀석도 이런저런 일이 있어서 말이야……."

뭔가를 이야기하기 시작했군……. 뭐, 들어줄까. 시비를 건 이유도 알고 싶으니.

"나는 모험가 시절에 고드다르파 씨와 안면이 있는데……. 신참 때 신세를 졌어. 내게는 동경하는 사람이야. 이 그엔도 고드다르파 씨를 따라서, 언젠가 족장이 된 고드 씨를 보좌하겠다고 떠

들고 다녔어…….”

고드다르파가 그렇게 대단했군. 진짜 차기 족장 후보였을 줄이야.

“그러다 고드다르파의 동생, 그엔의 아버지에게 족장 자리를 양보하고 폐하의 호위가 된 다음부터 배신당했다고 생각하는 것 같은데 말이야……. 고드다르파 씨를 넘어선다는 게 요즘 입버릇이야.”

그래서 프란에게 도전한 건가. 고드다르파에게 이긴 프란에게 이기면 자신 쪽이 강하다고 증명할 수 있으니까. 얕은 생각이기는 하지만 이해하지 못하는 바도 아니다.

“이 녀석한테는 단단히 일러둘게. 미안했어. 이번 일에 대한 사과라고 하기는 그렇지만, 무슨 일이 있으면 힘이 될게. 기억해줘.”

위병은 마지막으로 머리를 숙이고 그엔다르파를 한 손으로 짊어졌다. 거인인 그엔다르파를 이렇게 가볍게 들어 올리다니, 호리호리해 보이는데 굉장한 실력이다. 감정해보니 상당히 강했다. 소 수인인 듯한데, 각성 직전의 레벨이었다.

결국 그엔다르파는 위병에게 둘러메진 채로 퇴장해갔다. 위병소의 유치장에서 머리를 식히게 할 모양이다.

『뭐, 대단한 피해도 없었으니 일단 용서해줄까.』

“응. 오히려 좋은 심심풀이가 됐어.”

프란도 잠시 날뛰어 마음이 후련해진 모양이다.

그 뒤에는 문제없이 원활하게 왕도로 들어갈 수 있었다.

주위에는 상당한 수의 모험가도 있으니 그엔다르파 같은 녀석이 더 있어도 이상하지는 않다고 생각했는데……. 역시 진화했다는 건 특별한 일인지, 수인 모험가 중에서 프란에게 시비를 거는 모험가는 없었다. 그 외 종족의 행실 불량한 모험가들도 동료 수 인이 시비 거는 것을 저지했다. 그엔다르파가 특수했나 보다.

입구에서 장소를 들었기 때문에 길드도 바로 찾았다.

왕도라서 클 줄 알았는데, 그 정도 규모는 아니었다.

건물의 크기는 로즈라쿤이나 알젠트라판의 모험가 길드와 거 의 같은 정도일 것이다. 도시의 규모에 맞지 않는 것 같다.

"안녕."

"네, 어서 오세요. 의뢰――는 아닌 것 같네요. 프란 님 맞으신 가요?"

"날 알아?"

"네. 수인국 길드 직원이라면 다 알 겁니다. 알젠트라판 길드에 서 마도구로 정보가 전해졌으니까요."

원거리 통화 마도구인가? 로즈라쿤의 길드 마스터도 그것으로 위병소에서 암살자의 정보를 받았을 터였다.

여기에도 당연히 놓여 있는 듯했다. 하지만 그렇다면 좀 신경 쓰이는 것이 있었다.

『그런 편리한 물건이 있는데 편지를 보내는 의미가 있나?』

로즈라쿤의 길드 마스터에게 받은 편지 말인데, 원거리 통화 마도구로 대화를 나누면 순식간에 끝났을 터다. 어째서 이런 게 필요한 거지?

편지를 맡아서 멋대로 원거리 통화가 어렵다고 납득했는데……. 생각해보니 울무토의 길드 마스터인 디아스가 원화 마도구로 다 른 도시의 길드 마스터와 대화를 했다고 했다. 무투 대회 뒤 프란의 랭크를 올리려고 했을 때다.

대륙은 달라도 같은 모험가 길드이니 똑같은 마도구가 있는 게 당연하다.

뭐, 생각해도 잘 모르겠으니 일단 맡은 편지를 건네 보자.

"이거, 로즈라쿤의 길드 마스터가 보낸 거야."

"편지로군요. 확인해보겠습니다⋯⋯. 흐음, 틀림없는 듯하군요. 잠시 기다리세요."

편지의 봉납을 확인한 접수원 여성은 일단 자리에서 벗어났다. 그리고 돌아온 여성은 우리를 길드 마스터의 집무실로 안내했다.

"편지는 직접 길드 마스터에게 건네십시오."

"알았어."

"길드 마스터, 프란 님을 모셔 왔습니다."

"으음. 수고했다. 내려가도 좋아."

"네."

왕도 베스티아의 길드 마스터는 수인 노인이었다. 여우 귀가 나 있는데⋯⋯. 허리 굽은 백발 남성에게 여우 귀와 여우 꼬리가 나 있는 모습은 살짝 모에스럽지 않군.

"나는 메로스. 이 왕도에서 길드 마스터를 맡고 있다."

"랭크 C 모험가 프란."

"호호호. 알고 있다. 뭐, 소문 이상의 실력인 듯 한데⋯⋯. 믿음직스럽구먼."

마음씨 좋은 할아버지 같은 분위기의 노인이지만, 그 눈은 아주 날카로웠다.

외모로 우습게 보면 호된 꼴을 당하겠지.

"이게 편지."

"으음. 수고했다."

메로스는 받은 봉투를 열어 안의 편지를 훑어봤다.

"그렇구먼……. 흑뢰희여. 잘 전해줬네. 왕녀님에 대해서는 지금 당장 이쪽에서 대응하도록 하지."

역시 왕녀님의 호위에 관해 적힌 편지인 모양이다. 하지만 그런 중요한 것이라면 원거리 통화 마도구로 전하면 시간도 짧고 확실하지 않았을까?

'어째서 편지지?'

『프란도 그렇게 생각해?』

'응. 마도구를 쓰는 편이 빨라.'

프란도 의문스럽게 생각한 모양이다.

"고맙네."

"응……."

"호? 왜 그러지? 뭔가 묻고 싶은 거라도 있는 듯한 얼굴인데?"

아니, 확실히 프란은 편지에 대해 의문스럽게 생각하고 있었지만, 그걸 간파할 줄이야. 내가 아니면 알 수 없을 정도로만 표정이 바뀌었는데.

무심코 감정해봤지만 마음을 읽을 법한 스킬은 없었다. 노인의 경험인가?

"어떻게 알았어?"

"멋으로 오래 산 게 아니지."

진짜 나이 때문이었어! 요괴인가, 이 영감.

"……마도구로 충분했는데 왜 편지를 보냈어?"

"호호, 역시 눈치챘구먼. 이런저런 이유가 있는데, 듣고 싶나?"

"응."

"좋지. 가르쳐줄까."

길드 마스터가 들고 있던 편지를 프란에게 내밀었다.

"괜찮아?"

"암."

읽어보니 편지에는 왕녀님을 노린 바샬 왕국의 암살자가 수인 국에 들어와 있다는 내용과 위험하니 호위를 늘려야 한다는 내용이 적혀 있었다. 그것 외에 암호 같은 어떤 숫자가 적혀 있었다.

영감을 보니 방심할 수 없는 눈으로 프란을 빤히 바라보고 있었다.

"이 이상한 숫자는?"

"왕녀님이 향한 장소를 가르쳐주는 암호야. 안을 보여도 간단히 들키지 않도록 장치되어 있는 게지."

그렇게까지 해서 편지를 이용하는 이유는 뭐지?

그러자 길드 마스터가 설명해줬다. 놀랍게도 원거리 통화 마도구는 바샬 왕국의 마술사 길드에서 개발한 물건인 모양이다. 그래서 바샬 왕국에는 원거리 통화를 도청할 수 있는 기술이 있을지도 모른다는 소문이 나 있다고 한다.

실제로 통화를 도청당한 탓에 일어난 것으로 보이는 암살이나 침공이 과거에 있었던 모양이다. 진위는 확실하지 않은가 보지만……

그 가능성이 있는 이상 진짜 중요한 정보는 편지로 주고받고 있다고 한다.

"도청 방법만 알면 막을 길도 있을 텐데 말이야."

"모르는 거야?"

"암. 그래서 고속으로 이동할 수 있고 쉽사리 편지를 빼앗기지 않는 그대 같은 실력자의 존재는 늘 고맙지. 뭐, 편지를 이용하는 이유는 그런 거지."

"응. 알았어."

바샬 왕국이 원거리 통화를 도청할 수 있다는 것이나 암호에 대한 이야기는 진짜다. 계속 허언의 이치를 쓰고 있었지만 반응은 없었다. 하지만 마지막 한마디, "이유는 그런 거지"라는 부분. 이것은 거짓이다. 즉, 그 밖에도 뭔가 이유가 있는 모양이다.

으음, 기분 나쁘군. 아니, 대형 조직이고 뭐든 가르쳐줄 리가 없다는 건 알고 있지만……. 나쁜 일에 이용당하거나 하지는 않겠지? 무슨 나쁜 일이냐고 물으면 구체적으로 대답할 수는 없지만, 점점 의심에 빠지고 말았다.

'스승?'

의아해하는 프란에게 어떻게 할지 의논해봤다.

'……넌지시 물어볼게.'

『그래……. 그리고 거부당하면 어쩔 수 없지만 포기하자. 길드를 적으로 돌릴 수는 없으니.』

'응.'

그리고 프란이 길드 마스터를 응시하면서 입을 열었다.

"그것만 있을 리는 없어."

아무렇지 않게나 은근슬쩍 같은 것을 전혀 고려하지 않는 아주 직선적인 질문 방법이로군. 넌지시 물어본다고 하지 않았어?

"호오?"

"편지를 빨리 보낸다면 새가 있어. 뭘 숨기고 있어? 어째서 내게 편지를 들려 보낼 필요가 있었어?"

"흐음. 당연히 새도, 일반적인 전령도 보내고 있지. 여럿을 보내는 건 당연해. 하지만 그것 외에도 이유는 있어."

"그건?"

"길드의 기밀에 해당하는 사항이라 랭크 C 모험가에게 가르쳐줄 수는 없네."

으음. 그렇게 말하면 아무 말도 할 수 없군.

"……."

"후우. 그렇게 노려보지 말게. 하나만 말하자면, 이 편지로 인해 수인국 모험가 길드는 그대를 신뢰할 만한 모험가라는 것을 확인할 수 있었네."

"심사 같은 거였어?"

"노코멘트야. 하지만 그대가 이쪽에 의심을 품듯 이쪽으로서도 갑자기 나타난, 국내에 실적이 없는 강력한 모험가를 완전히 신뢰할 수는 없는 노릇이지."

그래서 이 편지인가……. 어떤 방법으로 프란을 신뢰할 수 있다고 판단했는지는 알 수 없지만, 안을 훔쳐보지 않고 편지를 성실하게 배달해서 다행이다. 프란을 신뢰한다는 말에도 거짓은 없으니, 이것으로 수인국 안에서 활동을 하기 편해질 것이다.

듣고 보니 프란을 경계하는 마음은 이해가 간다. 평범한 수인들은 각성했다는 한 가지 사실만으로 프란을 받아들였지만, 수인이라고 해서 반드시 수인국 편이라고 단정 지을 수는 없을 것이다.

"그렇구나."

"납득했나?"

"일단은."

"이번 편지 배달은 정말 고마웠네. 보수는 좀 더 얹어주지."

"응. 알았어."

그 후, 보수를 받은 우리는 그대로 길드에 병설되어 있는 숙소로 향했다.

이미 한밤중이라 해도 좋을 시간이지만, 그곳은 밤낮을 불문하고 활동하는 모험가를 상대로 하는 숙소다. 놀랍게도 24시간 접수를 받아준다고 한다.

프란은 배정된 방으로 향하자 그대로 침대로 다이빙했다. 이미 심야이니 졸릴 것이다.

『프란, 자, 외투는 벗어야지.』

"으."

『정화 건다.』

"크."

『자, 이불 덮어야지.』

"웃."

이미 반쯤 자고 있는 프란의 몸을 염동으로 움직이면서 보살폈다.

『그럼 잘 자.』

"응…… 쿨."

오오, 3초 만에 잠들었어. 도라에몽의 진구와 맞먹는 속도다.

『그래그래. 어린아이는 자는 것도 일이지.』

내일은 왕성에 간다. 길드 마스터가 안내인을 붙여준다고 했다.

드디어 흑묘족 선배이자 프란의 진화에 간접적으로 공헌한 키아라를 만날 것이다.

어떤 사람일까……. 아무쪼록 프란이 어리광부릴 수 있는 사람이면 좋겠다.

다음 날 아침.

숙소에서 나온 아침을 먹은 프란은 길드의 접수대에 와 있었다.

"안녕하세요, 프란 님."

"안녕."

"왕성에 가시는 건가요?"

"응."

"그러시군요. 그러면 안내역 모험가를 부를 테니 잠시만 기다려주세요."

접수원 누님이 돌아올 때까지 길드 카운터 앞에 있는 의자에 앉아 기다렸다.

다른 접수원을 보니 어떤 접수원이든 경박스러운 느낌이었다.

"오늘 저녁이라도 어때?"

"다른 애한테도 같은 말 했잖아?"

"이봐, 뭐 이렇게 적어!"

"흠집이 많으니 어쩔 수 없잖아."

모험가와 가벼운 대화를 나누면서 경쾌하게 일을 처리하고 있었다. 정중한 접수원이라고 생각했는데, 아무래도 프란이 상대라서 정중한 태도를 취했던 모양이다.

다른 모험가가 프란을 힐끗거렸지만, 다가오려 하면 접수원 여성들이 제지했다. 속닥속닥 이야기하는 것을 몰래 들어보니, 길드에서 프란에게 말을 걸지 않도록 통지가 내려온 듯했다.

차를 가지고 온 길드 직원에게 물어보니 이유를 가르쳐줬다.

"아, 길드 마스터의 지시입니다. 진화한 흑묘족쯤 되면 이야기를 듣고 싶어 하는 자가 많겠지만 프란 님에게 폐를 끼치지 않도록 하라고 하시네요."

또한 실력 차를 이해하지 못하는 하위 모험가가 프란에게 시비를 걸었다 부상당하는 것을 막기 위해서이기도 한 모양이다. 어느 쪽이든 우리에게는 좋은 일이니 길드 마스터에게는 감사한다.

특히 바보가 쓸데없이 나서지 못하는 건 편해서 좋다. 프란은 시간을 때울 수 없어서 불만일지도 모르지만 말이다.

잠시 차를 마시며 빈둥거리고 있는데 접수원이 돌아왔다.

그 뒤에 있는 것이 안내역이라고 생각했지만…….

"그엔다르파?"

남의 이름을 잘 기억 못 하는 프란도 역시 하루 만에는 잊어버리지 않았던 건가.

"어제 이야기는 들었습니다. 만약 그를 거부하신다면 다른 안내역을 준비하겠습니다만, 어떠십니까?"

그렇게 말해도 말이야. 어제 사건을 알면서 왜 이 녀석을 데려온 거지?

의문스럽게 생각하고 있는데 그엔다르파가 느닷없이 프란의 앞에 꿇어앉아 머리를 조아렸다.

그 거구는 이마를 바닥에 비비는 상태로도 프란보다 컸다.

"어제는 미안했다! 흑뢰희님에게는 불쾌감을 주고 말았어."

그엔다르파가 사죄의 말을 입에 담았다.

어제의 태도가 거짓말이었던 것처럼 기특한 태도였다.

"이런 것으로 사과가 된다고는 생각하지 않지만, 왕도에 있는 한 도움이 될 수 있을까?"

무슨 일이 있었던 거지? 복수하기 위해 프란에게 접근한 건가?

'가짜?'

프란도 속셈을 의심한 모양이다. 하지만 프란을 올려다보는 그 눈에서 원망이나 적의는 전혀 느낄 수 없었다. 진솔하게 프란의 도움이 되려고 생각하고 있다는 느낌이 들었다.

"나쁜 거라도 먹었어?"

"맥한테 날아가고 브라스 형님에게 설교를 받아서 내가 얼마나 한심한지 뼈저리게 깨달았어."

"브라스?"

"정문의 위병을 하는 내 형님뻘 사람이야."

"소족의?"

"맞아. 앞으로는 마음을 고쳐먹을 생각이야. 하지만 우선 내 눈을 뜨게 해준 흑뢰희님의 도움이 되고 싶어."

놀라운 변화였다. 으음, 어떻게 할까.

『프란은 어때? 싫지 않아?』

'응? 딱히?'

하룻밤이 지나 어제의 분노는 깨끗하게 사라졌나 보다. 그엔다르파에 대한 부정적인 감정은 없는 듯했다.

프란이 고민하고 있다고 생각했는지 접수원이 슬쩍 가르쳐줬다.

"백서족은 무인의 일족입니다. 자신을 패배시킨 상대에게 경의를 표하는 것은 그들에게는 당연한 일이죠. 그리고 프란 님은 진화도 하셨으니 그의 태도도 이상하지 않다고 생각합니다."

머리에 근육이 들어차서 강한 상대를 따르는 성질이 있다는 뜻인가. 그리고 형님뻘인 브라스에게 설교도 받아서 눈이 뜨였을 것이다.

"그리고 그는 백서족 족장의 아들이라 곳곳에 얼굴도 알려져 있습니다. 안내역으로 그만큼 적합한 인물은 그리 없을 겁니다."

결국 그엔다르파에게 안내역을 부탁하기로 했다. 마음을 고쳐 먹었다는 것도 진짜인 것 같고, 대신할 안내역을 준비하게 하는 것도 시간이 걸릴 것 같았기 때문이다.

"잘 부탁해."

"나야말로 잘 부탁하지."

그엔다르파가 기쁜 듯이 머리를 숙였다.

완전히 용서를 받지는 못 했지만 그 계기가 생겼기 때문이겠지.

"응."

"왕도에 모시고 가라고 했는데, 그 전에 왕도 관광은 안 해도 되겠어? 나는 베스티아 토박이야. 대부분의 장소는 안내할 수 있을 것 같은데."

"괜찮아. 빨리 만나고 싶은 사람이 있어."

"왕성에?"

프란이 수인국에 처음 온 것을 알고 있나 보다.

누구를 만날 생각이지, 하고 그엔다르파가 고개를 갸웃거렸다.

"응. 흑묘족의 키아라."

"키아라 스승인가. 그렇군, 알았어."

"알아?"

"아아, 어릴 때 지도를 받은 적이 있어."

어릴 때는 고드다르파를 잘 따랐다고 했으니, 같이 키아라의 지도를 받은 적이 있어도 이상하지는 않나.

수왕이나 고드다르파의 스승이니 말이다.

"알았어. 키아라 스승이 있는 곳으로 안내하지."

"부탁해."

"맡겨두라고!"

그엔다르파가 자신의 가슴을 텅 두드리고 자신만만하게 고개를 끄덕였다. 뭐, 이렇게까지 자신이 있어 보이니 맡겨도 괜찮겠지?

그엔다르파를 안내역으로 삼아 모험가 길드를 출발하고 20분 후.

도중에 문제도 일어나지 않아서 우리는 왕성 앞에 있었다.

『엄청 크네~. 역시 일국의 왕성.』

길드에서 오는 도중에도 보이기는 했지만, 다시금 정문 앞에서 올려다보니 그 위용에 압도됐다.

흔히 백악의 성이라는 표현을 듣는데, 이쪽은 전체가 까맸다. 아무래도 검은 석재로 통일된 모양이다.

그것만으로도 위압감이 충분한데, 거대함과 중후한 구조가 거기에 위엄을 추가하고 있었다.

애초에 성벽부터 범상치 않았다. 왕도 베스티아를 둘러싼 벽도 높이가 상당했는데, 왕성의 벽도 거기에 뒤지지 않을 견고한 구조로 이루어져 있었다. 이 성벽만으로도 요새라 부를 수 있을 지도 모른다.

그엔다르파의 설명으로는 여차할 때는 왕성 자체를 요새로 삼아 농성할 수 있는 구조로 이루어져 있는 듯했다.

벽 주위에 둘러쳐진 수로도 전시를 의식했는지 폭이 상당했다. 게다가 상당히 깊어 보였다.

"저쪽에서 안으로 들어가자."

"응."

성벽을 따라 걸어가자 바로 성문이 보이기 시작했다. 커다란 롤러가 보였다.

다리 옆에 서 있는 문지기 병사에게 그엔다르파가 뭔가를 건넸다.

아무래도 신분증인 듯했다. 그러자 그엔다르파뿐만 아니라 프란도 그대로 지나가게 해줬다.

"괜찮아?"

"흑뢰희님의 신분은 길드가 증명하고 있으니 문제없어. 왕도 당일에 알현할 수 있는 수준의 신분증이야."

편지를 가져온 것만으로 충분히 신뢰받았다고 생각했는데, 모험가 길드에는 프란을 거두어들이고 싶다는 생각도 있는 듯했다.

프란 자신은 아직 잘 모르고 있지만 수인국 안의 주목도는 엄청났다. 진화할 수 없다고 했던 흑묘족인데 진화한, 그야말로 전설적이라고 해도 좋을 존재다.

수인국을 여행해보고 그 영향력을 잘 알 수 있었다.

그 프란의 신뢰를 얻으면 앞으로 어떤 이익을 만들 가능성도 높을 것이다.

수왕이 신분증을 발행해준 것도 같은 생각을 했기 때문이다. 아니, 수왕은 아무런 생각도 안 했으려나? 다만 호위 겸 참모인 로이스는 분명히 생각했을 것이다.

그 생각을 지지하는 것은 아니지만 우리는 수왕에게 받은 신분증을 제시하기로 했다.

왕성이라는 미지의 장소에 들어가니 더 상위 인물의 허가가 있는 편이 안전하리라고 생각했기 때문이다. 왕성 안에서 뭔가 예측할 수 없는 사태가 일어나지 않는다고 할 수 없으니 말이다.

"이거."

"이, 이건……! 잠시 기다려주십시오!"

왕성 입구에도 신분증이 진품인지를 판별하는 도구가 있는 모양이다. 병사가 받은 신분증을 수정 같은 물건에 대고 있는 모습이 보였다.

그 후, 정중한 태도로 신분증을 받았다.

지금까지도 충분히 정중한 대응이었지만 정중함이 한층 더 늘어난 느낌이다.

"도, 돌려드리겠습니다."

"지나가십시오!"

그엔다르파도 놀란 눈으로 신분증을 응시하고 있었다.

"설마 수왕의 도장이 찍힌 허가증을 가지고 있었을 줄이야…… 나는 필요 없었군."

"그렇지 않아."

"그렇게 말해주는 건 고맙지만……."

그엔다르파는 자신이 그다지 도움이 되지 않는다고 생각한 듯하지만, 프란이 말한 대로 그렇지는 않다.

우리만 왔으면 분명히 의심받았을 것이다. 허가증이 진품인지 아닌지 더 오랜 시간 구속되어 있었을 터다. 그것을 피할 수 있었던 것만으로도 충분히 고마웠다.

태도도 놀랄 만큼 바뀌었고. 백서족이라는 종족은 그만큼 실력주의인가 보다. 고드다르파도 그엔다르파만큼 노골적으로 바뀌지는 않지만, 프란에게 진 뒤에 프란을 아주 잘 보살펴줬다.

그리고 문지기에게 전송을 받으면서 문을 지나자 다시 커다란 문에 눈에 들어왔다.

"또 문과 벽."

"그 저편이 성이야."

"무슨 소리야? 그럼 여기는?"

"여기는 외곽. 성안이지만 성안이 아니야. 주로 병사나 사용인의 대기소나 주거지, 출입하는 상인의 거래소 등이 설치되어 있는 장소지."

그렇군, 왕성에서 일하는 왕후 귀족 외의 사람이 모이는 장소라는 거로군.

"이 벽 저편이 진짜 왕성이라 할 수 있지."

"어떻게 들어가?"

"이쪽이다."

눈앞의 거대한 문으로 안에 들어가는 것이 아닌가 보다. 옆으로 벗어나 다시 벽을 따라 걸었다.

"저 문은?"

"저건 타국의 왕족이나 빈객을 맞이하는 가짜 문이야. 보통은 엄중하게 닫혀 있지."

사람이 지나다닐 때마다 일일이 거대한 문을 여닫는 건 수고스러우니 이른바 식전용이라는 뜻이겠지.

사용인이나 상인으로 활기찬 외곽 안을 잠시 걷자 대문에는 뒤지지만 나름대로 훌륭한 문이 보이기 시작했다.

하지만 그엔다르파는 그 문 저편이 아니라 그 옆에 있는 저택으로 들어갔다.

그곳은 왕성에 들어갈 때 수속을 밟는 접수실인 모양이다. 입구와 마찬가지로 여러 병사가 상주하고 있었고, 왕성 안으로 들어가기 위해서는 여기서 신청을 해야 하는 듯했다.

"키아라 스승을 뵙고 싶으니 전갈을 부탁하오. 그엔다르파와 흑뢰희가 왔다고 전해주면 알아주실 것이오."

"알겠습니다. 잠시 기다려주십시오."

우리는 병사의 안내로 나름대로 호화로운 개인실에 들어갔다.

이 접수 건물이 저택 크기만한 것은 객실이 여러 개 준비된 게 이유인가 보다.

전갈을 전하는 상대에 따라서는 오랜 시간을 기다리는 경우도 있을 테니 말이다. 손님 중에는 나름대로 유력자도 있을 테니, 대충 서서 기다리라는 말은 할 수 없을 것이다.

하인이 차와 간단한 식사를 가져왔는데 순식간에 프란과 그엔다르파의 배 속으로 들어갔다. 그엔다르파도 그 거구에 어울리는 먹성이었다.

푹신푹신한 소파에 앉아 잠시 기다렸다. 그러자 그엔다르파가 감탄한 듯이 나직이 중얼거렸다.

"역시 흑뢰희님의 이름은 대단하군."

"무슨 소리야?"

"이 방은 귀족의, 그것도 상위 계급용 방이다. 방금 나온 차와 과자도 상당히 고급품일 거야."

호오, 그렇구나. 방은 둘째 치고, 그엔다르파가 그것을 알아보는 것이 의외다.

프란도 그렇게 생각했는지 그엔다르파를 물끄러미 쳐다봤다.

"그렇게 이상한 얼굴 하지 마. 이래 봬도 족장을 이어받는 가계의 장자야. 젊을 때는 나름대로 명문가의 아들 노릇을 한 적도 있어. 바로 뛰쳐나가 모험가가 됐지만 말이야."

의외로 귀족적인 유소년기를 보낸 모양이다. 지금 모습으로는 상상도 가지 않는다. 모험가가 된 건 고드다르파의 뒤를 쫓은 거겠지.

그엔다르파의 의외의 모습을 안 차에 하인이 아니라 궁녀풍 여성이 둘을 부르러 왔다.

"오래 기다리셨습니다. 이쪽으로 오십시오."

"응."

저택 밖으로 나가나 했더니 궁녀와 프란 일행은 저택 안쪽으로 나아갔다.

"이쪽으로 가면 돼?"

"네."

틀림없는 모양이다.

그리고 저택 가장 안쪽에 설치된 작은 문을 지났다. 이 저택에 있는 것답게 소재는 고급스러워 보였지만 문 자체에 특별한 느낌은 없었다.

하지만 그 앞은 분명히 특별한 장소였다.

진홍 융단에 황금 샹들리에. 이것이야말로 왕성이라는 느낌의 실내 장식이었다.

"여기, 성안이야?"

"아아, 그래."

프란의 질문에 그엔다르파가 고개를 끄덕였다. 틀림없이 왕성이었다.

아무도 저 문이 왕성으로 이어진다고는 생각하지 않을 것이다. 그것을 노리고 굳이 그런 구조로 만든 거겠지.

"저택 옆에 있던 문을 이용하는 건 귀족 정도야."

밖의 정문을 이용할 정도는 아니지만 나름대로 신분이 있는 상대를 맞이하는 위장문이라고 한다.

"그렇구나."

"키아라 님은 이쪽 방에서 기다리고 계십니다."

궁녀들에게 이끌려 왕성 안을 나아갔다.

상당히 걷는군. 도중에 몇 번인가 큰 문을 통과했으니 왕궁에서도 상당히 안쪽에 위치한 장소가 아닐까?

"예전이라면 교외 연습장에 가면 편하게 만날 수 있었는데 말이야. 몸 상태가 안 좋아지고 나서는 왕성 안쪽에 주어진 거처에서 쉬고 계시는 경우가 많아."

"상태가 안 좋아? 괜찮아?"

프란이 걱정스러운 듯이 물었지만, 그엔다르파의 표정을 보니 그렇게까지 심각하지는 않은 듯했다.

"연세도 많으셔서 걱정은 되지만 이렇게 만날 수 있잖아. 위험한 상황은 아니라는 뜻이겠지."

들은 대로라면 일흔에 가까우니 그것도 어쩔 수 없을지도 모른다.

그리고 궁녀들에게 이끌려 왕궁의 붉은 융단을 걷기를 몇 분.

우리는 한 방의 앞에 도착해 있었다.

"이쪽으로 들어가십시오."

"여기가?"

"그래, 키아라 스승님에게 주어진 방이다."

"실례합니다. 그엔다르파 님과 흑뢰희님을 모시고 왔습니다."

『드디어 만나는군.』

"응."

궁녀, 그엔다르파에 이어 프란도 문을 통과했다.

그 방은 상당히 호화로운 구조였다.

지나치게 화려하지 않고 기품 있는 도구류. 세밀한 자수가 새겨진 커튼과 융단. 천장의 마력등 하나라도 그 덮개에는 마치 공예품과 같은 조각이 새겨진 유리 세공이 쓰이고 있었다.

시어머니처럼 먼지를 체크해봤지만, 청소도 구석구석까지 되어 있었다.

방을 보기만 해도 이 방의 주인을 정중하게 모시고 있다는 것을 이해할 수 있었다.

그 방에 놓인 킹사이즈 침대. 그곳에 그 흑묘족 노파는 있었다.

침대에서 상반신을 일으킨 모습이지만, 꼿꼿하게 세운 등줄기에서도 그 정정함이 전해져왔다.

예순여덟 살이라고 했지? 확실히 머리는 희고 몸은 말랐지만 눈빛은 예리해서 도저히 노인이라고는 부를 수 없는 분위기였다. 키도 커서, 일어나면 170센티미터를 넘을 것이다.

전통복 안에 입는 옷과 비슷한 하오리를 어깨에 걸친 모습에서는 묘하게 박력과 굉장함이 느껴졌다. 인간이었을 때라면 시선을 받은 것만으로 위축됐을 것이다.

그만큼 박력이 있었다.

하지만 그런 상대도 전혀 거리끼지 않는 게 프란이다.

"당신이 키아라 할망구야?"

무람없다고 할 수 있을 만큼 편안하게 노파에게 말을 걸었다.

"호오? 누가 그렇게 불렀지?"

"수왕."

"쿠후. 이거 좋은 걸 들었군. 다음에 벌을 내려야겠어."

마치 남성 같은 말투지만, 이 노파에게는 그 말투가 어울렸다. 위화감이 전혀 없었다.

"확실히 내가 키아라다. 그런데 너는 누구지? 그쪽에 있는 코흘리개 꼬마는 아는데."

"코흘리개 꼬마라니……. 저는 이제 스물두 살입니다."

"마흔보다 아래는 모두 코흘리개다."

그러면 수왕도 코흘리개 취급을 받게 되는데. 아니, 전투 스승이라고 했으니 이상하지는 않나?

"코흘리개와 흑뢰희 뭔가가 왔다고 들었는데. 네가 흑뢰희냐?"

"키아라 스승님, 모르십니까?"

그엔다르파가 진심으로 놀란 기색으로 자신도 모르게 되물었다.

놀란 건 나도 마찬가지다. 설마 같은 흑묘족인 키아라가 모른다고는 생각하지 않았다.

"키아라 님은 어제 막 눈을 뜨셨습니다."

옆에 선 하녀가 말하기로는, 키아라는 몸 상태가 계속 좋지 않아서 무려 20일 가까이 생사의 경계를 헤맸다고 한다.

도저히 그렇게는 보이지 않지만, 그 말을 듣고 보니 팔은 말라서 가늘고 뺨은 살짝 여위어 있었다. 정말 혼수상태였을지도 모른다.

그 탓에 프란에 대해서는 아무것도 모르는 듯했다.

"이분은———."

"아아, 기다려."

하녀가 프란에 대해 설명하려고 했지만, 키아라는 손을 흔들어 그것을 막았다.

그리고 프란을 가볍게 손짓해 불렀다.

"이쪽으로 와라."

"응."

"우선 이름부터 가르쳐주겠나?"

"나는 프란. 흑묘족의 프란."

"그렇구나……."

프란이 이름을 밝히자 키아라는 잠시 동안 눈을 감았다.

그리고 천천히 프란의 몸을 껴안았다.

처음에는 가볍게, 차츰 그 힘이 강해져 갔다.

"그렇구나, 그래!"

몇 초 후, 프란의 몸에 양팔을 두르고 팔 안에 프란을 힘껏 껴안는 키아라의 모습이 있었다.

"……프란이여…… 감사한다."

마지막 말은 가슴 깊은 곳에서 쥐어짜 낸 듯한 깊은 속삭임이었다.

하지만 그 자리에 있던 모두의 귀에 들렸을 것이다.

그만한 힘이 담긴 말이기도 했던 것이다.

"내가 인생을 걸고 찾았던 것이 환상이 아니었다…… 네 존재가, 그것을 가르쳐줬어……!"

"……응."

프란 자신도 키아라가 감동하는 이유를 알고 있다. 자신이 울무토 던전에서 루미나를 만났을 때와 똑같기 때문이다.

잠시 있자 진정됐는지 키아라가 프란의 몸을 가만히 떼어놓았다.

하지만 어깨에 놓인 손은 그대로였다. 마치 떨어지면 프란이 환상이 되어 사라진다고 생각하기라도 하듯이.

키아라는 무서울 만큼 진지한 얼굴로 프란을 응시했다.

"그래서 진화에 이르는 길은 어떤 거였지? 가르쳐주겠나?"

"물론."

"그런가!"

"하지만 키아라 할망구는 진화의 방법을 알고 있다고 들었어."

"누가 그런 말을 했지?"

"디아스."

"뭐? 그 녀석…… 아직도 나를 기억하고 있었던 건가……."

"응."

던전 도시 울무토의 길드 마스터인 디아스. 그 표표한 노인은 키아라가 흑묘족의 진화에 대해 중대한 사실을 알고 있어서 전 수왕에게 납치됐다고 이야기했다.

우리도 그렇다고 의심하지 않고 있었는데…….

아무래도 아닌 모양이다.

그건 그렇고 키아라도 디아스를 기억하고 있었구나. 디아스는 벌써 몇 십 년이나 전 이야기이니 자신은 잊어버렸을 거라고 했는데.

"디아스는 지금은 어떻게 지내지?"

"울무토에서 길드 마스터를 맡고 있어."

프란은 울무토에서 만난 디아스나 오렐, 던전 마스터인 루미나에 대한 이야기를 들려줬다.

키아라는 놀라움 반, 기쁨 반의 표정으로 그 이야기를 들었다.

키아라는 키아라대로 디아스와 오렐이 자신을 잊어버렸다고 생각하고 있었던 모양이다.

그리고 복잡한 얼굴로 고개를 저었다.

훨씬 전에 잊어버렸다고 생각했던 옛 친구가 자신을 기억하고 있는 것은 기쁘지만, 지금도 과거에 얽매여 있다는 것을 알고 슬프기도 한 듯했다.

"그래서 디아스가 말했어. 키아라는 진화의 방법을 안 탓에 나쁜 녀석이 노렸다고."

"그런가……. 내 정보는 약간 치우쳐져 있었군. 확실하지 않은 것이야."

키아라가 울무토에서 있었던 일을 이야기해줬다.

당시 진화로 이르는 길을 찾아 여행을 하던 키아라는 울무토에 도착해 루미나와 만났다.

루미나는 키아라에게 아주 잘해주었고, 최종적으로는 키아라의 진화를 도와준다는 말까지 했다고 한다.

하지만 그 후 루미나가 하려고 했던 것은 자신의 사인화였다고 한다.

애초에 사신의 가호를 얻은 과거의 흑묘족은 반사인으로 변해 있었다. 루미나는 자신의 의사가 아니었다 해도 그 영향을 받아 사인의 힘도 가지고 있었던 것이다.

그리고 루미나는 던전 마스터의 권능을 사용해 자신을 완전한 사인으로 바꾸려고 했다. 키아라는 사기 감지 스킬을 가지고 있었기 때문에 루미나의 변화를 민감하게 알아차릴 수가 있었다고 한다.

어째서 키아라를 진화시키기 위해 루미나가 사인이 되어야 하는 걸까? 거기서 키아라는 어떤 양피지의 존재를 떠올렸다. 그것은 흑묘족이 진화할 수 없는 이유를 찾기 위해 각지에서 사 모은 각종 문헌에 뒤섞여 있던 오래된 양피지였다.

반 이상이 찢어져 사라졌지만, 남은 부분에는 흑묘족이 신의 분노를 겪은 이유와 사신이나 그에 준하는 강력한 사인을 쓰러뜨리면 저주가 풀린다는 내용이 적혀 있었다.

하지만 세상에 그런 이야기는 얼마든지 있었다.

흑묘족이 희망에 의지하기 위해 창작한 것이나 사기꾼이 흑묘족을 속이기 위해 지어낸 것 등 가짜가 넘쳐나고 있었던 것이다.

결국 루미나를 희생하면서까지 진화를 하고 싶지는 않다고 말해 루미나의 사인화를 멈추게 했다.

따라서 키아라는 어느 정도 확신은 있었지만 진화의 조건을 확실히 안다고는 말하기 어려운 듯했다.

"어느 정도 사기를 보유한 사인을 토벌하면 혹시…… 라는 정도지."

"그렇구나."

키아라는 진화의 조건을 전부 알고 있는 것이 아니었다. 어느 정도 추측은 할 수 있어도 확증은 없었고, 게다가 실행하기가 곤란한 종족 전체의 저주를 푸는 방법밖에 알지 못했다.

그렇기 때문에 전 수왕은 키아라의 목숨을 빼앗지 않고 내버려 두었을 것이다.

일반적으로 생각하기에 사신급의 상대를 쓰러뜨리는 건 불가능할 테니 말이다.

키아라가 아는 저주를 푸는 방법이 알려졌다 해도 누구도 달성할 수 없었다. 오히려 흑묘족은 더 절망할지도 몰랐다.

키아라도 그것을 알고 있기 때문에 누구에게도 자신의 추측을 가르쳐주지 않았을 것이다. 확실한지도 알 수 없는 정보로 흑묘족의 희망을 빼앗을 수는 없다면서.

"내 추측은 맞았던 건가?"

"응. 하지만 그것뿐만이 아냐."

그 후, 프란은 진화에 대해 최대한 자세하고 친절하게 키아라에게 이야기했다.

"사인을──."

"그렇군──."

"아니면——."

"흐음——."

평소에는 말수가 적은 프란으로서는 드물게 말이 많았다.

그만큼 키아라에게 저주를 푸는 방법을 알리고 싶었던 거겠지.

"이게 전부야."

"그런가…… 그런가."

모든 것을 들은 키아라는 고개를 숙이고 몸을 떨었다.

울고 있나 싶었는데, 아닌 모양이다.

"크크크…… 하하하하하하!"

불쑥 든 얼굴에는 굉장한 미소를 띠고 커다란 웃음소리를 내고 있었다. 그 눈은 번쩍번쩍 빛나서, 진심으로 기뻐 보였다.

"미아! 검을 가져와라!"

하녀를 향해 그렇게 외쳤다.

"네? 키아라 스승님?"

그 말에 기다리던 그엔다르파가 크게 당황했다.

도저히 병자가 할 말이 아니었다.

"미아, 뭐 하는 거냐. 내 검 말이다."

"키아라 스승님! 기다려주십시오! 무엇을 하실 생각이십니까?"

"가만히 있을 수 있겠느냐! 잠시 고블린이라도 베고 올 뿐이다! 안심해라!"

"아니, 어제까지 생사의 경계를 헤매셨잖습니까. 무리입니다!"

"설령 다 죽어간다 해도 고블린 따위에게 질까 보냐!"

그엔다르파가 말리려 했지만 키아라는 이미 침대에서 내려와 멈추려고 하지 않았다.

사인을 천 마리. 혹은 위협도 A 이상의 사인 한 마리를 쓰러뜨리는 조건을 안 키아라는 가만히 있을 수 없어진 듯했다.

"눈을 뜬 날 프란이 내게 찾아왔다. 이것도 운명이겠지."

"하지만 키아라 스승님은 이미 총애를 잃지 않으셨습니까!"

"그렇다 해도 포기할 이유는 되지 않는다! 에잇, 비켜라. 코흘리개!"

"무모하십니다! 총애가 있어도 어렵습니다."

그엔다르파가 반복해 말하는 총애란 말은 뭐지?

"총애?"

"그런가, 프란은 모르는군. 나는 말이다, 투신의 총애를 오랫동안 소유하고 있었다."

투신의 총애? 역시 의미를 모르겠다. 그러나 그건 나만 그런 모양이다.

"굉장해!"

"뭐, 이미 다른 이의 손에 건너갔지만, 덕분에 그럭저럭 강하다."

프란이 눈을 빛냈다. 이렇게 말하면 그렇지만, 프란은 세상 물정을 모른다. 그 프란이 안다는 건 세상에서 일반적으로 아주 유명한 것이리라.

『프란, 투신의 총애는 뭐야?』

'엄청 유명한 스킬.'

투신의 총애란 수많은 이야기에 등장하는 세계적으로 유명한 엑스퍼트 스킬이라고 한다.

소유자는 기초 레벨과 스킬 레벨이 큰 폭으로 올라가기 쉬워지고, 레벨업 때 스테이터스의 상승률도 배로 늘어난다. 게다가 스테이터스 상승의 효과까지 있다.

그것뿐이라면 단순한 밸런스 붕괴 스킬에 그치겠지만, 이 스킬이 유명한 건 또 하나의 효과 때문이다.

그것은 소유자의 변화다.

놀랍게도 이 스킬의 소유주는 한 달에 한 번, 반드시 생명의 위기가 찾아오는 한계의 싸움을 경험해야 했다.

생명의 위기가 어느 정도 위험을 가리키는지는 잘 모르겠지만, 적어도 잔챙이를 몇 마리 쓰러뜨려 봐야 의미는 없는 듯했다.

그 조건을 채우지 못한 경우에 스킬은 사라진다. 그리고 사라진 스킬은 세계 어느 곳의 새로운 소유자에게 나타난다.

확실히 이야기의 소재가 될 법한 스킬이로군.

"나는 일곱 살 때 나타났다. 총애를 잃지 않기 위해서 싸움을 계속했지. 덕분에 힘은 나름대로 손에 넣었다. 10년 전까지는 계속 소유하고 있는데 말이야⋯⋯."

"어째서 놓쳤어?"

"그 무렵 몸 상태가 좀 안 좋아서 반년 정도 요양 생활을 했지."

그동안에는 전투를 할 수 없어서 투신의 총애를 잃은 모양이다.

노예로 왕궁의 오물 처리 시설에서 일하던 때는 어떻게 했을지 궁금했는데, 당시의 왕이 한 달에 한 번 왕도 부근에 있는 마경의 출입을 허가했다고 한다.

하지만 그것도 당연했다.

엑스퍼트 스킬을 소유한 노예는 대단히 귀중하다. 전 수왕으로서도 잃는 건 좋은 방법이 아니라는 것을 알고 있었을 것이다.

"하지만 그런 게 상관있나! 크크크. 못 견디게 피가 끓는구나!"

수십 년 동안 진화하는 것을 포기하지 않고 수행을 계속해왔던 키아라. 그 방법을 안 지금, 그녀가 행동을 멈춘다고는 생각할 수 없었다.

기세를 타기만 한 것이 아니라 이후에 취해야 할 행동을 착실하게 계획하기 시작했기 때문이다.

"우선 슈왈츠카체로 가자. 다른 흑묘족에게도 가르쳐줘야지."

"스승님이 누워 계시는 사이에 전해졌을 거라고 생각합니다만."

"그렇다면 그것으로 됐다. 뜻을 같이 하는 자를 찾아 함께 사인을 사냥하면 되니까."

"슈왈츠카체?"

고개를 갸웃거리는 프란에게 그엔다르파가 설명해줬다.

"지금 왕이 세운 흑묘족을 위한 마을이야. 노예에서 해방된 흑묘족이 조용히 살고 있지."

그렇군, 그곳은 가보고 싶군.

키아라는 어떻게 할 거지? 정말 행동에 옮긴다면 동행해도 상관없는데…….

하지만 당장이라도 방을 뛰쳐나가려고 하는 키아라를 단단히 붙잡는 존재가 있었다.

"아직 무리하시면 안 됩니다."

"큭, 미아!"

하녀 소녀다.

"적어도 앞으로 일주일은 정양하십시오."

키아라는 진화하지 못했지만 상당히 강하다. 투신의 총애를 어릴 때부터 가지고 있었기 때문일 것이다. 평소 상태로 일반 수인의 진화 상태를 웃돌아도 이상하지 않았다.

그런 키아라가 미아를 뿌리치지 못했다.

"놔라!"

"못 놓습니다."

뭐야 이거. 이 미아라는 하녀, 엄청나게 강한 거 아냐?

"여, 역시 왕궁의 하녀……."

"유명해?"

"그래. 왕족이나 빈객의 시중을 드는 사용인은 어릴 때부터 단련받은 초일류만 있다고 해. 그건 업무뿐만 아니라 전투력도 해당된다고 들었어."

미아 또한 실력이 굉장한 모양이다. 진화한 것은 물론 전투 기능을 제대로 습득한 듯했다.

"적어도 나는 못 이기겠어."

"호오오."

그렇게나 강한 건가.

"프란, 너는 타국 출신인 듯한데, 이다음에는 어쩔 거지? 왕도에 한동안 있을 건가?"

키아라가 갑자기 프란에게 말을 걸었다. 우와, 말을 돌리는 게 서툴러. 어떻게든 미아의 주의를 돌리려는 거겠지.

"이 나라에는 키아라랑 또 한 사람을 만나러 왔어."

신급 대장장이에 관해서는 어디까지 이야기해도 좋을지 알 수 없었다. 국가의 상층부밖에 모르는 극비 사항인 듯하니 키아라에게 그 이야기를 해도 좋을지 어떤지는…….

그것을 알고 있기 때문에 프란도 말을 흐렸다.

그 모습에서 키아라도 헤아린 모양이다.

"사정이 있군."

"수왕이 나라의 높은 사람에게 얘기를 들으라고 했어."

"그런가. 나로서는 도움이 될 것 같지 않군. 이런 장소에 방을 받았지만 특별한 신분이 있는 건 아니니까."

그렇게 잘라 말한 키아라에게 미아가 어이없다는 말투로 대꾸했다.

"무슨 말씀을 하십니까……. 지금 이 나라에 키아라 님과 얼굴을 맞대고 거역할 수 있는 자는 거의 없습니다."

"어떤 입이 그런 말을 했지? 지금 그야말로 붙잡혀 있는데?"

"뭐, 그건 그거. 이건 이겁니다."

마이 페이스 하녀로군.

"하지만 국왕님에 그 자녀분. 더 나아가 친위대에 장군들. 그밖에도 우리 왕궁의 사용인을 포함해 키아라 님의 제자는 수없이 있습니다."

"단련이 지나쳤다고 후회하고 있다. 좀 더 대충했어야 했어. 그랬으면 여기서 방해를 받을 일도 없었을 텐데."

"그것참 안되셨군요. 다음에는 주의해주십시오."

"쳇! 큭, 콜록!"

"거보세요, 아직 몸이 완전하지 않습니다. 지금은 기분이 들떠 몸의 나쁜 상태를 잊고 있을 뿐입니다."

"우읏."

미아에게 타이름을 듣고 불만스럽게 입을 다무는 키아라. 상대의 말에 일리도 있다는 건 이해하고 있을 것이다.

"그리고 신분이 없는 것도 키아라 님이 거부하셨을 뿐이지, 마음만 먹으면 명예 대장군 정도는 받으실 수 있다고 생각합니다."

즉, 신분은 노예에서 올라온 평민이지만 영향력은 국가조차 움직인다는 뜻이다. 그쪽이 대단하지 않나?

"뭐, 됐다. 누군가 윗사람을 불러와라, 미아."

"네, 알겠습니다."

미아가 양피지에 뭔가를 적어 방 입구에 대기하고 있던 하녀에게 건넸다. 아마 누군가를 부르러 가는 거겠지.

"이 정도로 내가 감사하는 마음은 다할 수 없지만, 뭔가 할 수 있는 일이 있다면 말해라. 대부분의 일은 해주마."

이 나라 한정이지만, 대부분의 일을 할 수 있을 것 같아서 무섭다. 그러나 프란은 고개를 붕붕 흔들었다.

"됐어. 감사를 바라는 게 아냐."

"후하하하! 좋구나! 마음에 들었다! 그러면 감사가 아니라 단순한 호의다. 마음에 든 상대에게 뭔가를 해주고 싶은 것은 이상한 일이 아니지 않느냐? 어떤가, 열 받는 녀석의 목이라도 잘라 와 줄까?"

"그것도 괜찮아. 스스로 할 거니까."

"그런가? 그렇지. 그편이 즐거우니까."

"응."

프란과 키아라는 묘하게 죽이 맞는 모양이다. 디아스와 오렐도 젊을 때의 키아라와 프란이 닮았다고 했으니 말이다.

흑묘족에 호전적. 마음이 맞지 않을 리가 없었다.

프란과 키아라가 화기애애하다고 하기에는 조금 위험한 전투

이야기로 이야기꽃을 피우고 있는 중에 누군가가 방에 찾아왔다.

"실례합니다. 키아라 님, 부르셨습니까?"

들어온 것은 미중년 남성이었다. 법의 같은 로브를 입어서 보기에도 지위가 높아 보이는 인물이다.

그 노인에게 키아라가 가볍게 말을 걸었다.

"오, 기다리고 있었다. 좀 소개하고 싶은 아이가 있어서."

"호오. 그쪽의── 흑뢰희님이군요?"

"뭐야, 알고 있는 건가."

"그야 뭐. 모르는 건 자리에 누워 있던 당신 정도겠죠."

남성은 프란에게 다시 몸을 돌리고 우아하게 인사했다.

"폐하께 당신의 편의를 봐주라는 연락을 받았습니다. 또한 그분에게 드릴 소개장도 준비했으니 안심하십시오."

"응. 그래서 누구야?"

"오오. 이거 실례했습니다. 이 나라에서 재상을 맡고 있습니다. 레이몬드라고 합니다."

재상? 엄청 높은 사람이었어! 그런 것치고는 겸손하군.

"레이몬드는 하급 문관부터 올라갔거든. 우수한 녀석이야."

"전왕님 시절에는 푸대접을 받았습니다만."

우수하지만 원래는 지위가 낮았던 것을 지금 왕이 끌어올렸다는 뜻인가. 그래서 겸손한 것일지도 모른다.

적어도 지위를 내세우는 멍청이 귀족과는 다른 듯했다.

"랭크 C 모험가 프란. 흑뢰희라고 불리는 경우도 있어."

"알고 있습니다. 그리고 소개장 외에 뭔가 희망이 있으십니까?"

'스승? 뭔가 있어?'

『아니, 나는 딱히 없는데……. 프란은 어때?』

'하나 있어.'

『호오? 뭔데?』

'흑묘족 마을에 가보고 싶어.'

『응. 그거 괜찮은데? 장소를 물어볼까?』

'응!'

흑묘족에게 진화의 조건을 퍼뜨린다는 목적을 위해서는 이 이상 없을 최적의 장소일 것이다.

"슈왈츠카체에 가보고 싶어."

"오오. 이미 들으셨군요. 오히려 이쪽에서 부탁하고 싶을 정도입니다. 지도를 준비하죠."

"부탁해."

"알겠습니다."

레이몬드가 우아하게 인사하고 나가자 키아라가 프란에게 의자를 권했다.

역시 지금 당장 사인 사냥에 나서는 건 포기한 모양이다.

뭔가 중요한 이야기를 하지도 않고 프란과 키아라는 시시한 이야기를 나눴다.

하지만 두 사람 모두 진심으로 즐거워 보였다. 키아라는 울시도 마음에 들었는지 거대화를 시켜서 쓰다듬었다. 거대 늑대를 앞에 두고 우선 꼬리를 쓰다듬는 배짱은 역시 대단했다.

그러나 즐거운 시간은 순식간에 지나갔다.

담소를 시작하고 30분쯤 지났을 무렵.

미아가 닥터 스톱을 걸었다. 아니, 이 경우에는 메이드 스톱인가?

아무튼 병이 나은 지 얼마 안 된 키아라의 몸에 이 이상은 부담이 된다는 말을 들으면 무리하게 남을 수도 없었다.

키아라는 아직 괜찮다고 우겼지만 말이다.

결국 프란을 문까지 바래다주는 것으로 어떻게든 결론이 났다.

"그엔, 또 봐."

"그래, 그때는 정말 미안했다."

"응. 이제 괜찮아."

"미안하다."

얌전한 태도로 머리를 숙이는 그엔다르파를 보고 흥미가 생겼나 보다. 키아라가 의문을 입에 담았다.

"너희들, 무슨 일 있었던 건가?"

"아니, 저기――."

"그엔이 시비를 걸었어."

"호오?"

안절부절못하는 그엔다르파를 무시하고 프린이 두 사람 사이에 일어난 사건을 키아라에게 이야기했다. 다 듣자 키아라가 깊은 한숨을 내쉬었다.

"하여간에, 아직도 백부에게서 자립하지 못한 거냐."

"백부에게서 자립은 무슨 말씀이십니까! 저는 그런 배신자를 딱히――."

"그게 애초에 어린애라는 거다. 스무 살이 지났는데 반항기라니, 한심하다. 애초에 백서족에서 고드를 배신자라고 부르는 건 너뿐일 거다. 다른 녀석들은 수왕을 섬기는 건 영광이라며 기뻐하고 있다고 들었는데?"

"그건……."

"결국 정말 좋아하는 고드 백부가 네게 의논도 없이 백서족의 장 자리를 놓고 물러나서 삐친 거겠지."

"큭."

"흥. 뭐, 코흘리개 일은 아무래도 좋다. 그것보다 프란!"

그엔다르파의 입을 다물게 한 키아라가 프란을 다시 확 껴안 았다.

"프란. 또 와라. 꼭이다."

"응. 키아라도 무리하지 마."

"하하하하. 지금 무리하지 않으면 언제 할까! 진화해야만 해!"

"응. 그랬지. 그럼 죽지 않을 만큼 무리해."

키아라에게는 진화할 절대적인 필요성이 딱히 없다고 생각하는데. 그녀의 입장에서는 만사를 제쳐두고라도 진화를 목표하는 것이 당연한 모양이다. 진짜로 무리하지 않기를 바란다. 키아라가 죽으면 프란이 정말 슬퍼할 테니 말이다.

"늙어서 이만큼 충실한 기분을 맛볼 줄은 생각도 못 했다. 감사한다."

"응."

"아―, 빨리 사인들을 사냥하고 사냥하고 마구 사냥하고 싶다! 이렇게 되면――."

"키아라 님, 너무 흥분하지 마십시오. 몸에 안 좋습니다."

"에에잇! 노라, 미아! 어째서 있는 거냐! 그엔이 있으니까 시중 은 들지 않아도 된다고 했을 텐데!"

"이대로라면 역시 따라가겠다고 말씀을 꺼내실 것 같아서요."

"웃……!"

아, 역시 따라올 생각이었군. 하지만 왕궁 하녀의 눈은 속이지 못한 모양이다.

그 후, 키아라는 프란을 꽤나 말렸지만 프란은 그 권유를 조용히 거절했다. 여기라면 키아라가 수행도 같이 해줄 테니 프란의 행복을 생각한다면 이대로 여기에 머무르는 것도 나쁘지는 않다고 생각하지만…….

프란은 드워프 대장장이인 가르스와의 약속을 지켜야 한다면서 듣지 않았다.

신급 대장장이를 만나고 그 뒤에는 다시 크란젤 대륙으로 돌아가 가르스를 만난다. 그것은 프란에게는 정해진 예정인 듯했다.

성에서 나오기 전에 재상에게 신급 대장장이에게 줄 소개장도 받았고, 슈왈츠카체로 가는 방법도 들었다.

"그럼 갈게."

"또 보자!"

"이 은혜는 잊지 않으마! 또 와라, 프란! 울시도!"

키아라 일행이 전송하는 목소리를 등지고 우리는 왕성을 뒤로 했다.

『프란, 잘됐다.』

"응."

『또 오자.』

"응!"

이로써 왕도의 볼일은 마쳤다. 관광해도 좋다고 생각했지만 프란으로서는 흑묘족 마을이 신경 쓰여 어쩔 수 없는 모양이다.

결국 우리는 왕궁을 나가 왕도 베스티아를 떠나기로 했다.

이후에 할 행동으로는 우선 북쪽에 있는 슈왈츠카체로 향하고, 거기에서 더욱 북쪽에 있는 신급 대장장이의 초막으로 갈 예정이다.

『흑묘촌으로 가는 지도는 받았지만 꽤 복잡하네.』

뭐, 북쪽 국경에 있는 대산맥의 기슭에 있다고 했으니 최악의 경우에는 길을 무시하고 북쪽으로 직진하면 근처까지는 갈 수 있을 것이다.

거리가 상당한 듯하지만, 울시의 다리라면 하루 이틀이면 도착한다고 생각한다.

『우선 중계지가 되는 그린고트라는 도시를 목표하자.』

가도 여럿이 교차하는, 수인국에서도 유수의 상업 도시라고 한다.

"기대돼."

『그렇지?』

"울시, 고."

"워웡!"

제3장 흑묘의 터전

왕도를 출발한 날 밤.

"그러면 지, 지나가십시오! 흑뢰희님!"

"응."

우리는 문제없이 그린고트에 도착해 있었다.

입구에서 소동이 일어나는 일도 없이 쉽게 도시로 들어갔다.

도중에 사냥한 잔챙이 마수의 소재를 모험가 길드에서 팔 때도, 길드에서 들은 숙소에 체크인할 때도 아무런 문제도 일어나지 않았다.

이렇게까지 아무 일도 없는 건 드물지 않나? 이른바 대도시에서는 처음일지도 모른다. 반대로 불안하기는 하지만.

아니, 잠깐만. 이건 폭풍 전 고요함일지도 모른다. 분명 그린고트를 뒤흔들 대사건이—— 일어나지 않았습니다.

어떤 긴급 사태가 찾아와도 대응할 수 있도록 가슴을 두근거리면서 프란의 자는 얼굴을 지켜보고 있기는 하지만 말이다.

『아침인가…….』

아쉽지는 않다. 평화는 좋은 것이다.

다만 아직 믿을 수 없을 뿐이다. 하룻밤이 지나도 여전히 못 믿겠다.

"스승, 왜 그래?"

『아니, 아무것도 아냐.』

"그래?"

무슨 일이 일어날 게 틀림없다며 안절부절못하고 있는 것을 프란이 감지한 듯했다.

도시를 나가기 위해 정문으로 향하는 도중에 이상하다는 듯이 물었다.

결국 그린고트를 출발할 때까지 아무 일도 일어나지 않고 끝났다. 아니, 끝나주었다고 하자.

『이야, 좋은 도시였어!』

"그래?"

『응! 매번 저런 도시였으면 좋겠는데!』

하지만 그것은 도시를 나가고 바로 찾아왔다.

"뭔가 있어."

『모험가인가?』

그린고트의 정문에서 나가고 20미터 정도 떨어진 장소였다.

길 좌우에 모험가 같은 남자 두 명이 멀거니 서 있었다. 아무래도 가도를 감시하고 있는 모양이다.

도적이 아니라 모험가라고 판단한 것은 아무리 그래도 도시에서 너무 가까웠기 때문이다. 아무리 대담한 도적이라도 이 장소에서 영업을 하려고는 생각하지 않을 것이다.

이쪽을 빤히 바라보고 있기에 속도를 늦추고 경계했지만, 특별히 아무 일도 일어나지 않았다.

수인에게 주목받는 것은 당연하지만……. 이 모험가들은 인간족이었다. 아니, 단순히 눈에 띄는 프란과 울시를 보고 있었을 뿐인가? 그런 것치고는 눈매가 조금 위험한 것 같다.

『저건 뭐지?』

'이쪽을 보고 있었어.'

『완전히 가격을 매기는 눈이었지?』

가벼운 위화감을 느끼면서도 길을 나아가자 다시 남자 여럿이 나타났다.

이번에는 아무리 그래도 무시할 수 없었다. 어린아이가 길을 막는 장난을 하듯이 길을 가로막았기 때문이다. 그들은 어째선지 초조함과 분노의 표정을 띠고 있었다.

도적이라고 생각했지만, 그런 것치고는 모습이 이상했다.

보통 도적은 사냥감을 앞에 두면 더 천박한 웃음을 짓거나 잔학심으로 가득한 얼굴을 하는 법이지 않나? 적어도 처음부터 화를 내고 있는 의미를 알 수 없었다.

"어떻게든 앞질러 왔군."

"뭐야, 저 늑대는!"

"너무 빨라!"

말 위의 모험가들은 고함을 지르면서 프란과 울시에게 다가왔다.

"이봐, 흑뢰희 프란이지?"

"응."

아무래도 묻지마 노상강도가 아니라 프란을 노리고 있었나 보다.

그렇다면 그 감시역도 공범인가? 그린고트에서는 가도가 몇 개나 이어져 있다. 프란이 어디를 지나갈지 알 수 없기 때문에 여러 가도를 감시하고 있었던 거겠지.

그리고 이 길을 통과했다는 연락을 받고 황급히 이동해 온 듯했다. 울시의 예상 이상의 속도를 보고 상당히 초조했던 모양이다.

"바로 이런 말 꺼내서 미안하지만, 죽어줘야겠어."

"원망하려면 짐승으로 태어난 것을 원망해라!"

갑작스럽군. 그렇게 나오리라고는 생각했지만, 성질이 상당히 급하다.

게다가 상당히 강경했다.

감정을 해봐도 어느 녀석이든 잔챙이뿐이라서 도저히 프란을 죽일 수 있는 힘이 아니었다.

감정 위장 등으로 속이고 있을 가능성도 있기 때문에 전이와 염동의 준비는 게을리하지 않았지만, 움직임을 보는 한 감정의 결과에 오류는 없는 듯했다.

상대의 힘을 감지할 정도의 실력도 없는 것 같으니 프란을 우습게 보는 건 이해할 수 있다. 하지만 지금의 프란은 울시에 타고 있다. 이런 거대 늑대에게 겁먹지 않고 강경한 태도로 나올 수 있는 건 어째서지? 이 녀석들의 실력으로는 고블린에게조차 고전할 것 같은데.

그 강경함을 지탱해주는 것이 품에서 꺼낸 볼 같은 물건인 듯했다. 그것을 잡고 히죽히죽 웃고 있었다.

『프란, 울시, 약한 독 안개를 생성하는 마도구야. 대단한 마력은 느껴지지 않지만 프란은 만약을 위해 내가 전이시킬게. 울시는 리더 같은 녀석을 남기고 적당히 때려눕혀.』

'웡!'

그리고 남자들이 마도구를 던진 직후 프란의 모습이 사라졌다.

전이 장소는 상공이다. 녀석들의 동료가 달리 있으면 찾으려고 했지만, 아무래도 프란이 가는 방향을 막은 다섯 명과 가도를 감시하던 두 명뿐이었나 보다.

아래에서는 독 무효를 가진 울시가 독무를 아랑곳하지 않고 모험가들을 순식간에 흩어버리는 모습이 보였다.

역시 잔챙이었나.

울시에게 돌아가니 꼬리를 흔들며 달려왔다.

"착하다 착해."

"워웡!"

"응."

프란이 무츠고로우 씨(일본의 소설가이자 동물연구가인 하타 마사노리의 별명이다)처럼 울시를 칭찬해주는 사이에 남자들의 상태를 확인했다. 다섯 명 중 세 명은 이미 숨이 끊어져 있었다.

울시도 힘을 조절했지만 상대가 워낙 약한 듯했다. 남은 두 사람도 빈사 상태였다. 앞으로 몇 분만 내버려 두면 죽을 것이다.

나는 우리를 습격한 남자들에게 힐을 걸어 생명을 연장했다.

딱히 도와주려는 게 아니라 정보를 알아내는 것이 목적이다.

"이봐, 너희 목적은 뭐야?"

"히익……!"

"이, 이런 건 못 들었어!"

위압하면서 약간의 고통을 가하자 남자들은 정보를 술술 불었다. 다만 변변한 정보를 가진 것은 아니었다.

원래는 수인에게 콤플렉스를 가진 피라미로, 신원도 잘 모르는 남자에게 돈으로 고용됐을 뿐이라고 한다. 그때 받은 마도구도 적만을 죽이는 마독을 발생시키는 아주 강력한 도구라고 거짓을 가르쳐준 듯했다.

그것이 전혀 먹히지 않아서 남자들은 넋이 나가 있었다.

이 쓰고 버리는 느낌은 뭐지. 이만한 잔챙이에게 프란을 공격하게 한 이유를 모르겠다. 목숨을 노린 것이 아니라 단순한 장난일지도 모른다. 조금이라도 프란에 대해서 안다면 이 녀석들 정도로 프란을 죽일 수 있다고는 절대로 생각하지 않을 터다. 오히려 실패하는 것이 전제였다고 생각하는 편이 훨씬 납득 간다.

일단 살아 있는 두 사람은 도시로 돌아가 위병에게 넘기자.

『그건 그렇고…….』

"왜 그래, 스승?"

『아, 아니, 아무것도 아냐.』

누군가가 프란을 노리고 있을지도 모르는데 한바탕 소동이 일어나서 살짝 안심했다는 건 비밀이다.

"도시 옆에 있던 녀석들은?"

『아직 있으면 붙잡자.』

"알았어."

그리고 우리는 막 출발했던 그린고트로 돌아왔다.

"어라, 당신은 아까 출발했던……?"

출발하고 30분도 지나지 않았으니 말이다. 문지기들도 프란을 기억하고 있었던 모양이다.

"잠깐 볼일이 생겼어."

병사 중 한 사람이 울시의 뒤를 들여다봤다.

"그 볼일이 늑대에게 끌려다닌 탓에 엉망이 된 끈에 묶인 남자들에 관한 건가요?"

"응. 가도에서 날 공격했어."

"다, 다치진 않으셨는지요?"

"괜찮아."

"바보, 흑뢰희님이 도적 따위에게 질 리가 없잖아!"

"그야 그런가."

"그런데 이 부근에 도적이라니……. 작년에 수왕님에게 모두 토벌된 줄 알았는데."

병사들의 말에 프란이 고개를 저었다.

"도적이 아니라 누군가에게 고용된 살인 청부업자. 나를 죽이라고 했대."

"아, 암살자?"

"응."

프란이 독가스 볼의 잔해를 꺼내면서 사건의 경위를 대강 설명했다.

"자, 잠시 기다려주십시오! 바로 윗사람이 올 겁니다! 이봐, 지원을 불러와!"

"그래!"

수인국 병사들의 행동은 신속했다. 아니, 프란이 관련돼서 그런가?

대기소에서 지원으로 나타난 병사들이 재빨리 암살자들을 안아 어딘가로 데려갔다. 일단 감옥에 가둔다고 한다.

그로부터 몇 분도 지나지 않아 병사장이라고 불리는 인물이 허둥거리는 기색으로 찾아왔다.

모 요괴 만화의 생쥐 남자를 닮았다고 생각했는데, 정말로 쥐족이었다.

하지만 그 태도는 성실했다.

"흑뢰희님! 다친 덴 없으십니까!"

"응. 괜찮아."

"그렇습니까. 이봐, 도적들은 어떻게 됐지?"

"네! 감옥에 가둬놨습니다!"

"좋아, 무슨 일이 있어도 배후 관계를 실토하게 해!"

"네!"

"그러면 흑뢰희님은 이쪽으로 오십시오."

정중한 태도로 위병소의 응접실 같은 장소로 안내했다. 진화한 신분 높은 상대로 취급해주는 모양이다.

"흑뢰희님께 가장 좋은 차를 내드려."

"알겠습니다."

대단히 정중한 취급이다. 병사장의 지시대로 고급스러워 보이는 차가 나왔다. 거기까지는 괜찮았다.

하지만 프란의 앞에 놓인 이 두툼한 스테이크는 뭐지? 순간 태클을 기다리나 싶었지만, 진지한 얼굴이다.

프란의 앞에 앉은 병사장도, 스테이크를 가져온 하녀도, 즉시 스테이크를 입안 가득 넣고 우물대고 있는 프란도 모두 진지한 얼굴이었다.

아무래도 개그가 아니었던 모양이다. 오히려 일상적인 일인 듯했다.

수인족의 바닥을 알 수 없는 식생활을 슬쩍 볼 수 있었다. 차과 자로 스테이크라니.

그렇게 스테이크를 먹으면서 병사장에게 암살자들과 만났을 때의 상황을 자세히 설명하고 있는데 누군가가 위병소의 계단을 올라오는 기척이 났다.

상당히 서두르고 있는지 다급한 발소리가 들렸다.

그래도 방에 뛰어들지 않을 정도의 분별은 남아 있는지, 응접실 앞에서 걸음을 멈추고 문을 노크했다. 뭐, 똑똑똑 하고 기세가 지나치게 있는 난폭한 노크였지만.

"들어오세요."

"실례하지! 오오, 흑뢰희님이십니까?"

"응."

"저는 그린고트의 영주를 맡고 있습니다! 취산양족의 마르마노라고 합니다! 기억해주시기 바랍니다!"

목소리가 크군. 산양이라 했지만 근육이 울끈불끈한 마초라서 육식 계열로밖에 보이지 않았다.

체격도 그렇고 허리에 찬 투박한 검도 그렇고, 무인인 듯했다.

"병사장, 사태는 어떻게 됐나?"

"네! 현재 적도들은 심문 중입니다."

"분명 바샬의 짓인 게 틀림없다!"

"저도 그렇게 생각합니다. 실제로 증거도 있습니다!"

증거? 그런 게 있었나?

병사장의 말에 고개를 갸웃거리는 나와 프란.

그대로 이야기를 들어보니, 남자들이 사용한 독가스를 발생시키는 마도구는 바샬 왕국제 마도구로 보인다고 한다. 형태 등에 특징이 있는 모양이다.

"꼭 자백을 받아내! 범인을 놓치지 마! 우리 수인의 영웅인 흑뢰희님을 노린 암살 미수 사건이니까! 그야말로 용서할 수 없는 행위다!"

어느새 영웅 취급을 받게 됐지? 하지만 병사장은 마르마노의 말에 고개를 크게 끄덕였다.

"알겠습니다! 그리고 흑뢰희님이 도적과 만난 장소에도 이미 병사를 파견했습니다."

"그래. 좋은 판단이야. 도시 안의 수사는 어떻게 되고 있지?"

"그쪽도 불량배들이 모이는 장소를 중점적으로 단속할 생각으로 병사를 편성 중입니다. 다만, 바샬 왕국과의 국경에 반수를 파견했기 때문에 인원이 부족합니다."

"쳇, 여기서도 바샬인가! 좋아. 기사단에서도 인원을 차출하지."

"괜찮으시겠습니까? 성의 수비가……."

"상관없다! 이건 바샬 왕국에서 우리에게 건 싸움이다! 반드시 후회하게 만들어주겠다!"

이거 도시 안을 수사해서 단서를 얻을 수 있을까? 만약 암살자들이 단순히 장난치는 사람이었다면 흑막은 녀석들이 져서 붙잡히는 것도 계획에 포함시켰을 것이다.

그렇다면 도시에 잠복해 있을 가능성은 낮다고 생각한다. 나라면 벌써 도망쳤다.

하지만 단서를 얻을 가능성도 있고, 그 밖에도 바샬 왕국과 이어져 있는 인간이 있을지도 모른다. 여기서는 섣부른 말을 하지 말고 수사를 계속하게 하는 편이 나을 것이다.

영주는 수사가 끝날 때까지 마을에 머무르기를 바라고 영주관에서 대접한다고 했지만, 급한 여행이라고 말하고 정중히 거절했다.

소문의 흑뢰희와 꼭 가까워지고 싶다는 속셈이 명백했으니 말이다.

뭐, 이곳 영주의 경우는 권력이나 권위를 원하는 것이 아니라 순수하게 진화한 상대에 대한 존경에서 나온 동경에 가까운 감정이었던 듯하지만. 식사라도 하면서 무용담을 듣고 싶었던 모양이다.

하지만 서두르고 있는 건 사실이라서 이번에는 사양하기로 했다.

"또 와주십시오!"

굳이 정문까지 전송하러 와준 영주에게 작별을 고하고 다시 가도를 달렸다.

『프란, 되도록 이대로 곧장 북쪽을 목표하고 싶지만, 좀 멀리 돌아갈 거야.』

"어째서?"

『우리를 노리고 있는 걸 안 이상 행선지를 순순히 가르쳐줄 수는 없으니까.』

"알았어."

『울시, 이 앞 갈림길에서 북쪽이 아니라 동쪽으로 꺾어.』

"윙!"

그리고 동쪽으로 향하는 가도를 어느 정도 나아간 시점에서 삼림 속으로 진로를 잡았다. 나중에는 전이와 은밀을 번갈아 쓰면서 북쪽 가도로 돌아왔다.

누군가가 뒤를 따라오는 기색은 없었다.

"이제 따돌렸을까?"

『아마도.』

지금의 우리에게 기척을 들키지 않고, 심지어 울시의 속도를 따라올 수 있는 상대는 그리 없을 것이다. 아니, 그만한 힘이 있다면 평범하게 공격하는 편이 암살 성공률은 높을 터다.

"저게 도시 사람이 말했던 강이야?"

『아마 그런 거 같아.』

"웡웡!"

울시의 분발 덕분에 생각보다 빨리 온 듯했다. 아무래도 다른 통행인이 없는 길을 전력으로 달리는 게 기분 좋나 보다.

중계지로 목표했던 장소가 벌써 보이기 시작했다. 도시에서 길을 들을 때 가르쳐준 강이 틀림없을 것이다.

저 강을 넘으면 슈왈츠카체는 바로 거기일 터다.

"스승, 갈림길이야."

『그린고트에서 들은 얘기로는 강을 건넌 뒤에는 오른쪽으로 가라고 했을 거야.』

"웡!"

울시가 속도를 전혀 줄이지 않고 마치 드리프트라도 하듯이 커브를 날카롭게 돌았다.

『그런 다음 그대로 길을 따라가면──.』

"스승! 저거!"

『그래!』

슈왈츠카체로 이어지는 좁은 길. 그 앞에 지게를 지고 걷고 있는 수인 몇 명이 보였다. 떨어져 있어도 알 수 있었다.

검고 탄력 있는 꼬리에 머리 위로 올라온 검은 고양이귀.

『어디를 봐도 흑묘족이네!』

"응!"

첫 번째 마을 사람 발견이다!

나무라도 하고 왔는지 전원이 마른 나뭇가지를 모아 지고 있었다.

즉시 말을 걸려 했지만──.

"히익!"

"괴물 늑대!"

"도, 도망쳐!"

갑자기 접근하면 놀라게 할 것 같아서 일부러 기척을 죽였는데, 그게 역효과였던 모양이다.

다가오는 울시를 본 순간 등을 보이고 도망쳤다. 완벽하게 울시만 눈에 들어왔나 보다.

약하다는 평판의 종족답게 맞서 싸운다는 생각은 전혀 하지 않는 듯했다. 지고 있던 마른 나뭇가지를 내던지고 즉시 숲속으로 뛰어들었다.

실패로군. 적어도 울시를 작아지게 했어야 했다. 다만 이대로 내버려 두는 것도 가엾다.

거대한 늑대 마수가 배회한다고 믿고 겁을 집어먹은 채로 있을 테니 말이다.

『할 수 없지. 뒤를 쫓아 설명하자.』

"알았어."

『울시는 그림자 속에 숨어 있어.』

"웡……."

일단 지게와 마른 나뭇가지를 수납하고 도망간 흑묘족을 쫓았다. 도망치는 데 익숙한지 깔끔하게 세 방향으로 도망친 상태였다.

『일단 가장 가까이 있는 사람 쪽으로 가자.』

"응."

상대는 전사도 뭣도 아닌 일반인이다.

프란이 진심으로 쫓으니 따라잡는 건 순식간이었다.

부들부들 떨면서 나무 그늘에 웅크리고 있었다.

"있잖아."

"힉!"

숨어 있던 흑묘족 남성에게 말을 걸자 움찔 떨며 펄쩍 뛰어올랐다.

얼굴이 새파랗군. 그리고 주뼛대며 고개를 돌린 남성은 눈앞에 있는 것이 자신보다 나이 어린 동족 소녀라는 것을 알고 안도의 표정을 띠었고── 직후에 깜짝 놀라며 주저앉았다.

"지, 지지지……."

"응?"

"지지지지지──."

"괜찮아?"

"진화했어!"

"응.

역시 동족답게 진화의 충격은 다른 수인보다 큰가 보다. 아니,

다른 수인도 프란을 영웅시하고 있지만 말이다.

남성이 프란을 올려다보는 눈에는 경악과 두려움의 빛이 강했다.

울시를 보고 겁먹었던 때보다도 몸의 떨림이 심하지 않나?

"흐, 흐흐흐흐……."

"응?"

"흐흐흐흐흐──."

"웃는 거야?"

"흑뢰희님이십니까!"

이런 시골까지 정보가 알려진 건가. 게다가 같은 종족인 흑묘족끼리라면 프란이 더 상위 존재인 흑천호인 것도 알 터다.

남자는 그 자리에서 엉엉 울기 시작했다.

"으아아아아아아아아!"

"괜찮아?"

"불우하다는 말을 들었던 우리에게도 드디어! 드디어! 으아아아아아아아아!"

'잠시 기다릴래.'

『그래야지.』

프란의 눈이 다정하다.

동족에게는 특별한 마음이 있는 프란이다. 울무토에서 이니냐를 만났을 때도 그랬지만, 동족에게는 평소 이상으로 다정해지는 모양이다.

진정될 때까지 지켜보고 있자 정신을 차린 남자가 사과하기 시작했다.

"흑뢰희님을 번거롭게 만들어서 정말 죄송합니다!"

"괜찮아."

"가, 감사합니다!"

그 후, 다른 두 사람도 부르러 갔는데, 거의 같은 반응이었다. 흑천호로 진화한 것에 경악했고, 그 정체에 생각이 미치자 환희를 폭발시켰다.

그 뒤에 그들이 프란을 따르는 태도도 굉장했다. 말하기는 그렇지만, 대장 고양이를 따르는 새끼 고양이처럼 반짝거리는 눈으로 프란을 바라보고 있었다. 그들이 떨어뜨리고 간 지게와 마른 나뭇가지를 돌려주자 상냥하다며 감격했고, 희귀한 시공 마술을 쓸 수 있다고 하자 존경의 눈빛을 보냈다.

말하기는 그렇지만 엄청 쉬웠다. 만난 순간부터 동경하는 스타 대접이니 말이다.

마침 잘됐기 때문에 슈왈츠카체로 안내해달라고 부탁해보니 흔쾌히 받아들였다.

"그럼 난 먼저 가서 모두에게 알리고 올게!"

한 사람이 그렇게 말하고 달려 나갔다. 눈치가 빠르군. 이로써 경계받지 않고 마을에 들어갈 수 있을 것 같다.

"맞다, 동행이 있어."

"네? 그런가요?"

"응. 불러도 돼?"

"물론입니다!"

"울시."

"워워엉!"

"아악! 늑대다!"

울시가 그림자에서 나타나자 남자들이 그 자리에 주서앉듯이 놀랐다.

"히이이익!"

어라? 울시는 작아져 있는데 아까와 같은 반응이었다.

이 모습을 보니 가장 약한 종족이라고 불리는 것도 조금 납득이 간다.

어떻게든 그들을 달래 마을로 향했다.

도중에 울시가 그렇게 무섭냐고 물으니, 그들에게는 마수가 아닌 늑대 한 마리라도 충분히 위협적이라나. 울시는 보기에 마수라서 상당히 무서운 듯했다.

"나 모두에게 놀라지 않도록 말하고 올게."

"부탁해."

여기서는 부탁하는 편이 좋을 것 같다. 흑묘촌이 패닉에 빠져도 성가시고 말이다. 그렇게 또 한 사람이 마을을 향해 달려갔다.

남은 청년과 두서없는 이야기를 나누면서 천천히 마을로 향했다. 마을 인구는 3백 명 정도이고, 90퍼센트 이상이 흑묘족이라고 한다.

10퍼센트의 다른 종족도 병사나 모험가, 그 가족뿐이라서 일반 주민은 대부분이 흑묘족인 듯했다.

마을에 대해 들으면서 걸은 지 10분.

"아, 보이기 시작했어요!"

"저기가 슈왈츠카체야?"

"네!"

길 끝에 높은 나무벽이 보이기 시작했다.

시골 마을이지만 나름대로 훌륭한 외벽이었다.

청년이 말하길, 수왕이 특별히 지어준 벽이라나. 역시 수왕은 흑묘족을, 그보다 키아라를 소중히 여기고 있는 듯했다.

문 앞에는 흑묘족 세 명이 서 있었다. 두 명은 아까까지 같이 있었던 남성들이다. 그 사이에 허리가 굽은 노인이 있었다.

울시를 설명할 필요도 없이 그의 눈에는 프란밖에 보이지 않는 듯했다.

"오오……! 오오오……! 저, 정말로 진화했을 줄이야!"

울먹이는 눈을 부릅뜨면서 프란의 얼굴을 응시했다.

"그러니까 말씀드렸잖아요, 촌장님!"

"하지만 우리 흑묘족에서 진화한 자가 나오다니, 믿을 수 없지 않나!"

"하지만 수왕님의 사자가 말씀하신 건데요?"

"그래도네! 자네들은 정말로 믿었나? 진심으로? 100퍼센트?"

"그건……."

"에이~."

수왕에게 프란의 정보는 전해 들었지만 반신반의했던 모양이다. 그들 자신에게도 흑묘족이 진화할 수 없다는 것은 상식이었던 거겠지.

거기에 프란이 나타났다.

이 세상의 무엇보다 명확한, 흑묘족이 진화할 수 있다는 증거다. 촌장과 사람들의 흥분은 최고조에 달해 있었다.

급기야 프란을 내버려 두고 의견을 교환하기 시작했다.

"그, 그러면 진화하기 위한 그 조건이란 것도?"

"마, 맞아! 사인을 천 마리 쓰러뜨린다는 거! 그거 진짜였어?!"

"오오, 수상쩍다고 생각했어!"

그들이 친정할 때까지 좀 더 시간이 걸릴 것 같다.

『뭐, 기뻐하는 것 같아서 다행이야.』

"응."

"윙."

몇 분 후.

겨우 진정한 촌장과 사람들에게 이끌려 슈왈츠카체로 들어 갔다.

큰절을 올리듯이 사과했지만 프란은 신경 쓰지 않았다. 오히려 자신이 가져온 정보에 기뻐해 줘서 기쁘게 생각하고 있을 정도다.

마을 안에서는 수많은 수인이 기다리고 있었다. 입구를 둘러싸 듯이 인파가 생겨나 있었다. 2백 명 이상 있을 것이다.

그리고 그 대부분이 흑묘족이었다.

프란의 모습이 보인 순간, 웅성거림이 일어났다. 더 큰 소동이 일어나겠다고 생각했지만, 생각했던 것보다는 조용했다.

자세히 보니 대부분의 흑묘족은 눈을 크게 뜨고 경악하고 있었 다. 너무 놀란 나머지 몸이 굳어서 환성을 지를 수도 없는 듯했다.

"아아…… 신이시여."

"정말……이었구나."

"훌쩍……."

감격의 눈물을 흘리는 자도 많았다.

그대로 진정되기를 기다리고 있자 누구에게 말을 들은 것도 아닌데 흑묘족들은 그 자리에 무릎을 꿇고 프란에게 절하기 시작했다.

두 무릎을 지면에 대고 기도하듯이 손을 가슴 앞에 모으고 열기가 담긴 눈으로 프란을 응시했다.

어떤 의미에서 머리를 조아리는 것보다 위 아닌가? 완전히 숭배의 대상이 된 것 같은데?

이상한 분위기에 프란도 나도 곤혹스러워하고 있는데 촌장이 모두에게 소리쳤다.

"자, 흑뢰희님이 곤란해하시지 않나. 다들 진정하게."

그 말에 다소 흥분이 가라앉았는지 흑묘족들은 절하기를 멈췄다. 하지만 여전히 프란을 둘러싼 채 뜨거운 시선을 보내고 있었다.

"죄송합니다, 흑뢰희님."

"응. 괜찮아."

프란이 그렇게 말한 순간, 인파가 술렁거렸다.

"오오, 말씀하셨어!"

"귀여운 목소리야!"

하나 같이 반응이 굉장하다. 아직도 술렁거리는 흑묘족들에게서 "귀여워" "엄청 귀여워" "여신님이야" 같은 소리가 나오고 있었다. 영웅이라기보다 아이돌이라고 하는 편이 좋을까?

"그러면 이쪽으로 오십시오."

"응."

안내하는 촌장의 뒤를 따라가자 다른 흑묘족들도 줄줄이 뒤를 따라왔다. 그 안에 프란과 또래인 어린아이들도 있었지만 말을

걸러 오지는 않는 듯했다. 그 눈의 반짝거리는 상태를 보면 무서워하는 게 아닌 듯하지만 말이다.

따라간 곳은 촌장의 집인가 보다. 안에 들어가자 촌장이 손수 차를 준비해줬다.

흑묘족들은 촌장의 집을 둘러싸고 있는 듯했다. 기척도 나고 창문으로 들여다보고 있는 모습도 보였다.

"이런 것밖에 내드리지 못해서 죄송합니다."

"후룩. 맛있어."

"오오! 그렇습니까! 이거 다행입니다."

프란의 말에 촌장이 안심해 가슴을 쓸어내렸다. 얇은 벽 탓에 바깥에 있는 흑묘족들에게도 들렸는지, "오오" 하는 환성이 나오고 있었다.

여기서 맛없다고 하면 어떻게 되는 거지? 다른 차를 가져올까? 그 정도는 할지도 모른다. 그뿐 아니라 근처 마을로 고급 찻잎을 사러 갈지도 모른다. 아무튼 프란의 일거수일투족이 주목받고 있는 듯했다.

"이건 이 마을에서 딴 찻잎입니다. 다들 기뻐할 겁니다."

이런, 마을에서 수확한 차였던 건가. 그렇다면 프란의 맛있다는 말에 기뻐하는 마음도 모르는 바는 아니다. 열광적인 팬의 대스타가 마을의 특산품을 맛있다고 칭찬해줬으니 말이다.

"그런데 이 마을에 오신 건 뭔가 목적이 있어서 그러십니까?"

"특별히 없어. 흑묘족 마을이 있다는 말을 듣고 보러 오고 싶었어."

"오오, 그러십니까!"

자신들의 마을에 흥미를 가졌다는 말이 기쁜 듯했다. 촌장이 웃으며 고개를 마구 끄덕였다.

"머무는 동안에는 저희 집을 쓰십시오. 아무래도 숙소가 없는 작은 마을이어서 말입니다."

"며칠이니까 텐트도 상관없어."

"아닙니다! 흑뢰희님이 노숙을 하시게 할 수는 없습니다! 부디 저희 집을 쓰십시오!"

텐트라는 말을 들은 촌장이 필사적으로 자신의 집에 머무르기를 간청했다. 테이블에 머리를 문지르며 필사적이다.

"그래? 고마워."

"뭔가 필요한 물건이 있으면 말씀해주십시오."

그건 그렇고 촌장의 대응이 마치 귀족을 앞에 두고 있는 듯하다.

진화했다고는 하나 프란은 평민인데 말이다. 오히려 촌장 쪽이 높을 것이다. 하지만 그것을 아는지 모르는지, 촌장의 공손한 태도는 변하지 않았다.

"아무것도 없는 마을이지만 최대한 준비해드리겠습니다."

그렇게 말해주기는 했지만 바라는 건 아무것도 없었다. 오히려 프란이 이곳에 온 목적은 반대다. 아니, 목적이라고 할 만큼 확실한 건 아니지만, 이 마을이 곤란한 상황에 처하지는 않았나 걱정해서 보러 온 것이다.

"괜찮아. 그보다 곤란한 일이 있으면 말해. 뭐든지 할 테니까."

"오오, 황공한 말씀이십니다."

"마수 때문에 곤란하거나 하지 않아?"

"네. 이 주변은 마수가 적어서 저희 흑묘족이라도 안심하고 살

수 있습니다. 토지는 비옥하지 않지만 위험은 적습니다."

기후도 서늘한 편이어서 수인에게는 그다지 인기가 없는 땅인 모양이다.

마수가 조금 많아도 비옥하고 온난한 쪽이 전투민족인 수인에게는 지내기 편할 것이다.

그렇기 때문에 수왕이 이 땅을 흑묘족을 위해 하사해도 다른 종족에서 불만이 나오지 않은 듯했다.

"아아, 그러면 한 가지 부탁이 있습니다만."

"뭔데?"

"젊은이들에게 흑뢰희님의 힘을 보여주시겠습니까?"

"전투력을?"

"네. 저희처럼 늙어 살날이 얼마 남지 않은 자들은 지금부터 사인을 천 마리 사냥해 진화하는 것이 불가능합니다. 하지만 젊은이들이라면 어쩌면 진화에 도달하는 사람도 있을지도 모릅니다. 그런 젊은이들에게 부디 동경이 아니라 명확한 목표를 보여주셨으면 합니다."

확실히 지금의 흑묘족들은 진화 방법을 알고 일종의 축제 상태가 되어 있다.

하지만 이 열기가 가라앉았을 때 진화하기 위해서 사인과 싸우자고 결심하는 자가 얼마나 있을까?

마을 앞에서 만난 남성들의 겁먹은 모습을 생각하면 그렇게 많지는 않을 것이다.

"그렇구나…… 알았어."

"오오! 받아주시는 겁니까!"

"응."

그런 식으로 앞날에 대한 이야기를 나누고 있는데 바깥에 있는 흑묘족의 웅성거림이 한층 커졌다.

무슨 일이 있었나?

그러자 촌장의 집 문에 난폭한 노크 소리가 울렸다. 동시에 누군가의 고함 소리가 들렸다.

"촌장님! 촌장님 계세요?!"

긴급 사태가 일어났나? 목소리의 주인은 상당히 초조한 듯했다.

"소란스럽구먼! 무슨 일인가!"

"아아, 촌장님……! 고, 고블린이에요! 고블린이 나왔어요!"

"병사들이 있잖나. 어째서 그렇게 초조해하는 게야."

"그, 그게, 스무 마리 이상의 대집단이에요!"

"뭐, 뭐라고?"

"지금은 휴식 중인 것 같지만, 바로 움직일 거예요. 어쩌면 이 마을로 올지도 몰라요."

스무 마리라는 말을 듣고 눈에 띄게 당황하는 촌장.

고작 스무 마리라고 생각했지만, 작은 마을이라면 일대 사건인가.

"고, 고블린이 스무 마리?"

"끝이야!"

흑묘족들은 이 세상의 종말이 온 듯한 반응이다. 그러자 프란이 일어나 촌장에게 말을 걸었다.

"마침 잘됐어. 내 힘을 보여줄게."

그 말을 들은 촌장이 순식간에 밝은 얼굴로 일어났다.

"오, 오오! 흑뢰희님! 부, 부탁드릴 수 있겠습니까?"

"응. 따라올 사람을 정해줘."

"아, 알겠습니다! 바로 고르겠습니다!"

프란의 말에 고개를 끄덕인 촌장은 황급히 집에서 뛰쳐나갔다.

흑묘족의 마을, 슈왈츠카체를 출발한 지 15분.

프란의 뒤에는 무기를 든 서른 명 정도의 흑묘족들이 따라와 있었다.

전원이 긴장한 표정이다.

보통은 마수를 만나면 즉시 도망치는 흑묘족들이다. 프란이 싸우는 것을 지켜본다고는 하나, 전장에 스스로 향하는 일 따위는 생각할 수 없을 것이다.

하지만 수인국은 이웃 나라인 바샬 왕국과 분쟁을 벌이고 있지 않나? 아무도 전장이 나간 경험이 없는 건가?

프란이 묻자 흑묘족은 전장에 부르지 않는다고 했다. 그러면 다른 종족이 불만을 보이지 않나?

"그게, 흑묘족은 전장에서 도움이 안 되거든요."

"어차피 걸리적거리기만 하고요."

"저희 따위가 가봐야 폐만 끼칠 뿐이에요."

"옛날에는 방패 역할을 강제로 한 적도 있다는 모양인데요."

"지금의 수왕님이 왕이 된 다음부터는 그런 비인도적인 작전은 금지됐어요."

"그렇게 되니 할 줄 아는 게 진짜 아무것도 없더라고요."

엄청나게 비굴했다. 하지만 오랫동안 도움이 안 된다든가, 잔챙이라든가, 무능하다든가 하는 말을 계속 들어와서 이렇게 됐을 지도 모른다.

수인국이라면 진화를 목표로 하는 전사 타입의 흑묘족도 있을 거라고 생각했는데…… 오히려 프란의 부모님이나 키아라처럼 수인국 바깥의 흑묘족 쪽이 적극적인 듯했다.

수인국에서 나고 자라면 진화할 수 없다는 상식이 어릴 때부터 새겨지기 때문에, 진화는 절대로 불가능하다며 포기하는 거겠지.

다만 모두가 자신들이 약한 채로 있어도 좋다고 생각하는 것은 아닌 듯했다. 이번에 프란을 따라온 흑묘족 중에서 유일한 소녀가 남자들의 이야기를 불만스럽게 듣고 있었다. 비굴한 동족들에게 생각하는 바가 있는 듯했다.

"저기, 저희 다른 수인족도 흑묘족이 전쟁에 나오지 않아도 불만은 없습니다."

고블린이 있는 장소까지 안내를 해주고 있는 적견족 병사도 그렇게 말하고 쓴웃음을 지었다.

"그래?"

"전왕 시절에는 흑묘족을 노예로 취급해 미끼로 쓴 적도 있다고 합니다. 하지만 현왕이 왕이 된 다음부터는 그런 것도 없어졌고, 다른 수인족의 의식도 크게 바뀌었습니다."

"과연."

"지금 흑묘족은 어쩔 수 없다는 느낌입니다."

그 말투에 흑묘족을 깔보는 기색은 전혀 없었다. 하지만 흑묘족이 약하다는 건 그에게도 당연한 상식일 것이다.

흑묘족=잔챙이=거치적거림이라면 전장에 나오지 않아도 용서

한다. 그런 생각인가 보다.

"언젠가는 이 평가를 바꿔주겠어요!"

그렇게 큰소리를 낸 것은 아까부터 동료의 소극적인 태도를 불만스러워했던 소녀였다.

"오오, 장해. 저기――."

"사류샤에요! 흑뢰희님!"

"응. 힘내, 사류샤."

"네!"

하지만 그 대화를 듣던 개 수인 병사는 왠지 모르게 쓴웃음을 짓고 있었다.

"상당히 노력하지 않으면 어렵다고 생각합니다. 그야 흑뢰희님을 본 뒤에는 저희의 생각도 조금은 바뀌었습니다만……."

그야 프란은 예상외 존재이니 말이다. 수인 전체의 의식이 단숨에 바뀌지는 않을 것이다. 프란이나 키아라가 특별할 뿐이라고 여겨서 흑묘족에 대한 평가는 전과 마찬가지인 것이다.

"그래……."

프란이 유감스럽다는 듯이 중얼거렸다.

뭐, 이것만큼은 차근차근 인식을 바꿔 가는 수밖에 없을 것이다.

그렇게 주위를 경계하면서 걷고 있는데 전방의 암석 지대에 고블린의 기척이 있었다.

마을 주변은 넓은 황야와 작은 숲이 드문드문 존재하는 지형이었다. 숲 주변은 땅이 기름지지 않을까 했는데, 아무래도 그 숲이 주변의 영양분을 흡수하고 있어서 땅이 척박한 채로 있다고 한다.

나무를 베어서 개간을 하고 있다고 하지만, 일손도 모자라서

근근이 숲을 개척하며 밭을 넓히고 있다고 한다.

그리고 마을의 북쪽은 특히 땅이 척박해서 키 큰 나무가 거의 없었다.

떨기나무나 풀이 드물게 자라는 명실상부한 황야였다.

실은 이 황야를 넘어 더 북쪽으로 가면 비옥한 땅이 있는 모양이다. 하지만 마수도 많이 생식하는 데다 겨울의 추위가 상당히 혹독해서 개척하기 곤란한 장소라고 한다.

"저기입니다!"

"흐음."

고블린들의 현재 위치는 마을에서 북쪽으로 20분 정도 간 장소에 있는 암석 지대였다.

지구라면 관광 명소라도 될 법한 기암군이 황야에 줄지어 있었다.

그 기암의 그늘에 숨어서 고블린을 관찰했다.

확실히 안내한 남성이 가리킨 방향에는 고블린 스무 마리가 기암 사이를 걷고 있었다. 이미 휴식은 끝났나 보다.

그 발걸음은 남쪽을 향하고 있었고, 이대로라면 마을에 접근할 것이다.

하지만 조금 이상하다. 장비가 묘하게 좋다. 지금까지 싸워온 고블린은 대부분이 허리에 두른 천에 나무 봉. 기껏해야 모험가에게서 빼앗은 가죽 갑옷 정도였다.

하지만 눈앞의 고블린들은 대부분이 철제 무구를 걸치고 있었다. 과거에 본 고블린 중에서는 고블린 던전에서 싸운 홉고블린에 가까운 장비일 것이다.

이 주변에 던전이 있다는 말은 들은 적이 없다.

하지만 안내역 남성의 말에 의문이 풀렸다.

"어딘가의 용병단이 무언가에게 장비를 빼앗겼다더군요."

"고블린 같은?"

"이게 전부라고는 할 수 없고, 어떤 이유로 전멸한 용병단에서 장비만 빼냈을 가능성도 있으니까요."

"그렇구나."

듣고 보니 장비에는 통일감이 있어서 용병단이나 병사단 등에서 세트를 빼앗은 것처럼 보였다.

『뭐, 장비가 갖춰져 있다고는 하나 평범한 고블린들이고 주변에 다른 고블린이 있는 기척도 없어. 저거라면 문제없을 거야.』

"응. 그럼 내가 갈 테니까 다들 일단 보고 있어."

프란이 동행인들에게 그렇게 말하자 다들 걱정스러운 얼굴로 프란을 봤다. 그것은 프란이 진다든가 하는 걱정이 아니라 전장에 놓여 있다는 공포인 듯했다.

"괜찮아, 울시가 있어."

"웡!"

마수인 울시지만 도중에 모두에게 애교를 부린 덕분에 흑묘족은 마음을 연 상태였다.

그들도 그 존재를 떠올렸나 보다. 일제히 .

아무리 약한 흑묘족이라 해도 울시가 고블린 이상의 마수인 것은 어렴풋이 알아차렸을 것이다.

"바로 올게."

"아, 네."

"조심하세요."

"보, 보고 있을게요!"

흑묘족들의 성원을 등으로 받으며 프란은 바위 그늘에서 뛰쳐나갔다.

그대로 기척을 지우고 천천히 고블린에게 다가갔다. 뭐, 프란 치고는 말이다. 흑묘족들에게는 눈에도 보이지 않을 속도로 보였을 것이다.

본 실력을 발휘하면 5초도 걸리지 않아 전멸시킬 수 있지만, 이번에는 진화한 흑묘족의 힘을 보여주는 것이 목적이다. 너무 빠르면 안 된다.

"각성── 섬화신뢰!"

『그것까지 쓰는 거야?』

"이쪽이 멋있잖아."

『아, 멋은 중요하지.』

"응."

멋있으면 동경하는 흑묘족도 늘어날지도 모른다. 그러면 진화를 목표하자고 생각하는 자가 나올지도 모르는 것이다.

"스승, 우선 검으로 갈게."

『그래.』

화려하게 번개가 피어올라서 고블린들은 이미 프란을 눈치채고 있었다.

이쪽을 노려보면서 갸아갸아 떠들어대고 있었다.

하지만 프란은 멈추지 않고 달리던 그대로 날아올랐다.

"하압!"

프란은 공중에서 나를 뽑아 우선 가까이 있는 고블린에게 천천히 달려들었다. 지나치게 순식간에 베면 관객도 어이없기 때문에 그들에게도 가까스로 보일 정도의 속도였다. 그리고 그 기세 그대로 세 마리를 베었다.

그 시점에서 고블린은 프란을 강적으로 인식하고 다 같이 덤볐다. 이런 판단은 고블린치고는 정확했다.

하지만 프란은 모든 공격을 피하고 받아 흘렸다.

흑묘족들에게는 검은 번개를 두르고 아름다운 연무를 추고 있는 것처럼 보이겠지.

카운터로 세 마리를 베어 죽인 시점에서 고블린들이 혼란스러워하기 시작했다. 아무래도 모르는 사이에 리더격인 고블린을 쓰러뜨린 모양이다.

『다음은 마술이야?』

"응. 화려한 거로 갈래."

『그래!』

도망칠지 맞서 싸울지 망설이고 있는 고블린들에게 불 마술이 쏟아졌다. 화려함을 중시해 폭염이 솟아오르는 트라이 익스플로전을 쏴봤다. 엄청난 폭음과 함께 화염이 솟아올랐고, 직격을 당한 고블린의 몸이 반쯤 날아가고 남은 부분도 검게 불탔다.

화려하니 흑묘족에 대한 어필은 문제없을 것이다.

고블린들은 승산이 없다는 것을 확실히 이해한 듯했다. 잔당이 이쪽에 등을 보이고 도망치려 했다. 하지만 슈왈츠카체의 안녕을 위해서도, 프란의 힘을 보여주기 위해서도 놓쳐서는 안 된다.

"스턴 볼트, 스턴 볼트, 스턴 볼트."

"갸아오오오!"

"교아아오!"

프란이 뇌명 마술을 연사했다. 튀어 오르는 전격이 고블린들의 생명을 빼앗지 않고 그 몸을 마비시켜 자유를 빼앗았다.

『안 죽였어?』

"응. 모두를 불러 숨통을 끊게 할 거야."

『그렇군.』

저 겁 많은 흑묘족들에게 자신감을 붙여주기에는 좋은 방법일지도 모른다.

『그럼 불러볼까.』

"응."

문제는 야성을 어딘가에 잊고 온 느낌의 나긋나긋한 저 흑묘족들이 고블린을 죽일 수 있느냐인데…….

일단 시켜보면 알 수 있으려나.

프란이 멀리서 지켜보고 있는 흑묘족을 부르러 돌아갔다.

"오오! 흑뢰희님! 어, 어떻게 됐습니까?"

"확실히 처리했어. 다들 와봐."

"아, 네."

"알겠습니다."

흑묘족들은 프란의 말에 고분고분히 뒤를 따라 걷기 시작했다. 그리고 흥분한 얼굴로 고블린의 사체를 관찰했다.

"대, 대단해!"

"역시 대단하세요!"

"진화 죽인다!"

자신도 진화를 목표하는지 어떤지는 둘째 치고, 그들이 프란의 힘을 직접 보고 진화에 대한 동경이 강해진 건 확실할 것이다.

"이거 역시 대단하시군요."

안내역인 적견족 남성은 역시 병사답게 고블린의 사체를 봐도 침착했다. 다만 그 꼬리가 붕붕 흔들리는 것을 보아 프란의 힘에 대한 흥분은 있는 듯했다. 흑묘족들과 마찬가지로 동경이 담긴 눈으로 프란을 보고 있었다.

하지만 흑묘족의 흥분도 거기까지였다.

"히에엑! 이 고블린, 아직 살아 있어!"

"뭐어? 우와, 진짜야!"

"꺄아아악!"

쓰러져 있는 고블린의 가슴이 오르락내리락하는 것을 알아챈 한 사람이 커다란 비명을 질렀다. 그러자 다른 흑묘족들도 고블린의 일부가 아직 숨을 쉬고 있는 것을 알아차리고 얼굴이 창백해졌다.

그러나 프란은 그것을 개의치 않고 모두에게 고블린을 죽이라고 재촉했다.

"들고 있는 무기로 이 녀석들의 숨통을 끊어."

"네?"

"모두가 이 녀석들을 죽여."

"네에?"

"어째서?"

"무, 무엇을 위해서요?"

혼란스러워하는군.

"고블린을 죽여서 사인을 죽이는 데 익숙해지는 거야. 한 번 죽이면 자신감도 생겨."

그 설명을 듣고 움직이기 시작한 것은 사류샤뿐이었다. 혼자 앞으로 나와 고블린을 노려보며 무기를 쥐었다.

그러나 다른 자들이 움직일 기미는 없었다. 뭐, 지금까지 무기조차 제대로 쥔 적이 없을 테니 사냥이나 방어를 위해서가 아닌, 죽이기 위한 폭력은 휘두른 적도 없을 것이다. 주저하는 것도 이해가 간다.

하지만 프란은 가차 없었다.

"빨리 안 하면 마비가 풀릴 거야."

"히이익!"

"그럼 오른쪽 끝 세 사람. 나와."

"아니, 하지만……."

"오, 오늘이 아니어도 된다고 생각하는데요."

"마, 맞아 맞아."

결심이 서지 않았는지 지명된 세 청년은 이것저것 변명을 하며 앞으로 나오려 하지 않았다.

사신의 부하인, 사~라는 녀석들을 총칭해 사인이라고 하는 듯한데, 이 녀석들은 일반인에게도 세계의 적이다. 죽이는 것 자체에는 기피감이 없을 터인데…….

고블린을 죽이는 것보다는 무기를 휘두르는 데 익숙하지 않은 거겠지.

그러나 프란은 스파르타식이었다.

그보다 방랑 모험가의 자식으로 태어나고 그 뒤에는 비합법 노예로서 혹독한 유소년기를 보낸 프란에게 적을 죽이지 않는다는 심정은 이해할 수 없을 것이다. 적은 죽일 수 있을 때 죽여라, 오히려 적이 될 것 같으면 죽인다 정도의 생각이니 말이다.

"안 돼, 지금 해."

"하지만──."

"아, 고블린의 마비가 풀릴 것 같아."

"히이익!"

"얼른 해."

"알겠습니다!"

사류샤가 약간 겁먹으면서도 무기를 치켜들었다. 의욕은 있어도 공포심까지 사라질 리는 없다. 고블린을 앞에 두자 약간의 공포심이 솟아났을 것이다. 그래도 아직껏 투덜대고 있는 남자들보다는 훨씬 용감하다.

"이야아압!"

사류샤가 내리친 검이 고블린의 배를 얕게 찢었다. 여성이 처음 휘두른 것치고는 그럭저럭 괜찮지 않을까? 적어도 허리가 빠지지는 않았다.

"사류샤는 오케이. 그쪽 세 명도 해."

"아아, 어째서 이런 일이 된 거야!"

"하, 할 수밖에 없어!"

"젠장!"

프란이 전혀 타협할 마음이 없다는 게 전해졌나 보다.

세 사람도 무기를 들고 조심스레 고블린에게 내리쳤다. 무기 스킬도 없고 허리도 넣지 않은 어설픈 일격이다. 히잉 하는 얼빠

155

진 소리가 났다.

그래서는 고블린이 상대라 해도 목숨을 빼앗을 리가 없다. 베인 데 대한 방위 반응에 따라 움찔 경련하는 고블린.

그것을 본 세 사람은 한심한 비명을 지르며 그 자리에서 물러났다.

도망칠 때라면 빨리 움직일 수 있군.

"허리를 더 넣어."

"하, 하지만~."

"다시 한번. 이렇게 해서, 이렇게."

프란이 검을 휘두르는 법을 보여줬다.

"아, 네……."

"으으……."

"이제 싫어!"

프란의 압력에 자포자기한 세 사람은 방금보다 힘이 실린 공격을 고블린에게 날렸다. 이번에는 제대로 머리나 배를 노렸고, 한번에 그만두지 않고 몇 차례 내리쳤다.

"허억 허억……."

"어떻게 됐지?"

"해치……웠나?"

고블린의 사체는 상당히 참혹한 상황이었지만, 아드레날린이 나오고 있는 탓인지 세 사람은 그것을 보고 기분 나빠하는 기색을 보이지 않았다. 오히려 지켜보고 있던 흑묘족 중 몇 사람이 입을 막고 웅크렸다.

"잘했어. 고블린을 죽였어."

""""오오오!""""

프란의 말에 세 사람은 얼굴을 붉히며 커다란 고함을 질렀다. 사인을 죽였다는 사실에 흥분했나 보다.

하지만 지나치게 우쭐해지지 않도록 다짐을 해두는 것도 잊지 않았다.

"저항 못 하는 고블린을 죽이는 데 셋이 합쳐 열 번이나 되는 공격이 필요했어. 잔챙이인 고블린이라면 한 방에 죽여야 돼."

"으, 그런가요……."

"그렇겠지."

"우리, 왜 이렇게 들뜬 거지?"

"하지만 처음치고는 나쁘지 않았어. 훈련해 스킬을 얻으면 고블린 정도한테는 지지 않게 될 거야."

""""네!""""

좋은 당근과 채찍이다. 올라갔다 내려갔다, 세 사람은 완전히 프란에게 진심으로 순종했군. 뭐, 원래 프란을 숭배했지만 지금은 살짝 세뇌 수준일지도 모르겠는데?

다만 흑묘족 청년들에게 자신감과 목표를 심어주기는 한 듯했다. 실제로 진화를 목표할지는 알 수 없지만.

"사류샤는 검을 휘두르는 데 익숙해지면 분명 좋은 전사가 될 거야."

"진짜요?"

"응."

"감사합니다!"

"그럼 다음 세 사람."

"아, 네!"

그 후, 프란은 모든 흑묘족 청년들에게 고블린 죽이기를 경험시켜갔다. 다들 더욱 머뭇댈 줄 알았는데 프란이 부르면 바로 앞으로 나섰다. 프란이 보내는 시선의 압력은 엄청나니 말이다. 그리고 동료가 하는 것을 보고 약간의 각오가 생긴 점도 클 것이다.

레벨이 오른 자도 있어서 젊은이들은 조용한 흥분에 둘러싸여 있었다.

마을로 돌아가면 바로 단련을 시작하자고 이야기하는 자도 있으니 프란의 의도는 성공한 듯했다.

개중에는 도저히 싸움에 익숙해지지 못하고 계속 엉거주춤한 자도 있었으니 전원이라고는 할 수 없을 것이다. 하지만 성과로는 충분했다.

"음. 이 부근에는 이제 마수가 없으니까 마을로 돌아가자."

"알겠습니다. 이 사체는 어떻게 할까요?"

"일단 넣을게."

프란은 모든 고블린을 차원 수납에 넣고 모두를 이끌고 귀로에 올랐다.

마을에 돌아가는 도중에도 흑묘족들은 열기가 담긴 대화를 나누었다.

어디에 가면 사인을 사냥할 수 있을지 진지하게 의논하고 있는 모양이다. 이 부근에서 사인은 거의 보이지 않으니까 왕도 부근까지 가야 한다든가, 차라리 질버드 대륙으로 건너가자고 이야기하고 있었다.

의욕이 있는 건 좋지만 왠지 걱정이다. 사인을 사냥하기 위해 무리하다 죽는 일이 없어야 하는데.

그들을 지나치게 부추긴 걸까?

『프란, 이 마을에 머무르며 잠시 단련시켜주는 편이 낫지 않을까?』

'그러면 왕도의 경매에 늦게 돼.'

내 말에 프란은 고개를 붕붕 저었다.

『그야 그렇지만, 이쪽 역시 걱정되지 않아?』

'안 돼, 약속은 지킬 거야.'

『약속이라 해도 가르스 영감이 편지에서 일방적으로 지정했잖아? 약속이라고 할 정도는 아니지.』

'그래도 안 돼.'

『뭐, 프란이 그렇게 말하면 상관은 없어.』

이런 면에서는 완고하다. 결정하면 절대로 굽히지 않는다. 뭐, 그런 면도 프란의 매력이기는 하지만.

흑묘족 마을에 돌아가자 고블린 퇴치에 나섰던 흑묘족들이 마을에 남아 있던 동포들에게 일의 전말을 흥분한 기색으로 이야기하기 시작했다.

프란의 대단함과 자신들이 고블린을 죽였다는 것을 상당히 자랑스럽게 이야기했다.

촌장은 그런 젊은이들의 모습을 보고 깊숙이 머리를 숙였다.

"흑뢰희님, 감사합니다."

"대단한 일은 안 했어."

"저희로서는 위대한 행동입니다. 당신이 동포라서 얼마나 자랑스러운지……. 감사합니다."

프란은 촌장에게 마주 고개를 끄덕이고 수납했던 고블린의 무구를 꺼냈다. 뜻밖에 손에 넣은 깨끗한 철제 무구다. 우리에게는 전혀 필요 없지만 신참 모험가라면 충분한 장비일 것이다.

"이거, 필요해?"

"필요하다는 건 무슨 말씀이십니까?"

"나는 필요 없어."

"주, 주시는 겁니까? 팔면 어지간한 금액이 될 터인데요."

"푼돈이야. 이래 봬도 꽤 벌고 있어."

"오오, 감사합니다! 이건 마을의 젊은이들에게 쓰게 하겠습니다."

"응. 그럼 이것도 줄게."

"이, 이건……!"

그건 차원 수납에 깔려 있던 대량의 무구였다. 각지에서 고블린이나 도적, 해적에게서 빼앗은 물건들이다. 마물의 소재와 달리 일부러 무구점에 가져가야 하는 데다 개별적으로는 상당히 저렴하기 때문에 팔지 않고 차원 수납에 계속 쌓아두던 것이다.

대부분은 망가져서 이대로는 사용할 수 없다. 하지만 어느 정도 수복하면 쓸 만한 물건도 있을 터. 수복이 불가능한 무기는 녹이면 되고, 가죽은 상태가 좋은 부분을 도려내면 된다.

"나한테는 필요 없어. 처분하는 것도 귀찮으니까 받아주면 고맙겠어."

"오, 오오! 꼭 주십시오!"

"고마워."

"아닙니다."

프란의 솔직한 말을 자신들에게 무구를 넘기기 위한 배려라고 생각했는지 촌장이 촉촉한 눈으로 대답했다. 정말 필요가 없을 뿐인데 말이다.

"여러분! 흑뢰희님께서 마을을 지켜주셨을 뿐만 아니라 무구도 주셨다!"

"오오~!"

"역시 흑뢰희님!"

"죽인다!"

"오늘은 환영연을 여세!"

"""우오오오오오!"""

촌장의 연회 선언을 듣고 마을 사람들이 일제히 흩어졌다.

결코 유복한 삶을 사는 것은 아닐 테니 무리를 하기를 바라지는 않지만——.

『이거 거절할 수도 없겠어.』

'기대돼.'

'윙!'

둘이 기대하는 성찬은 안 나올 텐데?

그리고 밤.

프란의 환영회가 열렸다.

"자자, 흑뢰희님. 건배 선창을 부탁드립니다."

"?"

『일단 건배라고 말하면 돼.』

"응, 건배."

"""건~배!"""

전원이 하늘 높이 잔을 치켜들고 첫 잔을 힘차게 마셨다.

이것이 이 지방의 술 마시는 법인가 보다.

프란도 주스를 단숨에 마셨다.

윗자리에 앉은 프란의 앞에는 대량의 요리가 놓여 있었다.

처음에는 마을의 비축고를 열려나 싶었지만, 땅이 척박해서 작물이 자라지 않는다는 말을 들은 뒤다. 아무리 그래도 그건 그만두게 했다.

그리고 오히려 차원 수납에서 고기와 야채를 제공했다. 고기는 여러 종류를 갖추고 있고, 야채는 언젠가 요리에 쓰기 위해 각지에서 사 모았다. 생선 토막이나 새의 알, 쌀이나 밀가루 등의 곡류도 있다.

마을 사람들은 처음에는 이렇게까지 받는 것은 마음이 불편하다며 거절했지만, 차원 수납의 청소에 협력해달라면서 억지로 밀어붙였다.

혼자서 다 먹지 못해 곤란하다고 하자 촌장이 다시 흐느껴 울었다. 원래 높았던 프란의 주가가 상한가를 치는 기세로 상승하는 것 같았다.

부인들에게는 흑묘족에 전해지는 찜 요리의 레시피도 배웠다. 맛 자체는 대단하지 않지만 흑묘족에 전해지는 신기한 형태의 아궁이를 사용해 만든다고 한다.

벽이 두껍고 밸런스볼 정도의 구형 가마다. 안에서 요리를 만들며 방을 덥히는 효과도 있다나. 그리고 짧은 시간에 요리가 부드러워지는 모양이다. 아마 원적외선 효과 같은 게 있을 것이다.

그런 특수한 아궁이에서 만드는 것이 고기와 몇 종류의 뿌리채소를 소금과 발효 조미료로 맛을 내고 눅눅하게 될 때까지 찐 흑묘찜이다.

발효 조미료는 간장 같은 맛이 난다고 하니 지구의 일본식 찜과 비슷한 맛이 날 듯했다. 머잖아 이것을 개량해 맛있는 요리를 프란에게 먹여주자. 이쪽에서는 뼈와 야채로 맛국물을 내는 방법을 전달해줬다.

맛있는 요리가 잔뜩 제공되어서 연회는 달아올랐다.

처음에는 프란을 숭상하면서 중요한 때에 신에게 받치는 노래나 춤을 선보이는 상당히 엄숙한 분위기의 연회였지만, 술이 들어감에 따라 달아오르기 시작했다.

한 시간이 지나니 완전히 축제 때 소란 저리가라였다.

술을 주고받는 자, 음정이 맞지 않는 노래를 부르는 자, 신비하다는 느낌과는 전혀 다른 춤을 미친 듯이 추는 자. 제각각이다.

그래도 프란에 대한 감사는 잊지 않은 모양이다. 프란의 주위에는 늘 인파가 몰려 있었다.

모두 한마디라도 프란에게 감사 인사를 하고 싶은 듯했다.

짧은 말로 감사 인사를 하고 멀어져갔다. 하지만 사람은 전혀 줄지 않았다. 오히려 순서를 기다리다가 참지 못한 사람들이 술기운을 빌려 돌진해오는 탓에 사람이 점점 늘어났다.

『프란, 괜찮아?』

'응. 괜찮아.'

오히려 기쁜 듯했다. 그렇겠지. 프란에게는 이런 광경이 꿈이었을 터다.

수많은 흑묘족이 마주 웃는 연회. 그 중심에 있는 자신.

프란의 표정은 그다지 달라지지 않았지만, 정말 기쁜 듯했다.

역시 프란은 이 마을에 머무르는 게 좋다고 생각하는데…….

하지만 프란은 제 생각을 굽히려 하지 않을 것이다. 며칠 뒤에는

여행을 떠나자고 말을 꺼낼 터다.

그렇다면 이 마을에 있는 동안에는 동포들과 웃으면서 즐겁게

보내길 바랐다.

연회 다음 날.

조금 늦게 일어난 프란은 아침을 든든하게 먹은 다음 마을 안

을 돌아보고 있었다.

모두가 프란을 보면 크게 머리를 숙였다. 아니면 절을 했다.

특히 노인은 무릎을 꿇고 절을 했다. 정말로 숭배 대상이 된 모

양이다.

『한적한 마을이야.』

"응. 밭만 있어."

이른바 농촌인지 수많은 흑묘족들이 밭을 갈고 있었다. 사냥

같은 일은 거의 하지 않아서 육류는 행상에게 겨우 입수하고 있

다고 한다. 초식 계열 고양이 수인이냐…….

특히 젊은이들의 연약함은 혹독한 땅에서 살아갈 수 있을지 걱

정이 될 정도다.

어느 나이 이상의 흑묘족들은 전왕 시절을 경험해서, 전장에서

미끼나 총알받이가 됐을 때 적어도 살아남기 위해 몸을 단련하는

자도 많았던 모양이다.

하지만 전장에 나서지 않아도 되고, 그럼에도 불구하고 자신들은 약하다는 생각이 박힌 현대의 젊은이들은 처음부터 강해지기를 포기했다.

밭을 갈며 느긋하게 사는 데 익숙해진 것이다. 어제 있던 고블린 살육 투어의 경험자라면 몰라도 그 외의 흑묘족이 진화를 목표한다고는 생각할 수 없었다.

애초에 사인을 천 마리 쓰러뜨리기만 한다고 진화를 할 수 있는 것은 아니다. 진화할 수 없도록 채워져 있던 족쇄가 풀릴 뿐이다. 그때부터 레벨을 45까지 더 올려야 한다.

흑묘족들에게 그렇게까지 싸울 기개가 있다고는 생각할 수 없었다.

하지만 프란은 걱정하지 않는 모양이다. 아니, 나처럼 기간을 짧게 생각하지 않는 듯했다. 프란도 흑묘족이니 그들이 바로는 바뀌지 않는다는 것을 알고 있을 것이다.

오히려 지금부터 시작해 몇 년, 몇 십 년 뒤에 진화하는 자가 나타나기 시작한다. 그렇게 생각하고 있는 듯했다.

"하지만 해두고 싶은 것도 하나 있어."

『뭔데?』

"마술의 수행법을 전해주고 싶어."

『그렇군.』

진화하려면 사인을 천 마리 사냥하고 레벨을 한계까지 올리면 된다. 하지만 흑천호에 이르기 위해서는 마력과 민첩이 높고 뇌명 마술을 사용할 수 있어야 한다.

마력과 민첩은 개인의 단련 방법에 따라서는 어떻게 될 것이다. 하지만 뇌명 마술은 상당히 어렵다. 불 마술과 바람 마술의 레벨이 높은 데다 뇌명 마술에 소질이 없으면 개화되지 않는 것이다.

그래도 어릴 때부터 수행하면 익히는 사람도 나올 터였다. 그러기 위한 수행법을 흑묘족들에게 전하는 건 나쁜 생각이 아닐 것이다.

『괜찮은데?』

마술의 수행에 관해서는 아만다에게 한 차례 들은 적이 있다. 실천 방법도 곁들여 전할 수 있을 터다.

프란은 촌장을 찾아 마을을 돌아다녔다. 그리고 몇몇 젊은이들과 진지한 얼굴로 대화를 나누고 있는 촌장을 발견했다.

"촌장님. 안녕."

"오오, 흑뢰희님, 안녕하십니까."

"무슨 일이야?"

"아니요, 이 사람들이 몸을 단련하고 싶다고 해서 말입니다. 어떻게 해야 할지 의논하고 있었습니다."

젊은이들은 낯이 익었다. 어제 프란과 함께 고블린 퇴치에 나섰던 사람 중에 있었을 터다.

"저, 저희는 강해지고 싶습니다!"

"진화할 수 있을지 모르지만, 더 이상 도망치는 것만은 싫습니다."

"적어도 저희 몸을 지킬 수 있을 정도로는 바뀌고 싶다고 생각해서⋯⋯."

그렇군, 프란이 한 행동은 헛되지 않았나.

기합이 잔뜩 든 젊은이들의 말에 프란은 고개를 끄덕였다. 모두에게 의욕이 생겨서 기쁠 것이다.

그리고 입을 열었다.

"알았어. 그럼 마침 좋은 얘기가 있어."

"혹시 단련시켜주시는 건가요?"

"비슷한 거야. 마술 수행 방법을 가르쳐줄게."

"오오! 진짜요?!"

아주 먼 옛날이라면 몰라도 현재에는 마술의 수행법이 완전히 사라진 듯했다. 그리고 자신들이 마술을 쓸 수 있다고는 꿈에도 생각하지 않았던 모양이다.

전원이 기쁨 반, 의심 반의 표정을 하고 있었다.

"저, 저희도 마술을 쓸 수 있겠습니까?"

"아마도. 소질이 있는 사람은 있을 거야."

"오오, 그렇습니까."

"응. 특히 불과 바람의 소질이 높을 거야."

뭐, 종족의 특성으로 뇌명의 소질도 높을 것이다. 그렇다면 불과 바람의 소질이 높은 사람도 많을 터였다.

"마을에 마술을 쓸 수 있는 사람은 있어?"

"공교롭게도……."

그 녀석에게 수행법을 전해주면 이야기가 빠르겠지만……. 이런 시골 마을에 마술사가 있을 리가 없다는 대답이 돌아왔다.

마술을 쓸 수 있으면 이런저런 곳에서 데리고 가려 했을 테니 말이다.

"그럼 사람을 모아줘."

"아, 알겠습니다! 얼른 모으겠습니다!"

"아——."

밭일이 끝나고 나서 해도 된다고 말하려고 했지만, 이미 촌장이 달려 나간 뒤였다.

10분 후.

모인 2백 명 가까운 흑묘족들은 전원이 웅크리고 앉아 기대에 찬 눈빛으로 프란을 바라보고 있었다. 도저히 업무에서 빠져나올 수 없는 사람 외 전부 모아온 모양이다. 가장 앞에는 사류샤의 모습도 있었다.

프란이 앞에 서서 그들의 얼굴을 둘러봤다.

『의욕이 가득하네. 이 정도라면 기대해도 될 것 같아.』

"응! 그럼 수행 방법을 가르쳐줄게."

"""""네!"""""

"우선 불 마술의 수행 방법부터."

그리고 프란은 마술의 수행 방법을 이야기하기 시작했다. 뭐, 이전에 아만다에게 배운 것 그대로지만.

매일 불을 다루고 불을 가까이하고 불을 보고 화상을 입을 각오로 불을 만진다. 그렇게 불의 이미지를 스스로 각인해서 불에 대한 꿈을 꾸게 되면 불 마술을 습득할 수 있다.

그 설명을 들은 흑묘족들은 조용해지고 말았다. 너무나도 거친 방법에 말이 나오지 않을 것이다.

의욕은 있지만 이렇게까지 혹독할 줄은 생각하지 못했던 모양이다.

기침 소리 하나 나지 않는 조용한 광장에서 결심한 듯이 촌장이 입을 열었다.

"그, 그 수행을 하면 불 마술을 습득할 수 있습니까?"

"응. 소질만 있으면."

프란이 고개를 끄덕이자 촌장도 바로 고개를 끄덕였다.

"알겠습니다. 바로 수행장을 준비하겠습니다."

촌장을 목소리를 들은 마을 사람들도 일제히 각오를 다진 모양이다. 지금까지 이상으로 진지한 얼굴이 되었다.

오오, 대단하군. 믿게 하기 위해서 더 긴 설명을 할 필요가 있나 싶었는데, 그들은 프란의 말을 믿은 듯했다.

자신들이 수행에 견딜 수 있느냐는 걱정은 해도, 그 수행에 효과가 있느냐 없느냐 하는 걱정은 전혀 하지 않았다. 다시금 프란에 대한 신봉을 목격했다.

"그럼 다음은 바람 마술의 수행에 대해서 말할게."

프란의 마술 강좌는 담담하게, 그럼에도 불구하고 참가자들의 이상한 열기와 함께 진행됐다.

구두 설명이 끝나면 다음은 실천이다.

모인 흑묘족들은 횃불이나 부채를 이용해 불과 바람을 느끼려고 애썼다.

"아뜨뜨뜨뜨!"

"사류샤, 너무 무리했어."

"괜찮아! 이만큼 무모하지 않으면 마술을 배울 수 없어!"

사류샤가 불에 손을 너무 가까이 대는 바람에 가벼운 화상을 입었다. 하지만 그녀의 말대로 불 마술을 습득하려면 그 정도 무모함이 필요할 것이다. 여기서는 말리지 않고 지켜보기로 했다.

일단 물과 흙에 관해서도 강의는 했으니 조만간 마술을 쓸 수 있는 흑묘족이 나올 것이다. 하지만 나는 또 하나의 중요한 사실을 깨달았다.

『이봐, 그러고 보니 마력 조작도 필요하지 않을까?』

아만다는 마력 조작을 배우면 마술도 익힐 가능성이 있다고 말했다.

하지만 마력을 느낀 적도 없는 흑묘족들이 마력을 조종할 수 있을까? 불이나 바람에 포함된 지극히 적은 자연의 마력을 감지하는 것만으로 마력 조작을 간단히 익힐 수 있다고 생각하기도 힘들었다.

『마력 조작을 습득하기 위한 방법을 뭔가 생각해야 할지도 모르겠어.』

'어떻게 하면 돼?'

『그러네──.』

우리는 가능성이 있을 법한 방법을 의논했다.

『──이런 느낌일까?』

"흐음…… 촌장님."

"네, 무슨 일이십니까?"

"음. 잠깐 거기 서봐."

"알겠습니다."

프란에게 불린 촌장이 지시받은 대로 프란의 앞에 섰다. 그런 촌장에게 프란이 손바닥을 얹고 가볍게 집중했다.

"오, 오오? 뭔가 이상한 느낌이……."

"응. 촌장님의 안에 있는 마력을 내 마력으로 움직였어."

마력 조작을 사용해 촌장의 체내 마력에 간섭해봤는데, 잘된 듯했다.

가볍게 휘젓는 정도는 할 수 있는 모양이다.

"알겠어?"

촌장이 흥분한 기색으로 외쳤다.

"왠지 모르겠지만…… 뭔가가 일어나고 있는 건 알겠습니다!"

"응. 그게 마력이야."

"과연!"

이 방법은 나쁘지 않을 것 같다.

"그럼 다음 사람도 줄 서."

"알겠습니다! 다들! 이쪽으로 오거나!"

촌장에게 불린 흑묘족들이 두 줄로 프란의 앞에 섰다. 일사불란한 정렬이다.

그리고 나와 프란이 한 사람씩 그들의 체내 마력을 움직여 마력의 감각을 가르쳐갔다. 뭐, 겉보기에는 프란이 혼자서 한 것으로밖에 보이지 않지만.

전원에게 마력 조작을 실시하는 것은 조금 시간이 걸렸지만, 어차피 달리 할 일도 없는 데다 흑묘족을 위해서다. 어디까지 도움이 될지는 알 수 없지만 전혀 마력의 감각을 모르는 것보다는 낫겠지.

"흑뢰희님, 감사합니다."

"대단한 일은 안 했어."

"그런 말씀 마십시오! 진화뿐만 아니라 마술에 관해서도 가르쳐주셔서 얼마나 감사하고 있는지 모릅니다!"

마술을 습득하는 방법은 보통 다른 사람에게 가르쳐주지 않거나 비전으로 내려오는 유의 정보다. 그것을 아낌없이 선보인 프란의 주가가 다시 급상승하고 있을 것이다.

촌장의 감사의 말에 맞춰 주위의 흑묘족들도 일제히 고개를 끄덕이고 있었다.

다시 모두가 즉시 마술의 수행을 시작한 가운데 검을 다루는 방법을 질문하는 자도 있어서 임시 검술 강좌까지 시작됐다.

검을 쥐는 법이나 휘두르는 법, 단련 방법 등을 가르쳐줬다. 이 대륙에 건너올 때 신입들을 지도했던 경험을 살리고 있는 듯했다. 그때보다 가르치는 법이 그럴듯해졌다.

마술뿐만 아니라 검을 다루는 법까지 가르쳐줌으로써 프란 주식은 이미 상한가였다.

지금이라면 촌장이 되고 싶다고 하면 간단히 될 수 있을지도 모른다. 촌장마저 환영해줄 것 같았다.

"가능하면 저희 마을을 오래 이끌어주셨으면 합니다만⋯⋯."

"며칠 있으면 떠날 거야."

"그러십니까⋯⋯."

될 수 있을지도 모르는 게 아니라 정말로 촌장이 되어달라고 했어!

프란에게 거절당하고 촌장도 마을 사람들도 전원이 아쉬운 얼굴이다.

"있는 동안에는 뭐든지 말해."

"오오, 황송한 말씀입니다."

다시 절을 했다. 이 상황에서 태연하게 있을 수 있는 프란을 다시금 존경한다. 처음에는 조금 놀랐겠지만 이제 익숙해졌을 것이다.

그 후, 다시 마술 수행을 한창 하고 있는 중이었다.

"초, 촌장님!"

적견족 병사가 광장으로 달려왔다.

거친 숨을 내쉬고 있어서 뭔가 긴급 사태가 일어났다는 것을 한눈에 알 수 있었다.

"다시 고블린이 나타났습니다!"

"뭐라! 또인가? 수는?"

"이번에는 열 마리입니다. 그런데 이상해요."

"으음. 이만큼 계속해서 고블린이 나타나다니……."

고블린은 어디든 있잖아? 번식력도 높은데 뭐가 놀라운 거지?

프란이 질문하니 애초에 이 부근에는 사인의 수가 적다는 대답이 돌아왔다.

이 마을에서 나고 자란 젊은이 중에는 어제 처음 봤다고 말하는 자도 많았다. 그런데 이틀 연속으로 고블린이 출몰한 것이다. 이것은 이상 사태라고 해도 좋았다.

"어디서 무리가 흘러들어 왔을지도 모릅니다"

"으음. 킹이 있으면 성가시겠군."

"그렇습니다. 소굴을 찾아야 해요."

어제는 스무 마리라도 절망이 감돌았다. 더 많은 고블린이 있을지도 모른다면 그야말로 마을 존속의 위기였다.

뭐, 지금은 프란이 있으니까 상관없지만.

이 타이밍에 마을에 와서 정말 운이 좋았다.

"촌장님, 내가 이 부근을 찾아볼게."

"부, 부탁드려도 되겠습니까?"

"응. 하지만 이번에는 모두를 데리고 갈 수 없어."

"알고 있습니다. 방해만 될 테니까요."

촌장은 흑묘족을 지키면서 전투를 벌이기가 힘들다고 생각한 듯했다. 하지만 그들을 데리고 갈 수 없는 이유는 조금 달랐다.

지금의 우리라면 고블린 백 마리 정도를 섬멸하는 데 10분도 걸리지 않는다. 흑묘족들을 지키면서도 그렇게 할 수 있다.

다만 고블린의 소굴을 찾는 데 빠르게 이동하지 못하면 시간이 걸리고, 공간 도약 등도 쓰고 싶다. 그때 꾸물대면 방해가 된다.

그래서 이번에는 우리만 움직이는 편이 낫다고 판단했다.

고블린들은 바퀴벌레처럼 무시무시한 속도로 늘어난다. 그 소굴을 최대한 빨리 없애야 한다.

"새로운 고블린 무리는 어디 있어?"

"저, 저번과 같은 곳입니다."

"알았어. 다른 사람들은 마을에서 나오지 마. 마을 밖에 있는 사람도 바로 불러들여."

"네! 알겠습니다!"

이런 때 하는 말을 순순히 들어주는 것은 고맙다. 안심하고 고블린 퇴치에 나설 수 있기 때문이다.

"그럼 갔다 올게."

"무운을 빕니다!"

"응."

아무래도 상관없지만, 무운을 빈다는 말이 너무 거창한 것 같아서 참을 수 없었다. 뭐, 저쪽 입장에서는 당연한 거겠지만.

『자, 고블린 소굴을 쉽게 찾으면 좋겠는데 말이야.』

"응."

우리는 바로 마을에서 출발했다.

기척을 지우며 목적 지점으로 달렸다.

'스승, 소굴을 어떻게 찾을 거야?'

『기척을 찾든가 고블린의 뒤를 밟아야지.』

'그렇구나.'

『일단 울시는 개별 행동으로 이 주변에 소굴이 없는지 찾아줘.』

'웡!'

울시의 코라면 냄새로 소굴을 발견할 수 있을지도 모른다.

『우리는 고블린을 해치우자.』

'응.'

『그리고 몇 마리를 일부러 놓쳐서 소굴로 안내하게 하는 거야.』

'알았어.'

고블린들이 모여 있는 장소에는 바로 도착했다.

보고대로 저번에 고블린들을 쓰러뜨린 암석 지대였다.

'어라, 뭐 하고 있지?'

『흐음…….』

'휴식?'

『아니, 그런 것치고는 뭔가 이상해.』

열심히 암석 지대를 조사하고 있는 것처럼 보였다. 고블린이 뭘 하고 있는 거지?

그리고 또 하나 이상한 점이 있었다. 이 고블린들도 저번에 쓰러뜨린 고블린과 마찬가지로 무장을 하고 있었던 것이다.

아니, 마찬가지가 아니라 완전히 똑같은 장비다.

저번 녀석들과 같은 무리인 건 확실할 것이다. 그러나 감정해 보니 저번에 쓰러뜨린 고블린들보다 약했다. 수도 적고, 하급자인 듯했다.

다가가 관찰해봤다.

역시 고블린들은 암석 지대를 조사하고 있는 듯했다. 바위를 뒤집거나 혈흔을 조사하고 있었다. 게다가 묘하게 통제가 잡혀 있는 것 같았다.

『역시 상위자가 있을지도 모르겠어.』

'응.'

이것은 반드시 소굴을 알아내고 싶다. 우리는 우선 리더격을 쓰러뜨리기로 했다. 그리고 통제를 잃게 만들어 소굴까지 도망치게 하는 것이다.

『리더를 포함해 일곱 마리는 쓰러뜨려. 놓아주는 건 세 마리야.』

'오케이.'

『좋아, 가자!』

"응!"

협의를 마친 뒤 나는 전이를 발동했다.

무리의 뒤에 나타난 프란이 리더를 베어버리고 되돌아오는 칼로 좌우의 고블린들도 해치웠다.

동료의 사체가 털썩 쓰러지는 소리에 프란의 존재를 눈치챘을 것이다. 겨우 고블린들도 소란을 피우기 시작했다.

"갸오오?"

"갸갸!"

"늦었어."

황급히 무기를 쥐는 고블린들에게 돌진해 다시 두 마리. 내 화염 마술로 다시 두 마리를 쓰러뜨렸다.

남은 고블린들은 피보라를 내뿜으며 쓰러지는 동료를 보고 재로 바뀐 동료를 보았다.

그것을 몇 번 반복하고 겨우 자신들밖에 남지 않았다는 것을 눈치챘나 보다.

"갸히이!"

"교에헤에에!"

"햐호히이!"

죄다 알기 어렵지만 비명을 지른 모양이다. 그대로 등을 보이고 도망치기 시작했다. 빈틈투성이였지만 공격은 하지 않았다.

우리는 기척을 차단하고 녀석들의 추적을 개시했다.

고블린들은 뒤도 돌아보지 않고 계속 전력 질주했다. 얼마나 무서웠는지 달리면서 오줌도 흘렸다.

'더러워.'

프란에게 더러운 광경을 보이고 앉았어! 나중에 반드시 오물은 소독해주마!

그리고 잠시 있자 달리기에서 빠른 걸음 정도로 발걸음을 늦췄다.

프란이 쫓아오지 않는다고 판단했을 것이다. 녀석들에게 이쪽의 기척은 느껴지지 않는 것이다.

그래도 동료가 죽은 공포를 기억하고 있는지 결코 발을 멈추려고는 하지 않았다.

녀석들 나름대로 주위를 경계하면서 필사적으로 걸음을 옮겼다. 동료끼리 물주머니를 돌려 마시는 등 동작이 묘하게 인간 같았다.

역시 위화감이 있다. 아직 프란과 만나기 전 마랑의 평원에서 고블린들을 쫓았던 적이 있는데, 그때의 고블린은 지능이 더 떨어졌다. 도중에 놀기 시작하거나 낮잠을 자는 등 정말 그 행동은 지독했다.

적어도 이 녀석들만큼 지능이 높지는 않았다고 생각한다.

'스승, 저기.'

『저기가 본대인가? 그렇군, 상위종도 있어.』

고블린을 쫓아간 우리가 발견한 것은 고블린 백 마리 정도의 무리였다.

고블린 파이터나 고블린 시프 등의 모습도 보였다.

무리를 관찰하고 있는데 프란이 어느 한 점을 가리켰다.

'저기.'

『고블린 킹인가! 역시 있었군.』

보통은 소굴에 틀어박혀 있을 킹의 모습이 있었다.

소굴에서 나온 듯했다. 마침 잘됐다.

『그건 그렇고 저 녀석들 전부 같은 장비를 하고 있어.』

아무리 그래도 용병단을 공격했다는 이유로 설명할 수 없지 않나? 하지만 이유를 모르겠다.

'섬멸하면 다 끝나.'

『뭐, 그런가?』

하지만 일리는 있다. 의문은 남지만 고블린 킹을 해치우면 나머지는 어차피 고블린이다.

허우적대던 세 마리가 "갸갸" 하고 킹에게 보고를 했다. 고블린어는 모르지만 분명 동료가 프란에게 죽은 것을 보고하고 있을 것이다.

『오, 딱 좋은 상태로 모였군.』

보고를 다 들은 킹이 주위의 고블린들을 자신의 앞으로 불러 모은 것이다. 무리를 이끌고 현장으로 향할 생각일 것이다.

『우선 놓치지 않도록 우리로 둘러쌀까.』

'응. 알았어.'

『선더 월! 선더 월! 선더 월!』

"선더 월! 선더 월!"

레벨 2 뇌명 마술, 선더 월이다. 그 이름대로 번개의 벽을 생성하는 술법이다. 접촉한 자는 뇌격에 타서 몸에 마비가 퍼질 것이다. 위력은 그렇게 높지 않지만 적을 몰아넣는 때 쓸 만한 벽 마술이다.

게다가 우리는 마력을 더 실어서 벽의 폭을 넓혀 발동했다. 생성된 다섯 장의 전격 벽이 오각형의 우리를 형성해 고블린 무리를 빙글 둘러쌌다.

"고고갸오오오오?"

"아갸가!"

호호오. 킹은 냉정하군. 부하에게 명령해 벽에 공격을 시켰다. 하지만 도끼로 벽을 내리친 고블린 솔저가 감전돼 그 자리에 쓰러졌다. 죽지는 않았지만 한동안 움직이지는 못할 것이다.

남은 일은 우리 안에 있는 고블린들에게 하늘에서 뇌명 마술을 계속 퍼부으면 끝이다. 선더 윌이 풀린 후 그곳에는 고블린의 시체가 가득 쌓여 있었다.

『끝났네. 일단 이 자리에서 마석만 흡수할까.』

"응."

『무구는 뇌명 마술 탓에 상당히 파손됐지만 쓸 만한 것도 있을 거야.』

"그럼 수납해둘게."

『마을에 가져가자.』

고블린이라도 킹도 포함해 백 마리나 죽이면 상당한 경험치가 들어오는 모양이다. 프란의 레벨이 올랐다.

『46레벨이야. 해냈어.』

"응!"

진화에 따라 레벨 상한이 풀린 것은 알았지만, 이렇게 확인하니 감개무량했다. 이 기세로 레벨을 부쩍부쩍 올리고 싶다. 그리고 언젠가 수왕 수준에도 뒤지지 않을 만큼 강해지기를 바란다.

*

『폐하. 보고 드리고 싶은 것이 있습니다.』

"장군인가……. 이런 심야에 원화 마도구까지 사용해 보고를 하다니. 무슨 일이 일어났나?"

『네……. 현재 저희 정수군(征獸軍)은 짐승들과의 전단(戰端)을 열고 예정대로 교전 중입니다.』

"그래. 그 일에 대해서는 들었네. 혹시 전장에서 뭔가 예측 못한 사태가 일어난 건가?"

『……짐승들의 움직임이 예상보다 빨라서 이미 수천의 군세가 일어났습니다. 저항도 굉장해서…….』

"그런가……. 버틸 수 없을 것 같나?"

『현재는 아직 저희 군이 우세합니다.』

"아직, 인가."

『솔직히 저쪽의 태세가 정비되면 어려울 것 같습니다. 병사의 수가 우세하다 해도 훈련도, 사기의 차이는 어떻게 하기 어려워서……. 야만적인 짐승들과 우리 인간은 몸의 강도가 다르니 말입니다…….』

"경우에 따라서는 수인국 내부에 잠입해 교란하는 것도 가정했을 텐데?"

『현 상황에서는 불가능합니다. 짐승들의 수가 날이 갈수록 늘어나고 있어서 전선을 유지하는 것만으로도 벅차기 때문에……. 오히려 이대로는 이쪽의 손해가 늘어나기만 할 것 같습니다.』

"하지만 이제 와서 물러날 수는 없네. 이미 주변국에 서신을 보냈으니까. 그대도 알겠지?"

『물론 이해하고 있습니다. 그래서 여차할 때에는 녀석들을 국내로 끌어들이는 허가를 받고 싶습니다. 전선을 무리하게 유지하는 것보다 시간을 벌 수 있을 겁니다.』

"좋다. 허가하지. 이번은 천재일우의 기회야. 수왕은 국외. 타이런트 사벨 타이거를 쓰러뜨린 괴물도 일선에서 물러났어. 내가 왕위에 있는 동안 이 이상의 기회는 두 번 다시 오지 않아. 무슨 일이 있어도 작전을 수행하게. 그러기 위해서는 모든 희생을 허가하지."

『알겠습니다!』

"짐승들이 우리의 진짜 노림수를 알아챈 낌새는 있나?"

『그쪽은 문제없습니다. 밀정에게 받은 보고로는 왕녀가 전선 부근까지 위문에 나섰다고 합니다. 남부 전선이 주전장이라고 생각하고 있는 증거이겠죠.』

"그런가……. 알았나, 북부의 움직임을 절대로 눈치채게 해서는 안 돼. 최대한 남부로 짐승들의 이목을 끌어 북부를 허술하게 만드는 거야."

『그리고, 그……. 북부 쪽은…….』

"괜찮아. 이미 움직였다고 보고가 있었어. 며칠 내로 봉화가 오르겠지. 그때를 즐겁게 기다리게."

『넷!』

"우리 바샬에 승리를……. 그러기 위해서 나는 녀석들에게 영혼을 팔아넘겼으니까……."

『폐하…….』

"흥. 짐승들보다 사신 쪽이 차라리 나아……."

제4장 **북쪽에서 다가오는 위협**

고블린 무리를 섬멸한 우리는 이 주변을 순찰하기로 했다.

척후 역할의 부대가 본대 외에도 있을지도 모르기 때문이다.

하지만 합류한 울시와 함께 한 시간 정도 마을 주변을 돌아봤지만 고블린의 그림자도 찾을 수 없었다. 녀석들이 살았던 것으로 보이는 소굴도 없었다.

그만큼 통솔이 잡힌 고블린들이라면 거대한 소굴을 파도 이상하지는 않은데. 마랑의 평원에서 섬멸한, 상당히 지능이 낮은 고블린조차 그만큼 큰 소굴을 팠다. 오히려 거대한 소굴을 파지 않으면 이상했다.

『어디서 흘러들어 왔을 뿐인가? 그만한 규모의 무리가?』

결국 새로운 발견은 하지 못하고 우리는 마을로 돌아가기로 했다.

도중에 사슴과 비슷한 마수 치킨 디어를 발견했기 때문에 이참에 사냥했다.

겁 많은 성질인지 우리의 기척을 느낀 순간에 도망쳤지만 울시의 다리에서 도망칠 수 없다. 바로 쫓아가 해치웠다.

모두에게 좋은 선물이 될 것이다.

마을로 돌아간 프란을 흑묘족들이 환성으로 맞이했다.

아무래도 화려하게 사용한 뇌명 마술의 번갯불이 마을에서도 보인 모양이다.

프란이 일으킨 것이라는 사실을 알고 전원이 놀라는 소리를 질렀다. 무슨 일을 해도 놀라고 호의적인 반응을 보여주기 때문에 기분이 좋았다.

"그, 그런 천재지변을 일으키실 줄이야!"

"역시 흑뢰희님!"

"멋있어!"

더욱이 프란이 꺼낸 치킨 디어를 보고 흥분이 높아졌다.

"죽인다! 저 괴물 사슴을!"

"멋있어!"

"신부로 삼아주세요!"

"이건 선물, 다 같이 먹어."

"괘, 괜찮으시겠습니까?"

"응."

"가, 감사합니다!"

촌장이 감격한 얼굴로 고개를 숙이자 다른 마을 사람들도 일제히 고개를 숙였다. 위협도 F의 잔챙이 마수이지만 이 주변에서는 강한 축에 들어가는 모양이다. 고블린보다 훨씬 존경을 받았다.

그리고 도망치는 발이 빨라 해치우기 어렵고 뿔은 위협도 이상의 가치가 있는 모양이다. 때로 수명이 다해 죽은 개체에서 뿔을 채취했을 때는 귀중한 수입원이 된다나.

"그리고 이것도."

"또 괜찮으시겠습니까? 게, 게다가 이렇게나 많이!"

"응."

고블린들에게서 거둬들인 장비다. 안에는 뇌명 마술의 열에 너덜너덜하게 녹은 것도 있지만, 그건 다시 쓸 수 있게 고치면 된다.

"이건 조금 강한 녀석."

"호호오. 확실히 다른 장비하고는 다르군요."

굳이 따로 꺼낸 것은 고블린 킹이 걸치고 있던 장비다. 동철로 만들고 다소 능력이 높은 것이었다.

지금의 흑묘족들은 다룰 수 없겠지만, 조만간 수행해 강해진 자에게 건네주기를 바란다.

프란이 그렇게 전하자 지나치게 감동한 촌장이 억수 같은 눈물을 흘렸다.

"아, 알겠습니다! 반드시 어울리는 사람에게 쓰게 하겠습니다!"

그날 밤에는 다시 연회가 열렸다.

어젯밤처럼 크게 시끌벅적하지 않고 모두가 검이나 마술의 소행 이야기를 하면서 평온하게 대화하는 연회였다.

메인은 프란이 해치운 치킨 디어의 통구이였다. 4미터에 가까운 거대한 사슴이다. 조금씩 나누면 전원이 먹을 수 있는 양이 있었다.

"자자, 흑뢰희님, 드세요."

"응."

"이것도."

"우물우물."

"차예요."

"후룩——."

윗자리에 신물처럼 앉아 있는 프란을 마을의 아낙들이 부지런히 시중들어줬다. 각종 요리나 술을 마시지 못하는 프란을 위해 차를 제공했다. 그것도 마치 공물처럼 공손하게 건네주었다.

"자자, 공주님."

"이쪽에도 있어요, 공주님."

"공주님."

왠지 어느새 흑뢰희님이 아니라 공주님이라고 불리게 됐는데. 프란은 자신을 바보 취급하는 호칭이 아니면 그런 면에는 무관심하기 때문에, 불리는 대로 내버려 두었다.

뭐, 실제로 피해도 없으니 상관없나. 그리고 프란은 공주라고 불리기에 어울릴 만큼 귀여우니 말이다! 이 나라의 공주보다 프란 쪽이 귀엽지 않을까? 만난 적은 없지만!

"공주님, 오늘도 대량의 무구를 주셔서 감사합니다."

"걸리적거리는 걸 넘겼을 뿐이야."

"아닙니다, 저희 마을에는 보물산입니다. 현재는 대장장이가 없으니 다른 마을로 가져가 수리해 마을 사람에게 배분하겠습니다."

"여기에 대장장이 없어?"

"네."

촌장이 말하기로는, 몇 년 전에 대장장이가 급병으로 죽었다고 한다. 제자는 있었지만 아직 미숙해서 다른 마을로 수행을 떠났다나. 그 결과, 현재 이 마을에 대장장이가 없다는 거다.

그렇다면 우리가 넘긴 무구를 쓰게 되기까지 상당한 시간이 걸리지 않을까?

'스승.'

『왜?』

'우리가 어떻게든 하자.'

『흐음…….』

그것도 괜찮을지도 모른다. 모처럼 육성한 대장 스킬이 쓰일 차례인 것이다.

아직 내 장비에만 써봤으니 말이다. 좋은 경험이 될 것이다.

『그러네. 그것도 괜찮을지도 모르겠어.』

연회가 끝난 후, 우리는 촌장에게 부탁해 대장간까지 안내를 받기로 했다.

"이곳이 대장간입니다."

"응."

소개받은 곳은 마을에서 떨어진 곳에 있는, 이전 대장장이가 살던 집이었다.

"정말로 돕지 않아도 되겠습니까?"

"괜찮아. 비전의 기술이거든."

"오오! 괜한 말씀을 드려서 죄송합니다."

집안을 보니 제대로 대장간이 병설되어 있었다.

이 정도라면 나도 쓸 수 있을 것 같다.

"청소는 해놨으니 마음껏 쓰십시오."

"고마워."

"아닙니다! 저희를 위해 하시는 것 아닙니까! 감사 인사는 저희 쪽에서 해야죠!"

쉽게 감격하는 촌장이 떠난 후, 우리는 즉시 대장 작업에 착수했다.

스킬이 있어서 매끄럽게 움직일 수 있었다.

『우선 잉곳부터 만들까.』

보수마저 할 수 없는 잡동사니를 잉곳으로 되돌리는 작업부터 착수했다. 실은 여기 오기 전에 무구를 선별해 놓았다.

가볍게 손을 보면 쓸 수 있는 물건은 흑묘족들에게 건넸다. 모두가 손을 보고 있으니 바로 쓸 수 있게 될 것이다.

남은 물건은 보수하면 쓸 수 있는 물건과 잡동사니로 나누었다. 잡동사니를 녹인 재료를 사용해 보수를 실시하는 것이다.

『그럼 힘내볼까. 프란은 자고 있어도 돼.』

"괜찮아."

『그래? 그럼 처음에는 같이 해볼까.』

"응."

그리하여 프란이 졸음에 져서 꿈나라로 떠날 때까지 같이 대장 작업을 했다.

다음 날 아침.

따앙! 따앙!

땅땅.

따앙! 따앙!

땅땅.

내가 염동으로 휘두르는 망치의 소리만이 울리던 집 안에 뭔가 다른 소리가 섞였다.

똑똑똑.

이런, 누군가가 온 모양이다. 문을 노크했다.

『프란.』

"응."

프란의 눈이 이미 떠져서 다행이다. 프란은 잠에서 엄청나게 늦게 깨니 말이다. 잠에서 덜 깬 상태로 응대하면, 지금까지 망치 소리가 났는데 프란이 자고 있었던 게 된다. 자면서 망치질을 하지 않으면 설명이 되지 않는 것이다.

"누구야?"

"공주님, 안녕하십니까!"

문 앞에서 깊숙이 허리를 구부리고 있는 것은 촌장이었다. 그 손에는 먹을 것이 든 바구니를 들고 있었다. 일부러 가져다준 모양이다.

"이것은 아침입니다."

"고마워."

"아닙니다, 밤새 대장일을 하신 것 같은데, 괜찮으십니까?"

이런, 소리가 컸나?

"시끄러웠어? 미안."

"그럴 리가요! 오히려 저희를 위해 밤을 새워주셔서 마을 사람 일동이 감격하고 있습니다!"

프란이 자신들을 위해 밤새 대장일을 해준다고 감격하면서도 몸 둘 바를 모르는 듯했다. 마술로 소리를 차단해야 했을지도 모른다. 다음 기회가 있다면 조심하자.

우리는 대장일을 계속했다. 마을 사람들은 마술 훈련과 검 수행을 했다. 일부 노인들은 장비를 청소한다고 한다.

"마술도 검도 딱히 강제는 아니야."

"네, 자유 참가라고 말했습니다. 하지만 다들 스스로 참가하고 싶어 합니다."

역시 마술이라는 특수한 힘을 자신이 쓸 수 있게 될지도 모른 다는 기대는 전원에게 동기부여가 된 모양이다.

어쩌면 생각했던 것보다 빨리 마술을 쓰는 흑묘족이 나타날지 도 모르겠다.

"그러면 무슨 일이 있으면 불러주십시오."

"응."

촌장이 아침을 놓고 떠난 후 우리는 본격적으로 대장일에 착수 했다.

오늘은 드디어 무구를 수복한다.

나는 밤새 만든 잉곳으로 검을 벼렸다. 프란은 갑옷이나 방패 의 수복 작업을 했다.

『스킬이 있으면 지식도 얻을 수 있는 게 이 세계의 최대 이점 이야.』

지구에 있었을 때는 본 적도 만진 적도 없었던 대장 도구의 사 용법을 알 수 있다. 그뿐만 아니라 지구에는 존재하지 않는 이 세 계의 오리지널 대장 도구까지도 문제없이 쓸 수 있다.

지식뿐만 아니라 그 동작에 관해서도 스킬이 보조해줬다. 대장 에 대해서는 아무런 경험도 없었던 나라도 어떻게 하면 검을 만 들 수 있는지 알 수 있는 것이다.

다만 이쪽 세계의 주된 무기 제조 방법은 주도였다. 형틀에 금 속을 붓고, 경우에 따라서는 마지막에만 망치로 형태를 조정하는 것이다.

어슴푸레한 기억이지만 일본도는 단조, 서양검은 주조라는 상 식은 실제로는 잘못됐다고 한다. 그저 제조에 걸리는 수고나 소재의 차이 때문에 일본도 쪽이 단조를 더 적극적으로 쓰고 있다는 게 정답이라나. 뭐, 책이나 TV에서 배운 거지만.

다만 이쪽 세계에는 마도구와 마법 금속이 있다. 그것들을 조합함으로써 일본도에 버금가는 튼튼한 검을 주조로 쉽게 만들어내는 것은 확실했다. 금속이 마력을 띠고 있어서 원래 튼튼한 데다 망치로 두드리거나 마력이 담긴 불꽃으로 달굴 때 마력을 실어서 강도를 늘리기 때문에 굳이 단조를 할 필요가 없는 모양이다.

물론 하나만 만드는 고급 무기라면 처음부터 마지막까지 단조로 만들겠지만, 적어도 대량 생산품에 관해서는 주조가 주류였다.

『일단 주조로 숫자를 갖추자.』

나열 사고와 염동을 병용해 주조, 망치, 연마를 동시에 시행하여 일반적인 검을 대량 생산해갔다. 하지만 이렇게나 컨베이어 시스템으로 만들어도 대장 스킬 덕분에 나름대로 좋은 품질의 물건이 만들어졌다.

뭐, 내게는 도저히 미치지 못하겠지만 말이야!

『좋아, 딱 50자루이니 이 정도로 할까.』

흠집이 없었던 노획품과 합치면 합쳐서 80자루 정도는 될 것이다. 초보자인 흑묘족들에게는 이 정도가 쓰기 편할 터다.

『그럼 잠시 시험해볼까.』

몇 자루분을 남긴 잉곳은 실험용이다. 단조로 무기 제작을 시험해보고 싶기 때문이다.

물론 강한 무기가 만들어지면 흑묘족에게 줄 것이다.

『우선 모든 공정을 단조로 한 검을 만들어볼까.』

대장 스킬 덕분에 내게는 단조의 지식도 물론 입력되어 있다.

그 지식에 따라 가열해 새빨개진 잉곳을 망치로 두들기면서 형태를 만들어갔다. 다시 접어서 두드리기를 반복해 나는 검 한자루를 완성했다.

신기하게도 완성했다는 것을 알 수 있었다. 이 이상 두드리면 반대로 품질이 떨어진다는 것도. 생산 스킬이 지나치게 만능이다.

완성된 검의 품질은 나쁘지는 않지만 좋지도 않았다. 그런 완성도였다.

애초에 사용한 금속이 그다지 질 좋은 것이 아니니 어쩔 수 없을지도 모르지만. 아까 만든 주조품이 철검이라는 이름이었던 데 비해 이쪽은 저품질 강철의 검이라는 이름이었다.

지금의 소재와 스킬로는 이 정도 품질이 한계일 것이다.

다만 다음부터는 여기에 약간의 궁리를 해보기로 했다.

우선 망치로 두드릴 때 마력을 넣어봤다. 소재를 봤을 때 마력을 많이 함유할 수 없지만, 한계까지 넣으면 조금은 나아질지도 모른다.

그리고 국물을 우려내기 위해 가지고 있던 마수의 뼈를 재로 만들어 금속에 섞어보기도 했다. 잔챙이라고는 하나 마수의 소재다. 이 뼈 자체가 미량의 마력을 품고 있으니 마력 함유량의 상승을 기대할 수 있을 것이다.

뭐, 즉흥적으로 했을 뿐이라 정말로 성공할지 어떨지는 알 수 없지만 말이다.

『오? 느낌 괜찮은데?』

아까보다 시간은 걸렸지만 어떻게든 검을 완성시켰다. 소재에 뭔가 변화가 일어났는지 망치를 못 쓰게 돼서 놀랐다.

완성된 것은 저품질 마강철의 검이라는 물건이었다.

저품질이라는 앞머리는 뗄 수 없었지만 마강철이라는 물건을 만들어내는 데 성공했다. 미량의 마력이 느껴지고 마력 전도율도 F에서 F+로 올랐다. 이거라면 유령 계열의 적에게도 약간은 공격이 통할 것이다.

이름 : 철검

공격력 : 88 보유 마력 : 0 내구도 : 300

마력 전도율 · F−

스킬 : 없음

이름 : 저품질 강철의 검

공격력 : 114 보유 마력 : 1 내구도 : 380

마력 전도율 · F

스킬 : 없음

이름 : 저품질 마강철의 검

공격력 : 124 보유 마력 : 10 내구도 : 390

마력 전도율 · F+

스킬 : 없음

이런 식이다. 일단 남은 잉곳은 마강철의 검으로 만들어두자. 아, 참고로 가르스 영감이 두들긴 검은 이랬다.

이름 : 상질의 강철로 만든 롱소드

공격력 : 398 보유 마력 : 5 내구도 : 600

마력 전도율 · F

스킬 : 없음

가르스 영감의 대단함을 새삼 알겠다. 그런 생각을 하고 있는
데 프란이 터벅터벅 다가왔다.

"스승."

『프란, 왜 그래?』

애달픈 얼굴로 배를 누르고 있다. 혹시 배가 아픈 건가?

"배고파."

"웡……."

『이런, 벌써 그런 시간인가.』

의외로 시간이 흐른 모양이다. 평소의 점심시간이 상당히 지나
있었다.

『미안 미안, 지금 준비할게.』

"부탁해."

아침이나 저녁을 준비하고 부지런히 시중을 들어주는 흑묘족
들이지만 점심이 준비된 적은 없었다. 이 마을은 두 끼가 기본이
기 때문이다.

왕도에서는 세 끼를 먹는다고 하는데.

그 점에서도 이 마을의 빈곤함을 알 수 있었다.

가르스 영감 일이 끝나면 다시 이 마을에 오자. 그때는 곡식이
나 묘목을 잔뜩 가지고.

『자, 사과의 뜻으로 카레 차릴게.』

"진짜?"

"왱?"

『오늘은 마음껏 먹어도 돼.』

"오오. 천국이야."

『오버는.』

"카레 천국. 그것은 낙원의 이름."

프란이 너무 기쁜 나머지 시적인 표현을! 뭐, 이것으로 기분을 풀어준다면 싸다. 다만 카레가 상당히 줄어들기는 한다. 일이 있을 때마다 잔뜩 먹어대니 말이다.

카레가 떨어진다면 프란의 기분이 어떻게 될지 알 수 없다. 다시 비축분을 준비해야 할 시점이었다.

"우물우물."

"워후!"

무엇보다 좋아하는 음식을 먹지 못하면 프란이 가엽다. 다행히 여기라면 남의 눈도 없고 조리장도 있다. 남은 시간은 오로지 카레만 만들어야겠다.

밤. 오늘은 아무리 그래도 연회 없이 프란의 강연회가 열렸다.

처음에는 프란에게 겨우 익숙해진 아이들이 졸라 모험 이야기를 했다. 그러자 어른들도 이야기를 듣고 싶어 해서 어느샌가 프란을 둘러싼 저녁이 되어 있었다.

처음에 이야기했던 것은 모험담이다.

프란은 재미있게 이야기하는 타입은 아니지만, 리치와의 싸움이나 무투 대회에서 벌인 격투를 담담히 이야기하는 게 더 실감 나게 들린 모양이다. 전원이 마른침을 삼키며 프란의 말에 귀를 기울이고 있었다.

"그래서 리바이어던이 구해줬어."

"오오!"

"대단하다!"

프란의 이야기가 끝나자 전원이 숨을 토하며 이마의 땀을 닦아 냈다. 어지간히 집중해서 들었나 보다. 마치 자신들이 모험해온 것처럼 녹초가 된 사람도 있었다. 심지어 또다시 맨 앞줄을 확보 한 샤류샤는 어깨로 씩씩 숨을 몰아쉬고 있는 게 아닌가. 그렇게 까지 열심히 들어주면 이야기하는 보람이 있는 법이다.

"다음은 무슨 이야기인가요?"

"더 듣고 싶어!"

"웃."

프란이 살짝 곤란한 얼굴을 했다. 이야기할 만한 무용담은 대 부분 이야기했기 때문일 것이다.

그래서 이번에는 신화에 대해 이야기하기로 했다.

즐거운 이야기는 아니지만, 자신들의 선조가 무엇을 하고 어째 서 진화할 수 없게 됐는지. 그것을 알아서 손해는 없다고 생각한 것이다.

"옛날에 흑묘족은 아주 대단했어. 지금으로는 믿을 수 없지 만——."

이번에는 지금까지 한 무용담과 성질이 다른 이야기라는 것을 알았을 것이다. 흑묘족들은 흥미진진한 기색으로 이야기를 듣고 있었다.

하지만 프란의 이야기가 거듭될수록 그들의 얼굴은 점점 진지해져 갔다.

잡담하는 사람 없이 그저 조용히, 그리고 어떤 이야기도 놓치지 않겠다는 듯이 말없이 프란의 이야기를 계속 들었다.

흑묘족의 장이 과거에 수왕이었던 것. 그 왕가가 폭주해 사신의 힘을 거두어들여 세상의 패권을 노렸던 것. 그러는 바람에 신들의 분노를 사 신벌을 받은 것. 그 탓에 진화에 족쇄가 달린 것. 사인을 사냥하는 것은 그 속죄라는 것.

기침 소리 하나 나지 않는 조용한 광장 안에서 프란이 이야기를 매듭지었다.

"——이상이야."

프란의 이야기를 다 듣자 마을 사람들은 얌전한 얼굴로 입을 다물었다. 상상 이상으로 큰 이야기를 듣고 전부 이해하지 못한 것이리라.

그러자 촌장이 모두의 앞에 나서 프란에게 머리를 숙였다.

"아주 귀중한 이야기를 들려주셔서 감사합니다."

"응."

"큰 도움이 되었습니다."

이번에는 마을 사람들에게 몸을 돌린 촌장이 큰 소리를 질렀다.

"여러분! 공주님께 들었겠지! 우리 선조의 죄를! 머리끝이 쭈뼛해지는 대죄를!"

촌장의 말에 수많은 흑묘족들이 고개를 숙였다.

이 세계의 인간에게 사신은 역겹고 무서운 존재다. 선조가 그

사신의 힘을 이용하려고 했다 천벌을 받았다는 소리는 상당한 충격이었을 것이다.

"하지만 한탄해서는 안 된다! 그 죄를 속죄할 길을 관대한 신들은 보여주셨다!"

고개를 숙이고 있던 흑묘족들이 얼굴을 들었다. 촌장의 말에는 그만한 힘이 있었다.

"게다가 그 길에 다다르면 진화에 이를 가능성마저 있다! 이때까지 어둠 속에 방치된 어린 새끼 고양이처럼 어디로 가야 좋을지도 알지 못한 채 고독과 폭력에 겁을 집어먹으면서 걸어왔던 숙연한 길이 아니다! 힘과 명예와 존엄을 되찾기 위한 훈련의 길이다! 나는 결심했다! 우리는 마을을 바쳐 죄를 씻을 길을 목표한다! 강제는 아니다! 하지만── 많은 사람이 함께 걸어와 주기를 바란다."

역시 촌장을 맡은 사람답다. 무심코 귀 기울여 들었다. 흑묘족들도 그것은 마찬가지였는지 광장에 정숙이 흘렀다.

하지만 다음 순간, 우레 같은 박수가 그 정숙을 산산조각 냈다. 모든 흑묘족이 일어나 손뼉을 치고 있었다. 그뿐만이 아니다.

"저는 반드시 진화할 거예요!"

"나는 이제 진화를 목표하기에는 나이를 많이 먹었지만, 최대한 돕겠어!"

"저는 공주님의 말씀을 비석에 새기겠습니다!"

한 사람도 빠짐없이 전원이 촌장의 말에 찬성했다. 그저 진화를 목표하는 것이 아니라 동시에 속죄도 한다. 그렇게 결의한 모양이다.

프란의 말을 의심도 없이 믿어준 것도 놀랍지만, 신에 대한 분노 같은 것이 없는 데에도 놀랐다.

지구에서 태어난 내가 상상도 할 수 없을 만큼 신이라는 존재에 대한 숭배가 뿌리에 박혀 있기 때문일 것이다. 신에게 단죄를 받았다는 것은 자신들이 잘못했다는 의미다. 자연히 그렇게 생각한 듯했다.

뭐, 신이 실제로 있는 세계라면 그렇게 될지도 모른다.

그 뒤에는 어째선지 대연회가 벌어졌다.

흑묘족의 역사가 바뀐 날이라는 것을 구실로 어제를 뛰어넘는 대소동이 벌어졌다.

마을 전체에서 성대한 술판이 벌어졌기 때문에 프란은 다른 어린아이와 함께 먼저 물러나기로 했다.

『믿어줘서 다행이야.』

"응."

『좋은 사람들뿐이네.』

그래서 이 마을에 있는 편이 낫지 않겠느냐고 말을 이으려 했지만——.

"내일 마을을 떠날래."

『벌써?』

"응. 전할 건 전부 전했어."

『너무 갑작스러운 거 아냐? 좀 더 있어도 될 것 같은데.』

"안 돼. 내일. 여기는 머물기 너무 좋으니까."

『그렇다면——.』

"내일."

으음. 벌써 결정한 듯하군. 할 수 없다. 프란이 그렇게 결심했다면 따를 뿐이다.

그건 그렇고 머물기가 좋다라…….

『또 돌아오자.』

"응!"

영원한 이별도 아니다.

방에 돌아온 프란은 침대로 다이빙했다.

전례 없을 만큼 떠들었기 때문에 지쳤을 것이다.

그러나 프란도 흥분했던 모양이다.

그날은 눈을 반짝반짝 빛내며 전혀 잘 마음이 없었다.

이 마을에서 어떤 일이 있고 어떤 이야기를 했는지 내게 이야기해줬다.

그야 나는 계속 프란과 같이 있었으니 프란이 무엇을 했는지 전부 알고 있다.

그래도 프란이 말하는 것은 이 마을에서 있던 일을 잊어버리지 않기 위함일 것이다.

말로 꺼냄으로써 기억을 정리하고 자신의 안에 더 깊이 새기고 있는 듯했다.

그리고 피로에 진 프란이 잠에 떨어져 귀여운 숨소리를 내기 시작하고 잠시 지났을 무렵, 집 주위에는 평소의 고요함이 둘러싸고 있었다.

흑묘족들의 연화가 끝난 거겠지.

시계를 확인하니 이미 심야라고 해도 좋을 시각이었다.

당연히 프란도 울시도 푹 자고 있었다.

후— 후— 거리는 귀여운 숨소리와 쿨쿨거리는 굵직한 코골이가 교대로 들렸다.

그런데 내가 둘의 모습을 확인하고 한시름 놓은 직후였다.

"……웃."

"……워후."

동시에 둘이 몸을 벌떡 일으켰다.

적습이라고 생각했지만 내게는 아무것도 느껴지지 않았다. 프란과 울시도 그 움직임에 긴급 사태 특유의 예리함은 없었다.

『왜 그래?』

"응——?"

"웡?"

프란과 울시도 자신들이 무엇에 반응했는지 모르는 듯했다. 졸린 눈으로 주위를 두리번거렸다. 당연히 아무런 기척도 없었다. 프란과 울시는 고개를 갸웃거렸다.

『어때?』

"모르겠어."

"웡."

뭘까. 지진이라도 일어났나? 이쪽 세계는 지진이 전혀 없는 것 같으니까, 일본 태생인 내가 무의식중에 무시하는 미약한 지진이라도 프란과 울시는 과민하게 반응할지도 모른다.

"지진……?"

"워후?"

본인들도 모르는 건가.

일단 마을을 둘러볼까. 은밀 계열 스킬을 가진 마수가 침입했을 가능성도 있으니 말이다.

하지만 몰래 마을을 순찰한 결과, 나는 아무런 이상도 발견할 수 없었다.

유일하게 본 것은 술에 취해 길 가장자리에서 잠든 술주정뱅이 흑묘들뿐이다. 집을 몰라서 적어도 풀 위로 옮겨줬다.

아무것도 보이지 않는다. 우연?

아니, 나는 그렇게는 생각할 수 없었다.

프란과 울시가 동시에 반응했기 때문이다.

『좀 더 둘러보자.』

"응."

그러나 그 뒤에도 이상은 아무것도 발견할 수 없었다.

그래도 프란과 울시는 진정할 수 없는 듯했다. 그것은 나도 마찬가지였다.

나 이상으로 야생의 감이 예리한 프란과 울시의 위화감을 방치할 수는 없었다.

『그럼 하늘에서 좀 둘러보자.』

"응."

"워후."

프란을 등에 태운 울시가 허공을 박차 하늘로 날아올랐다.

그대로 울시의 등에서 주위를 내려다봤다. 하지만 오늘은 두꺼운 구름이 하늘을 뒤덮고 있었다. 달도 별도 가려져서 시야가 나빴다.

『으음, 어때?』

"모르겠어."

『울시는?』

"끼잉……."

울시는 아무래도 뭔가가 신경 쓰이는 듯했다. 코로 킁킁 소리를 내고 있었다. 그러나 자신이 무엇에 반응하고 있는지 스스로도 알지 못해서 자꾸만 주위를 신경 썼다.

그런 때였다.

『지금…….』

뭔가가 보인── 기분이 들었다.

"스승? 왜 그래?"

『순간 저쪽 구름이 갈라져 달빛이 비쳤는데……. 뭔가가 움직이지 않았나?』

"저쪽?"

『그래, 훨씬 북쪽이야.』

몇 킬로미터 이상 떨어진 황야의 일각. 가리는 게 없어서 낮이면 아득한 앞까지 보일 것이다.

하지만 흐렸다고는 하나 지금은 밤이다.

프란은 눈을 가늘게 뜨고 어둠을 뚫어지게 쳐다본 다음 고개를 갸웃거렸다.

밤눈을 가진 프란이라도 역시 보이지는 않는 듯했다.

『울시, 더 가까이 가.』

"웡!"

울시가 다리를 북쪽으로 향했다. 그대로 몇 분 정도 하늘을 계속 달렸을 때였다.

고작 몇 초지만 구름이 갈라진 틈에서 달이 얼굴을 내밀었다.

"······스승."

『······그래.』

프란이 잠긴 목소리로 중얼거렸다.

마음은 똑같다.

"······보였어?"

『보였어.』

"크르르······."

우리의 착각이 아니라면 그것은 대지의 위를 움직이는 무수한 마수의 모습이었다.

고블린이나 울프의 무리 같은 수준이 아니다.

보는 한 황야를 가득 메우듯이 무시무시한 수의 마수가 그 걸음을 옮기고 있었던 것이다.

『더 가까이 가서 확인하자!』

"윙!"

"저건 뭐야?"

『모르겠어! 하지만 평범한 사태가 아니야!』

3분 후.

전속력으로 달려간 울시는 그 마수 무리의 상공에 도착해 있었다. 이 거리라면 빛이 없어도 알 수 있다.

무수한 기척이 느껴졌다. 이미 무리라고 할 규모가 아니다. 군세다. 족히 만을 넘는 마수의 군세가 발걸음을 맞춰 행군하고 있었다.

이것은 명백하게 누군가가 통제하고 있었다. 어디까지 지배가 미치는지는 알 수 없지만, 적어도 이만한 수의 마수를 소리 하나 내지 않도록 조용히 시키고 정연하게 행진시킬 만한 영향력은 있는 듯했다.

게다가 남쪽으로 움직이고 있었다. 즉, 슈왈츠카체로 향하고 있었다.

"어떡해?"

『이 무리를 우리만으로 멈추기는 어려워.』

"하지만 마을 사람들을 싸우게 하는 것도 무리야."

『그건 알고 있어. 이건 군대가 출동할 수준이야.』

흑묘족들에게 무기를 쥐어준다고 저항할 수 있을 리도 없었다.

"응."

『그러니까 마을에 돌아가 우선 알리자. 흑묘족들을 피난시켜야 해!』

"알았어. 그래서, 지금은 어떡해? 일단 몇 발쯤 타격을 줘?"

『……아니, 관두자. 수가 너무 많아서 각각의 힘을 파악할 수 없어. 어쩌면 우리도 이길 수 없는 흉악한 마수가 섞여 있을 가능성 역시 있어.』

그런 녀석들이 일제히 덤벼든다면 도망치는 것밖에 할 수 없으니 말이다.

마을까지 쫓아오면 최악의 사태가 일어난다.

흑묘족들의 피난이 완료될 때까지 섣불리 자극하지 않는 편이 낫다.

"알았어."

『울시, 전속력으로 마을로 돌아가!』

'윙.'

"서둘러!"

'윙윙!'

그리고 마을로 돌아간 프란은 그대로 촌장의 집으로 바삐 움직였다.

울시는 일단 커다란 울음소리를 냈다.

"윙윙윙윙워엉!"

마을 사람들을 깨우는 동시에 무언가 이상 사태가 일어났다고 알리기 위해서다.

쾅쾅쾅쾅쾅!

"촌장님! 일어나!"

"고, 공주님이십니까? 무, 무슨 일이십니까?"

이미 울시의 포효에 일어나 있었는지 바로 졸린 눈을 비비며 촌장이 집에서 나왔다.

"긴급 사태."

"아, 네. 대체 무슨 일이……."

"마물 무리가 이 마을로 향하고 있어."

"네? 고, 공주님께서도 어떻게 못 할 규모입니까?"

"응. 북쪽 황야를 가득 메웠어. 군대가 필요해."

"이, 이럴 수가! 그런 것이……. 바, 바로 마을 사람들을 깨워야겠습니다!"

"피난 준비도 지금 바로 진행해."

"알겠습니다!"

흑묘족은 프란의 말을 전혀 의심하지 않아서 편하다. 여기가 다른 마을이었다면 좀처럼 믿어주지 않았을 것이다.

울시의 소리에 일어난 흑묘족들도 조금씩 촌장의 집 앞으로 모이기 시작했다.

"모두! 공주님이 마수 무리를 발견했다. 그 수는 북쪽 평야를 가득 메울 정도라고 한다!"

"네에?"

"그, 그럴 수가……."

곳곳에서 비명이 나왔지만 촌장이 일갈했다.

"진정해! 지금 당장 쳐들어오지는 않아! 우선 나눠서 마을 사람들을 깨운다! 그리고 피난 준비다!"

"아, 알겠습니다!"

"당장!"

"우리는 병사들이 있는 곳으로 간다!"

흑묘족들의 행동은 상당히 빨랐다.

이야기를 들은 자가 다른 동료에게 사태를 전하러 돌아다녔고, 협력해 피난 준비를 진행했다.

병사 대기소에 갈 때까지 촌장에게 이야기를 들었는데, 흑묘족은 일단 도망치는 데 익숙하다고 했다.

이 마을에 정착할 때까지는 각지를 방랑했고, 때로는 마수나 도적에게서 계속 도망쳐다녔다. 마을을 만든 뒤에도 한 해에 한 번 이상은 피난 훈련을 빼놓지 않고 실시해 왔던 모양이다.

전투력은 없어도 도망치는 데에는 수인족 중에서도 손꼽힐 것이다.

"하지만 이번에는 어떻게 될지……."

피난한다 해도 근처 마을로는 도망칠 수 없다. 벽의 규모도 이 마을과 다르지 않고, 만이 넘는 마수의 군세를 피할 리도 없었다.

"적어도 그린고트까지는 도망쳐야 합니다."

도망치는 마을 사람과 마수들이라면 명백하게 마수 쪽이 빠르다. 최대한 빨리 출발해 시간을 번다 해도 얼마나 도망칠 수 있을지는 알 수 없었다.

"뭐, 우선 각 방면으로 보고를 해야겠군요. 이 주변 마을들이나 군대가 있는 그린고트에도 파발마를 보내야겠습니다."

"응."

여기서부터는 시간과의 싸움이었다.

"저, 저것이 병사 대기소입니다."

『이미 밖에 있군.』

마을이 소란스러워진 것을 감지하고 출동하려 했던 모양이다.

대기소 밖에는 병사들의 모습이 있었다.

"어이! 이보게들! 긴급 사태일세!"

"아아, 촌장님! 대체 무슨 일입니까?"

"으음! 실은 말일세——."

촌장이 프란이 전한 사실을 병사에게 가르쳐줬다.

"저, 정말입니까?"

"마수의 군세라고요?"

흑묘족이 아닌 그들은 촌장과 마을 사람들만큼 프란을 믿을 수 없는 듯했다. 뭐, 당연하다.

회의적인 표정으로 촌장과 프란의 얼굴을 보고 있었다.

그러나 촌장은 병사들에게 다가가 강한 어조로 타일렀다.

"공주님이 눈으로 확인하셨다고 하네! 정말이야!"

"아니, 그런데 말입니다……."

"됐으니까 각 마을과 그린고트에 파발마를 보내게!"

"하지만 그 군세를 확인하고 난 다음에나 가능합니다만……."

위험하다, 여기서 시간을 빼앗겨서는 안 된다. 어쩔 수 없지만 살짝 참견하자.

"진짜야. 날 못 믿어?"

"그런 건 아닙니다만……."

"책임은 내가 질게. 됐으니까 서둘러. 이 이상 꾸물대면……."

그렇게 말하고 프란이 위압을 발동했다. 협박한 것은 아니다. 다만 상하 관계를 확실하게 해두려고 했을 뿐이다.

수인 중에서는 강한 녀석이 존경받으니 말이다.

즉── 입 다물고 이쪽 말을 들어!

프란의 짜증이 전해져 왔을 것이다. 병사들이 그 자리에서 차려 자세를 하고 고개를 끄덕였다.

"아, 알겠습니다!"

"지금 당장 파발마를 보내겠습니다!"

"그린고트에는 내가 갈게."

"괜, 괜찮으시겠습니까?"

"응. 그편이 빨라. 이 부근 마을의 피난은 맡길게."

"네! 맡겨주십시오!"

병사가 아니라 촌장이 자신만만하게 대답했다. 뭐, 맡겨두면 되겠지.

"그럼 갈게. 울시."

"웡!"

길은 이미 안다. 울시는 모든 힘을 기울여 아주 급하게 달렸다.

"크르……."

울시가 괴로운 듯이 신음했지만, 속도를 줄이려고는 하지 않았다.

일분일초를 다투는 사태라는 것을 이해하고 있을 것이다.

"커…… 흐…….."

입가에서 하얀 것이 흘러 떨어지는 모습이 보였다.

아무래도 위의 내용물인 듯했다.

한계를 넘어 구역질을 하면서도 울시가 그 발을 멈추는 일은 없었다.

"힘내."

『힘내라, 울시!』

"……크으으카아아아아아아아!"

우리가 할 수 있는 일은 위로의 말을 걸어주는 것뿐이다.

그리고 울시는 전혀 속도를 줄이지 않고 슈왈츠카체에서 그린고트까지 달려갔다.

갈 때는 네 시간 이상 걸렸던 길을 한 시간 만에 주파했군.

아무리 그래도 평소처럼 문 앞에 내려서 울시를 작아지게 할 시간은 없었다. 병사는 거대한 늑대가 어둠 속에서 나타나는 바람에 자빠질 만큼 놀랐지만, 긴급 사태이니 용서해주기를 바란다.

"고마워, 울시."

"웡……."

"쉬고 있어. 돌아가는 길에도 또 무리해야 하니까."

"웡."

돌아가야 한다는 걸 아는 울시는 싫은 내색 하나 하지 않고, 조금이라도 체력을 회복하기 위해 그림자 속으로 돌아갔다.

『여기서부터는 우리가 해야 해.』

"응!"

사실은 즉시 영주관으로 돌격하고 싶지만, 나중에 귀찮은 일이 생겨도 곤란하다. 적대자라고 보면 반대로 시간을 잡아먹게 될 것이다.

조급한 기분을 억누르며 프란은 병사에게 말을 걸었다.

"나는 흑뢰희. 영주에게 긴급 요건이 있어. 빨리 전해줘."

"아, 아아. 아, 알겠습니다!"

속마음은 패닉일 것이다. 거대한 늑대가 나타나 목숨이 위기인가 싶었는데 그 등에서 미소녀가 나타났고 그것이 소문의 흑뢰희였으며, 굉장한 위압감을 두르고 있는 데다 한참 상관인 영주에게 요건이 있다고 한 것이다.

이래저래 지나치게 놀란 병사는 의문을 입에 담을 여유도 없는 듯했다.

고개를 끄덕이더니 서둘러 문을 열어줬다.

"고마워."

오늘은 긴급 사태이니까 명성도 위협도 최대한 이용해주겠다.

그린고트에 발을 들인 프란은 공중 도약으로 집들의 지붕을 밟아 넘으며 일직선으로 영주관을 목표했다.

"우, 우와아! 여자애?"

"어? 어디에서……. 너, 대체 무슨 짓이냐!"

갑자기 밤하늘에서 내려온 프란을 보고 병사들이 놀랐다.

창을 겨누며 사정을 들으려 하는 병사들이었지만 프란은 거기에 신경 쓰고 있을 여유가 없었다.

"여기가 영주관 맞아?"

"어? 아, 흑뢰희님?"

"응. 그런데 여기는 영주관?"

"아, 네! 그렇습니다!"

"영주에게 긴급 요건이 있어. 만나게 해줘."

"저, 전할 테니 잠시 기다려주십시오!"

"서둘러. 10분 이상 지나면 내가 만나러 갈 거야."

"네?"

"서둘러."

"아, 네에!"

프란이 진심이라는 것을 알았을 것이다. 병사는 창백한 얼굴로 동료를 부르러 갔다. 남은 병사는 굳어진 얼굴로 말을 걸었다.

"저, 저기? 긴급 요건이란 뭔가요?"

"영주에게 직접 얘기할래."

"아, 네에⋯⋯."

『그렇지, 이 마을의 전력을 들어두자.』

"저기. 이 마을에 기사단은 있어?"

"네, 영주님 직속 기사단이 있습니다."

호오, 이건 좋은 소식이다. 수인국의 기사라면 나름대로 강할 테니 말이다.

병사에게 기사단의 인원 등을 묻고 있는데 아까 간 병사가 달려서 돌아왔다.

빠르군. 아직 5분 정도밖에 지나지 않았는데.

"여, 영주님께서 만나신다고 합니다! 이쪽으로 오십시오!"

"응."

병사에게 안내받은 곳은 알현실이 아니라 영주관 입구에서도 가까운 작은 방이었다. 다만 작아도 구조가 아주 호화로워서 내가 봐도 돈이 들어간 것을 알 수 있었다. 아무래도 귀인을 응대하기 위한 방인 모양이다.

그곳에 잠옷 차림의 영주가 있었다.

근육이 울끈불끈한 마초인 마르마노가 귀족 네글리제를 입고 있는 것은 콩트인가 생각할 만큼 위화감이 있었다. 긴급 사태의 긴장감이 없었다면 확실히 폭소했겠지.

"오오, 흑뢰희님, 나흘만이로군요!"

"응. 만나줘서 고마워."

"아닙니다, 흑뢰희님의 방문이라면 이 정도는 아무것도 아닙니다. 원래라면 정장 차림으로 맞이해야 했지만, 긴급 사태라는 말씀을 하셨기 때문에 이런 단정하지 못한 차림으로 실례합니다."

프란이라서 특별히 빨리 대응해준 듯했다.

이렇게 겉보기보다 상대의 사정을 우선해주는 즉결즉단의 귀족에게는 호감이 간다.

"괜찮아. 어울려."

"감사합니다. 자, 긴급 요건이 있다고 하시던데요? 혹시 암살자들의 정보나 뭔가를 입수하셨습니까?"

"아니야."

213

"아니면 긴급 요건이란 무엇입니까?"

"북쪽에서 마수의 군세가 다가오고 있어."

"뭐라고요? 북쪽에서?"

뜬금없는 이야기에 마르마노가 고개를 갸웃거렸다.

"응. 슈왈츠카체의 북쪽 황야에서 남쪽을 향해 오고 있어."

"수는?"

"음…… 잔뜩? 황야를 마수가 잔뜩 메우고 있었어."

"그, 그건…… 농담은 아니시지요?"

"거짓말이라면 목을 줄게."

『야, 프란!』

무슨 소리를 하는 거야!

'사실이니까 괜찮아.'

『그야 그렇지만……. 그런 게 아냐! 다음부터 그렇게 간단히 목을 준다고 하지 마!』

'? 알았어.'

내가 프란에게 주의를 주고 있는 사이에 마르마노는 뭔가를 중얼거리고 있었다.

천천히 흰머리를 훑으면서 정보를 정리하고 있는 모양이다.

"스탬피드가 일어났나? 아니, 그 부근에 던전은……."

마르마노의 의문은 나도 이해할 수 있었다. 옛날부터 던전이 있으면 그린고트의 영주가 모를 리가 없을 것이다. 하지만 아주 최근에 생긴 던전이 만이 넘는 마수를 생성할 수 있다고도 생각할 수 없었다.

"북쪽에는 뭐가 있어?"

"아무것도 없다는 말밖에 할 말이 없군요. 일단 북동쪽은 엘레디아 왕국, 북서쪽은 바샬 왕국과 접하고 있습니다만, 국경선은 경계 산맥이라고 불리는 전인미답의 대산맥으로 나뉘어 있습니다."

산악지에 적응한 특수한 마수밖에 살 수 없을 만큼 깎아지를 듯한 절벽이 이어지는 모양이다. 그곳을 넘어 행군하기는 무리일 것이다. 전에 수인국의 특수부대가 산을 넘기를 계획했다 좌절한 적이 있다고 한다.

즉, 다소 체력이 있다 해도 고블린 등의 잔챙이를 포함한 마수의 대군세로는 산을 넘어 침입하는 것은 무리라는 뜻이기도 했다.

그렇기 때문에 북쪽에는 병력을 거의 두지 않는 것이다.

『그렇다면 그 마수들은 어디에서 온 거지?』

정말로 알 수 없었다. 아니, 지금은 그것보다 그 군세를 어떻게 하느냐다.

"군대를 출동시켜."

"……."

"왜 그래?"

프란의 요청을 들은 마르마노가 어두운 표정으로 고개를 숙였다. 그리고 고뇌 가득한 목소리로 믿을 수 없는 말을 꺼냈다.

"군은 지금 당장은 움직일 수 없습니다……."

마르마노가 얼굴을 미안함으로 일그러뜨리면서 프란에게 그렇게 말했다.

"어째서?"

"사흘 전 남서쪽 국경선에서 바샬 왕국과의 전단이 펼쳐졌습니다."

진짜인가. 그것은 처음 들었다. 하지만 그래서 마르마노가 하는 말의 의미를 알 수 있었다.

"이 그린고트에서도 절반 이상의 병사를 파견했습니다."

즉, 여유 병력이 없다는 뜻일 것이다.

"없는 게 아니잖아?"

"현재 그린고트에 남아 있는 병사로는 아무래도 만을 넘는 마수에게 야전을 거는 것은……."

마르마노가 고개를 푹 숙였다.

"죄송합니다! 하지만 이 주변 마을이나 도시의 사람들은 이 그린고트를 향해 피난해올 겁니다. 마수의 군세를 막을 만한 방벽이 있는 곳은 이곳뿐입니다. 그때 병사가 없으면 방어를 할 수가 없습니다!"

야전을 감행할 병사가 부족한 이상 농성밖에 없다. 그리고 성에 틀어박혀 있다 해도 어느 정도의 병사가 없으면 농성도 할 수 없을 것이다.

"이 도시에 흙 마술을 쓸 수 있는 사람은 없어? 그래서 커다란 벽을 만들면 시간을 벌 수 있어."

"우리나라에 군세를 멈출 수 있을 정도의 대지 마술을 쓰는 사람은 한 명밖에 없습니다. 하지만 그 남자는 바샬 왕국과의 싸움의 중심인물. 이쪽으로 부르는 것은 무리입니다."

"그렇구나."

"바로 다른 영지에 원군 요청을 하겠습니다. 남쪽에 집결한 군에도!"

"오는 데 얼마나 걸려?"

"……빨라도 며칠은 걸릴 겁니다……. 그때까지는 나설 수 없습니다. 지금 병사를 소모할 수는 없습니다."

아슬아슬한 병력밖에 없다면 불필요하게 소모하고 싶지 않다는 말도 이해가 간다. 그것을 납득이 가느냐 아니냐는 별개지만.

결국 북부의 마을들을 희생해서라도 다른 사람들을 구하자는 뜻이다. 영주로서는 지극히 당연한 판단이다. 나는 그것을 나무랄 수 없었다.

프란도 그것을 알았는지 그 자리에서 일어났다.

"알았어."

"그, 그러십니까……. 아, 어디 가십니까?"

"이제 여기에 볼일은 없어. 모험가 길드로 가."

"나, 남지 않으시는 겁니까?"

마르마노로서는 프란이 이 도시에 남아주기를 바랄 것이다. 랭크 A에 상당하는 실력자가 있다는 것만으로 시민은 안심할 테고, 병사의 사기도 올라간다. 실제로 방위에도 커다란 공헌을 할 터다.

숫자만으로 생각한다면 북부 마을들의 얼마 되지 않는 사람들을 버리고 이 도시에 농성하는 수만 명을 구하는 편이 피해는 적다.

하지만 프란이 받아들일 리도 없었다.

마르마노에게 다시 몸을 돌려 담담하게 말했다.

"무리야. 나는 동포를 절대로 버리지 않아."

그것은 딱히 영주를 비꼬는 것이 아니었다. 단순히 동족인 흑묘족을 버리고 싶지 않다는 의미일 뿐이다.

그러나 마르마노에게는 그렇게 들리지 않았던 모양이다.

분한 기분으로 얼굴을 일그러뜨리고 그 자리에 우두커니 서 있었다.

화를 내겠다 싶었지만 그렇지는 않은 듯했다. 아무래도 그 자신의 신조로는 지금 당장 뛰쳐나가 사람들을 구하고 싶은 모양이다. 하지만 영주로서 그 선택지를 고를 수 없었다.

"죄송……합니다! 부, 북부의 마을들을 부디 잘 부탁드립니다……!"

마르마노는 그 거구를 축소하듯이 프란에게 깊이 머리를 숙였다.

"알았어."

프란은 몸을 떠는 마르마노의 어깨를 툭 두드렸다.

"부디……!"

"응."

마르마노의 전송을 받으면서 저택에서 물러난 프란은 그 발걸음으로 그린고트의 모험가 길드로 돌격했다.

역시 이 부근의 중심 도시답게 나름대로 컸다.

"이리 오너라."

"아아, 흑뢰희님. 무슨 일이십니까?"

"길드 마스터에게 긴급한 볼일이 있어. 바로 만나게 해줘."

"……알겠습니다."

여기서도 흑뢰희의 이명이 도움이 됐다. 접수원은 아무것도 묻지 않고 즉시 행동에 옮겼다. 그리고 3분도 지나지 않아 돌아와 프란을 길드 마스터에게 안내해줬다.

그린고트의 길드 마스터는 새하얀 수염을 기른 노령의 마술사다. 진화도 해서 상당한 실력자였다.

저번에는 가벼운 인사만 하고 떠났던 프란이 이런 시간에 찾아온 데에 놀란 듯했다. 그래도 예사 사태가 아니라고 판단해 즉시 대응해준 것은 고마웠다.

"흑뢰희님, 무슨 일이십니까?"

"북쪽에서 마수의 군세가 오고 있어."

"네? 무슨 소리입니까?"

놀라는 길드 마스터에게 프란이 모든 것을 설명했다. 처음에는 놀란 듯하지만 길드 마스터는 바로 정신을 차린 듯했다.

"만이 넘는 마수의 군세라고요?"

"모험가에게 협력을 부탁하고 싶어."

"그것은 당연하지요. 바로 모험가를 소집하죠. 하지만……."

신음하면서 어떻게 대처할지를 고민했다.

"뭔가 문제가 있어?"

"남쪽 국경으로 향한 자도 많아서 현재 그린고트의 모험가는 수가 절반으로 줄어 있습니다."

"모험가는 전쟁에 참가 안 하지 않아?"

가입 때 모험가 길드의 규칙을 가볍게 읽어봤는데, 모험가는 전쟁이 일어났을 때 국가의 징병에 응할 의무가 없다고 적혀 있었을 터다.

모험가 중에는 국가끼리 벌이는 싸움은 시시하다며 가담하고 싶어 하지 않는 자도 많다.

징병에 응해야 한다는 규칙을 만들면 모험가가 길드에서 떠날 것이다. 전쟁 불참의 원칙은 각 나라와 길드의 사이에서 정식으로 계약됐다고 한다.

그 대신 마수나 도적 퇴치의 청부를 받는 것이다.

먼 옛날에 레이도스 왕국이 그 규칙을 무시하고 모험가를 징병하려 했던 적이 있다고 한다. 거역하면 처벌한다고 위협해 억지로 병사로 이용하려 했던 것이다. 그리고 거기에 반발한 모험가들이 레이도스 왕국에서 떠나서 결국 전쟁에서 대패. 모험가 길드도 레이도스 왕국에서 철수해 현재도 레이도스에는 모험가가 없다고 한다.

그런 일이 있기 때문에 각 나라에서는 모험가를 전쟁에 이용하려는 움직임이 전혀 없었던 모양이다.

물론 개개인으로 계약을 맺거나 그 나라 출신이라 자주적으로 참가하려고 하는 모험가는 지극히 드물게 있다. 아만다나 장이 그 타입이다.

하지만 길드를 통해 억지로 징병하는 것은 금기시되어 있었다.

"국가에서 하는 의뢰가 아니라 그들이 자신의 의사로 향했습니다. 이곳은 수인을 위한 나라. 그것을 지키고 싶은 것은 병사나 기사뿐만이 아니니까요."

수인국은 수인에게는 특별한 나라다. 현재의 왕이 모험가이기도 해서 길드와 국가의 관계도 양호하다. 이 나라 출신 수인 모험가들이 자주적으로 전쟁에 참가하려 하는 것은 당연할지도 모른다.

"주위의 도시와 시골에서 모험가를 부른다 해도 군으로 행동할 만한 인원은 모이지 않을지도 모릅니다."

"그래도 적어도 전력이 필요해."

"알고 있습니다. 하지만 경우에 따라서는 이 도시의 방위에 전념할 정도의 인원밖에 모으지 못할지도 모릅니다. 그것만큼은 알아주십시오."

"⋯⋯응. 알았어."

"돌아가실 겁니까?"

일어선 프란에게 길드 마스터가 말을 걸었다. 그 얼굴에는 말리고 싶다고 쓰여 있었지만, 그는 그 뒤에 아무 말도 하지 않았다. 북쪽에 흑묘족 마을이 있고 프란은 흑묘족. 그것을 알고 있을 것이다.

"응. 바이바이."

"무운을 빕니다⋯⋯."

울시의 등에 타고 다시 밤하늘로 날아오른 우리는 앞으로의 일을 의논하고 있었다.

『군도 모험가도 바로는 움직일 수 없어.』

"응."

하지만 이대로 앉아서 보고 있으면 흑묘족들은 마수의 군세에 쫓겨 삼켜질 것이다.

어떻게 생각해도 흑묘족의 이동 속도보다 마수의 발 쪽이 빨랐다.

예를 들어 젊은이만 마차 등에 태워 옮기면 도망칠 수 있을지도 모른다. 남은 사람들의 죽음과 맞바꿔서. 하지만 프란이 그런 선택을 할 리가 없었다.

그 마을은 프란의 꿈 중 하나이기 때문이다.

흑묘족이 편안히 살 땅이자 흑묘족의 웃음으로 넘치는 마을.

슈왈츠카체에 도착하고 나서 프란은 진심으로 즐거워 보였다.

그 마을을 잃고 싶지는 않을 것이다.

프란의 기합은 엄청났다.

『……그래도 이번만큼은…….』

"왜 그래? 스승."

『프란. 흑묘족을 도망치게 하는 건 우리만으로는 불가능해. 원군은 어디서도 오지 않아.』

"응."

『그게 위험하다는 건 알지?』

"알고 있어."

프란이 진지한 얼굴로 동의했다.

그렇다. 프란은 모든 것을 이해하고 있다. 이해하지만 도망칠 마음이 없다.

『나는 되도록 이번만큼은 프란을 도망치게 하고 싶어. 지금 당장 수인국에서 탈출했으면 좋겠어.』

"미안, 스승. 그건 안 돼."

내 말에 가차 없이 즉답하는 프란. 그 눈빛은 이 세상의 어떤 것보다 올곧았다.

『휴우. 도저히 안 돼?』

"응!"

나도 알고 있다. 프란이 절대로 흑묘족을 버릴 리가 없다는 것을. 그래도 말하지 않고는 견딜 수 없었다.

무서웠던 것이다. 흑묘족을 위해서라면 프란이 목숨을 바쳐 싸우려고 한다는 사실이. 두려운 것이다. 프란을 잃을지도 모른다는 것이.

『미안. 바보 같은 소리를 했어. 잊어줘. 난 이래서 글렀어.』

어째서 프란의 결의를 흐리는 짓을······.

"아니야. 스승은 그르지 않아. 대단한 검이야!"

『프란······!』

그렇다. 나는 프란의 검. 프란을 위한 검이다.

프란이 싸우겠다고 결심했다. 그렇다면 내가 해야 할 일은 그 결의를 이루기 위해 전력을 다하는 것뿐이다.

『미안했어. 이제 괜찮아.』

"스승이 나를 생각해주는 건 알고 있어. 고마워. 하지만 나는 동료를 구할 거야! 스승도 힘을 빌려줘."

『그래. 맡겨줘!』

"응!"

『하지만······ 모든 마수를 섬멸하기는 어려울 거야.』

"알아."

상대가 모두 고블린이라면 모르지만, 그런 행운은 없을 것이다. 아까 본 마수의 군세 중에는 명백하게 고블린을 능가하는 체구를 가진 그림자가 몇 개나 있었다.

오히려 최악을 상정해야 한다. 그야말로 위협도 A, B의 마수 여럿이 섞여 있을 가능성도 있었다.

중요한 것은 지연이다.

선두를 혼란시켜 진군을 늦출 수 있다면 마을 사람들이 도망치기 위한 시간을 벌 수 있을 것이다.

그리고 중요한 것은 그 이후다. 마수들의 진군을 방해하면 당연히 이쪽을 배제하러 나설 것이다.

그때 얼마나 버틸 수 있느냐가 중요했다.

『그리고 시간벌기에 유효한 건 마수의 군세를 조종하고 있는 자를 배제하는 것일 거야.』

그것이 어떤 존재인지는 모른다.

고블린 킹과 같은 상위 마수인지, 아니면 그 외의 누군가인지.

하지만 저만큼 통제가 잡혀 있는 이상 무리의 주인이 존재하는 것은 틀림없었다.

그 녀석을 찾을 수 있으면 이래저래 방법이 나올 텐데…….

또한 마수의 군세를 막지 못했을 경우 흑묘족들을 지키면서 얼마나 싸울 수 있을까.

우리는 공격하는 데 익숙해서 수비 경험은 그다지 없다. 얼마나 할 수 있을지 우리에게도 미지수였다.

"그래도 할 거야. 반드시 해야만 해."

『그래, 맞아!』

프란이 바란다면 나는 그 바람을 이루어 보이자.

그사이에도 울시는 밤하늘을 달려갔다.

이 뒤에 전투를 벌이는 것도 생각해서 갈 때 만큼 전속력은 아니지만, 그 속도가 압도적인 것은 달라지지 않았다.

순식간에 피난 도중인 흑묘족들에게 도착했다. 우리의 눈 아래로 흑묘족 피난민들이 뭉쳐서 이동하고 있는 모습이 보였다.

"다들 있어."

『좋아, 무사히 피난을 시작했어.』

가도를 남하하고 있는 듯했다. 당초의 예정대로 그린고트로 향하고 있을 것이다.

"내려가."

"웡!"

울시가 그들의 앞에 내려섰다.

이미 울시를 아는 흑묘족들은 경계하지 않고 웃으며 달려왔다.

"오오, 공주님! 돌아오셨군요!"

"응. 다들 있어?"

"물론입니다."

선두에서 걷던 촌장 일행은 안심한 표정이었다. 프란이 없어서 불안했을 것이다. 그리고 프란의 몸을 걱정하기도 한 모양이다.

그런데 내 상상 이상으로 피난하는 게 빨랐다. 최악의 경우 아직 마을에 있을 줄 알았는데.

이야기를 들어보니 흑묘족들은 새벽 전에는 피난 준비를 마치고 마을을 출발했다고 한다. 누구나 큰 가재도구를 가져가지 않고 등에 질 수 있는 재산과 며칠분 식량만 지고 있었다. 아이들은 어른들이 세운 벽 안쪽에 들여보내 마수들에게서 지키고 있는 듯했다. 정말로 도망치는데 익숙한가 보다.

하지만 노인이나 아이도 섞인 그 걸음은 상당히 느렸다. 그린고트까지 며칠이 걸릴지 알 수 없었다.

"나는 같이 갈 수 없어. 괜찮지?"

"괜찮습니다. 공주님에게 받은 무구도 이미 배분을 끝냈으니까요."

"이게 있으면 이 주변 마수 정도라면 어떻게든 될 거예요!"

그렇게 외친 것은 사류샤였다. 확실히 그녀나 남자들은 프란이 넘긴 무구나 방어구로 무장하고 있었다.

아직 개개인의 능력은 낮지만 의욕은 있으니 하위 몬스터를 쫓는 정도라면 문제없을 것 같았다.

"안심하세요. 공주님."

"응. 모두를 부탁해, 사류샤."

"네!"

"나는 갈게."

"……조심하세요."

촌장도 마을 사람들도 어디로 가는지는 묻지 않았다. 알고 있는 거다. 프란이 마수와 싸워주지 않으면 자신들이 도망칠 수 없다는 것을.

그리고 프란이 결사의 각오를 굳혔다는 것도 이해하고 있었다.

그래서 그들은 웃으며 프란을 전송했다. 자신들이 프란을 말리는 것은 그 각오에 찬물을 끼얹는 행위라는 것을 알고 있기 때문이다.

"또 만나요."

"기다리고 있겠습니다."

"응. 바이바이."

프란은 조용히 머리를 숙이는 흑묘족들에게서 등을 돌리고 다시 밤하늘로 날아올랐다.

돌아보지 않고 더욱 북상했다.

"돌아왔어."

『그러네.』

눈 아래 보이는 것은 불이 꺼진 듯이 조용한, 사람 없는 슈왈츠카체다.

불과 몇 시간 전까지 이 마을에서 모두와 함께 술을 마시고 노래를 불렀다고는 생각할 수 없었다. 사람들의 웃음소리에 둘러싸여 있었을 마을에는 지금은 그저 바람이 휘몰아치는 쓸쓸한 소리만이 울려 퍼지고 있었다.

"……우리가 모두를 지킬 거야."

『아아, 그래.』

"그리고 마을 모두의 웃는 얼굴을 되찾을 거야."

"윙!"

이 마을의 모습을 보고 프란은 기합을 새로 넣은 듯했다.

『작전을 좀 생각했어. 아무리 그래도 이대로 돌진하는 건 너무 무모해.』

"알았어."

하지만 선제공격은 마수들이 평원에 있는 동안에 하고 싶다. 삼림지대까지 들어가면 아무래도 놓치는 녀석들도 나올 테니 말이다. 숨을 곳이 없는 평원이라면 마수들의 움직임을 파악하기 쉽다.

평원에서 싸우는 것의 커다란 문제점은 우리가 숨을 곳도 없다는 점이다. 하지만 생각하기에 따라서는 은밀성 높은 마수의 기습에 대처하기 쉬운 곳이기도 하다. 어차피 어디에도 몸을 숨길 수 없으니까.

『마수들의 기척이 상당히 남하했어.』

녀석들이 삼림지대로 들어갈 때까지 시간은 그다지 많이 남지 않은 듯했다.

"서둘러."

"웡!"

『할 수 없지. 작전은 이동하면서 생각하자.』

역시 가장 중요해지는 것은 마수들의 발을 묶는 방법일 것이다.

어떻게 녀석들의 발걸음을 둔하게 만들 수 있을까.

그리고 전투에 돌입하기 전에 할 수 있는 일은 없을까?

"왜 그래? 벽을 만들어? 아니면 구멍?"

『으음.』

마수라도 뛰어넘을 수 없는 도랑과 벽이라도 만들 수 있으면 좋겠지만…….

그것을 할 수 있다는 대지 마술 사용자는 바샬과의 전쟁에 참가하고 있는 모양이다.

우리의 흙 마술로는 그렇게까지 큰 도랑을 팔 수 없었다. 깊이도 폭도 그렇다.

전력으로 흙 마술을 사용해도 기껏해야 깊이와 폭이 3미터, 좌우로 5미터 정도 정도의 구멍을 파는 정도일 것이다. 어설픈 것을 만들면 우회하려고 하는 마물들이 좌우로 나뉠 우려가 있었다.

연속으로 발동하면 긴 도랑도 팔 수 있지만, 시간이 꽤나 걸리는 데다 소모도 상당히 심할 것이다.

격전 전에 하는 건 치명적일 수도 있다. 애초에 몇 시간이나 토목 작업을 할 시간도 없다.

지구라면 어떻게 하지?

군사 지식이 거의 없는 내가 유일하게 떠올린 말이 게릴라 전술이라는 단어였다. 아마 대군에 소수로 함정 등을 장치해 경계하게 만듦으로써 적의 움직임을 둔하게 하는 전술이었을 터다.

병사는 언제 습격해올지 알 수 없는 상대에게 공포를 느껴서 사기도 떨어진다고 한다. 뭐, 라이트노벨과 영화에서 얻은 지식이지만.

다만 우리는 함정 작성 스킬의 레벨이 낮아서 대량의 함정은 만들 수도 없다. 흙 마술도 쓰면 구덩이를 팔 수 있을까? 구덩이를 파고 다시 흙 마술로 표면에 뚜껑을 덮을 뿐이니 말이다.

아니, 그건 위험한가? 마수의 군세를 격퇴한 뒤 돌아온 흑묘족들이 남은 구덩이에 피해를 입을지도 모른다. 베트남의 지뢰는 유명하니까 우리가 생각 없이 같은 짓을 해서는 안 된다.

『역시 우리가 요란하게 날뛰어서 녀석들을 끌어들이는 수밖에 없어.』

"알았어."

하지만 아무것도 하지 않는 것도 마음에 걸렸다. 거기서 우리는 어떤 것을 만들기로 했다.

뭐, 일시적인 위안에 불과하기는 하지만.

"스톤 월. 스톤 월."

『스톤 월! 스톤 월! 스톤 월!』

"스승, 이러면 돼?"

『그래, 좋은 느낌이야. 창문에 제대로 보여.』

"응."

『좋아, 나도. 어스 컨트롤!』

스톤 월로 만든 돌벽을 깨끗하게 쌓아 어스 컨트롤로 대충 이음매를 결합했다.

우리가 마을 북부에 있는 삼림지대에서 서둘러 만든 것은 그럭저럭 커다란 건조물이었다. 개선문처럼 보이기도 하는 커다란 문과 얼핏 보면 성채로 보이기도 하는 석조 건물이다. 밖에서 보면 그렇게 보일 뿐 안은 텅텅 비었지만 말이다.

정말로 겉모습뿐이어서 방위에는 전혀 도움이 되지 않는다. 애초에 안은 텅 비었고, 벽도 아주 얇다.

하지만 그래도 충분하다. 딱히 여기에 틀어박혀 싸우려는 것이 아니다. 하지만 평원에서 마수들을 섬멸시키지 못하고 삼림지대로 진입을 허용했을 때에 도움이 될 터였다.

만약 마수들이 이것을 발견하면? 무시할 수 없을 것이다. 뒤에서 가할 협공을 막기 위해서라도 이 가짜 성채를 함락시키려고 하지 않을까?

아니면 한 번 발걸음을 멈추고 정찰을 하려나.

어느 쪽이든 완전히 무시하고 지나치지는 못할 것이다. 어디까지 효과가 있는지는 알 수 없지만, 어느 정도 의식하게는 만들 수 있다고 생각한다.

『이쯤 할까.』

남은 건 여기에 병사를 배치하면 완벽하다. 그런 게 어디 있냐고? 지금부터 만들 것이다.

『그럼—— 울시. 부탁해.』

"윙!"

나는 이전부터 차원 수납에 넣어뒀던 도적이나 고블린 등의 사체에서 비교적 상태가 좋은 것을 열 구 꺼냈다.

거기에 울시가 사령 마술을 걸어 좀비로 만들면 병사가 완성된다.

고블린보다도 약하지만 사람이 있는 것처럼 보이기만 하면 충분하다. 이 녀석들에게 낡은 활을 쥐어줘 마수의 군세가 곁으로 오면 화살을 쏘게 하는 것이다. 활은 다섯 개밖에 없어서 남은 녀석들에게는 부러진 창이나 검을 쥐어줬다. 가짜 성채 위에서 움직이면 병사가 있는 것처럼 보일 것이다.

어디까지나 멀리서 봤을 때 성채로 보이기 위한 위장이니 이것으로 충분했다.

『가짜 성채는 이거면 될 거야.』

"그럼 이제 가?"

『그 전에 여기서 준비를 마치자.』

"알았어."

우선 마술로 강화를 전부 마쳤다. 그리고 신체 강화 계열 스킬도 기동해서 바로 전투에 들어갈 수 있도록 조치했다.

『어때?』

"힘이 솟아나. 할 수 있어."

『그래?!』

"응!"

준비 만전의 상태를 확인하고 우리는 다시 날아올랐다.

『선제공격을 날리기 전에 들키고 싶지 않아. 최대한 높이 날아줘.』

"윙!"

내 지시대로 울시는 고도를 부쩍부쩍 높여갔다.

그대로 하늘을 계속 달려가자 눈 아래로 마수들을 다시 발견했다. 이미 구름은 옅어져서 맨눈으로도 모습을 확인할 수 있었다.

『우글우글하군.』

"쓰레기 같아."

『처음에는 화려하게 간다. 그래서 기선을 제압하는 거야.』

"응!"

우리는 마수의 군세에 선제공격을 날리기 위해 공격 준비를 시작했다.

마수들이 느끼지 못하도록 경계하면서 느긋하고 확실하게 힘을 모아갔다.

『……좋아, 프란. 기다렸지.』

"나도 오케이야."

"웡!"

프란도 울시도 준비 만전이다.

"각성!"

프란은 섬화신뢰는 아직 쓰지 않는다. 이번에는 긴 싸움이 될 것이다. 몸을 축내는 특공 전법은 사용하기가 어려웠다.

그보다는 길고 견실하게 싸우는 것이 중요하다.

『그럼 간다!』

"응!"

"크릉!"

제5장 마수의 군세

프란의 각성을 신호로 우리는 단숨에 마술을 날렸다.

『이게 개전의 봉화다! 칸나카무이!』

"에카트 케라우노스!"

"크르르르아아!"

프란이 날린 번개 백 줄기가 광범위하게 쏟아졌고, 내 칸나카무이가 마수들의 선봉 중앙에 꽂혔다. 울시가 날린 것은 사독 마술로 생성한 맹독 연기였다.

에카트 케라우노스의 번개에 부서지는 마수들이 단말마의 비명을 질렀고, 칸나카무이의 대폭발에 휘말린 백을 넘는 마수들은 고함 소리조차 내지 못하고 소멸했다. 울시의 독무를 맡은 마수들은 괴로운 기색으로 신음하며 격통에 몸을 비틀거리고 있었다.

""""카오오오오오!""""

아비규환의 지옥으로 변한 평원은 마수들의 비명으로 가득 차 있었다.

선제공격은 대성공이다.

공격을 직접 받지 않아도 밤하늘에 떨어진 무수한 번갯불은 목격했을 터다. 마수들은 확실하게 혼란스러워하고 공포에 빠져 있었다.

게다가 혼란은 주위에 전염돼서 확실히 군세 전체의 발걸음이 느려졌다는 것을 알 수 있었다.

『다음이다!』

"응!"

울시가 마수의 군세 위를 일주하는 듯한 궤도로 선회했다.

프란은 파이어 애로 등의 하급 마술을 연속으로 날렸고, 나는 차원 수납에서 각종 물건을 꺼내 높은 하늘에서 마수들을 향해 떨어뜨렸다.

내가 전생하고 나서 오늘까지 온갖 장소에서 입수한 바위나 거목, 물에 흙과 모래, 독이나 가연성 물질 등, 대미지를 줄 수 있을 법한 물건은 뭐든지 끄집어냈다.

『으랴아압!』

"오. 굉장해."

특히 마수들을 교란하게 시킨 것이 직경 30미터에 달하는 거대한 바윗덩이였다.

이것은 이전부터 차원 수납의 안쪽에 들어가 있던, 섬이 무너진 잔해였다. 처음에 미드가르드오름과 만났을 때 녀석의 배 속에 대부분을 방출했지만 아직도 몇 개가 남아 있었던 것이다.

그 효과는 기대 이상이었다. 이렇게 큰 바위가 언제 떨어질지 모른다는 공포를 주면서 순수하게 장애물로 군세의 발을 느리게도 한 것이다.

이미 선두에 있던 마수들은 우왕좌왕하기만 해서 군세의 형태를 이루고 있다고는 말할 수 없었다. 여기까지는 작전대로다.

『다음은 정면에서 부딪쳐 발을 완벽하게 묶자!』

"응!"

"카릉!"

그대로 우리는 마수의 군세 앞에 내려섰다.

태반의 마수들은 아직 우리를 눈치채지 못했을 것이다.

아무래도 선두에는 약한 마수가 많은 모양이다. 고블린이나 오크와 같은 사인이 많은 것 같지만, 울프나 송곳니쥐와 같은 짐승형이나 도마뱀형에 사령형 등 그 종족은 잡다했다. 그리고 이 주변에 있는 사인의 장비는 상당히 조잡했다.

저번에 쓰러뜨린 고블린들과 달리 누더기 천에 곤봉이라는, 이른바 사인의 장비라는 말을 듣고 상상하는 차림이다.

어쩌면 선두의 마수들은 쓰고 버리는 총알받이 같은 취급인 건가? 그렇다면 성가시다. 역시 이 군세를 통솔하는 자에게는 나름대로 전술을 생각하는 머리가 있다는 뜻이니 말이다.

『하아아압!』

"하아압!"

나와 프란은 위압이나 패기를 전력으로 방출했다.

"갸, 갸갸?"

"기이!"

마수들이 갑자기 나타난 강렬한 위압감에 겁먹고 발걸음이 어지러워졌다. 뒤쪽 마수에게 밀리고 있어서 발을 멈추지는 않았지만, 명백하게 엉거주춤해하고 있었다.

"스승, 갈게!"

『주위는 전부 적이야! 마음껏 해치워!』

"응!"

그리고 나를 뽑은 프란이 무시무시한 마수의 군세로 뛰어들었다.

순식간에 고블린이나 울프를 베어 쓰러뜨리고 선진으로 쳐들어갔다.

"얏! 하압!"

프란의 싸움법은 아주 합리적이고 냉정했다.

잔챙이는 마석을 노려 순식간에 쓰러뜨리고, 조금 강한 상대는 마석에 연연하지 않고 머리 등을 뭉갠다. 솔직히 소재에는 연연하고 있을 수 없다. 어지간히 희귀한 상대도 아닌 한 내버려두었다.

수납도 하지 않았다. 사체가 쌓이면 그것만으로도 마수의 진군을 느리게 만드는 효과가 있을지도 모르니 말이다.

『받아라! 버스트 프레임! 게일 해저드! 선더 웹! 버스트 프레임! 게일 해저드!』

나는 일단 수를 줄이는 것을 중시해서 범위는 넓지만 위력은 조금 부족한 술법을 연발했다. 마력을 몇 배 실어 위력을 늘렸지만 어차피 위력 낮은 술법이다. 고블린은 일격, 오크면 빈사, 오우거 수준이면 생명력 50퍼센트 감소. 기껏해야 그 정도 위력일 것이다.

하지만 잔챙이를 섬멸하지 않으면 앞으로 피난민들이 도망가기 어려워진다. 한 곳만 공격할 수 있는 거대 마수 한 마리보다 여러 곳을 공격하는 고블린 백 마리 쪽이 성가신 것이다.

그렇게 내가 마술을 연발하는 상황에서도 그것을 신경 쓰지 않고 다가오는 마수도 많았다. 마술 내성을 가진 마수나 운 좋게 다른 마수가 방패가 되어 부상을 입지 않았던 마수들 중에서도 특히 호전적인 마수들이다.

고블린들이 겁먹고 도망치려 우왕좌왕하는 가운데 전의를 잃지 않고 프란을 노리며 달려왔다.

그러나 그 녀석들은 프란과 울시의 먹이였다.

"타앗!"

"아오오오오오오!"

다가오는 족족 프란에게 베이고 뒤에서 다가온 울시에게 어느새 목숨을 빼앗겨갔다.

울시는 유격에 가까운 포지션이다. 프란의 사각을 경계하면서 마수들을 뒤에서 공격하고 있었다.

더욱이 울시가 뿌리는 독 안개는 상상 이상으로 강력했다. 사독 마술답게 고블린 등의 하급 마수에게는 잠시도 버티지 못하는 위력이 있는 모양이다. 마구 뒹굴던 끝에 그 못생긴 얼굴을 더욱 일그러뜨리고 죽은 시체가 눈에 들어왔다.

아무리 그래도 오우거 등을 즉사시킬 정도의 독성은 없는 듯하지만, 독에 중독된 개체는 확실히 움직임이 둔해졌다.

큰 무리의 발을 묶기에 이렇게 적합한 마술은 없을 것이다.

다시금 아주 무시무시한 마술이라는 것을 알 수 있었다.

너무 강력해서 남과 같이 싸우거나 도시 한복판에서 가볍게 쓸 수는 없겠지만.

솔직히 프란이라도 들이마시면 대미지를 입을 것이다. 하지만 울시가 최대한 멀리 쏘고 있는 데다 내가 늘 바람의 결계로 막고 있기 때문에 문제는 없었다. 상당히 위험하기는 하지만 지금은 섬멸력이 중요하니 말이다.

"하아아압!"

『선더 웹!』

"아오오오!"

우리는 그 뒤에도 혼란에서 벗어나 사방에서 달려드는 마수들과 계속 싸웠다.

녀석들은 아직 우리를 우회해 진군을 재개하려고는 하지 않는 모양이다. 마수의 선두 집단은 프란을 여전히 포위하고 있었다. 방해꾼을 쓰러뜨리고 나서 나아가려고 하는 거겠지.

우리에게는 고마운 일이다.

다만 성대하게 마술을 연발한 탓에 내 마력이 상당히 줄어들었다. 슬슬 전법을 바꿔야겠다.

물론 프란에게 휘둘리면서도 마력 흡수는 계속 썼지만, 그 이상으로 마술에 싣는 마력 쪽이 많았던 것이다.

『마술은 잠시 쉬자. 회복에 전념해.』

"응."

이제부터는 마술을 자제하고 프란을 보조한다.

뒤에 있는 것으로 짐작되는 상위 마수를 상대하기 전에 마력을 회복시키고 싶기 때문이다.

"핫!"

"기갸!"

"교오오!"

"홋!"

"그로오오!"

마술의 탄막이 사라진 탓에 마수들의 공격이 더 격해져 갔다. 접근전에서는 이길 수 없다는 것을 깨달았는지 사방에서 마술이나 돌 등의 원거리 공격이 비처럼 쏟아졌다.

그래도 하위 마술로는 프란에게 상처 하나 낼 수 없었다.

『프란, 괜찮아?』

"응. 괜찮아."

아무리 모든 공격을 피하고 때때로 스태미나 힐로 체력을 회복하고 있다 해도 정신적인 피로만은 어떻게 할 수 없다.

나는 걱정이 들어 프란에게 말을 걸었지만 프란은 아무렇지 않은 기색으로 대답했다. 허세가 아니라 정말로 괜찮은 듯했다. 지금의 프란에게 이 정도 싸움은 정신을 갉아먹는 정도의 것도 되지 않을 것이다.

다시금 프란의 성장을 실감했다.

전에 하늘의 섬의 던전에 잠입했을 때는 마수 무리와의 싸움에서 상당한 피로를 느꼈는데.

물론 전혀 피곤하지 않은 건 아닐 것이다. 약간은 숨이 거칠어져 있었다. 하지만 문제는 아직 없어 보였다. 아드레날린이 나오고 있을 뿐만 아니라 체력 배분에 신경을 쓰고 있는 덕분이겠지.

『많이 남았어. 무리는 하지 마.』

"응!"

그 뒤로도 적당히 힘을 빼가면서 한 마리도 뒤로 통과시키지 않겠다는 기백을 지닌 채 프란과 울시는 마수와 계속 싸웠다.

뒤에서 달려든 고블린의 곤봉을 반신으로 피하면서 왼쪽 팔꿈치로 그 두개골을 부쉈고, 동시에 앞에서 덤벼드는 오크의 다리를 바람 마술로 들어 올려 쓰러뜨렸다. 옆에서 뛰쳐나온 울프의 배를 나로 찌르면서 그대로 반대편에 있는 큰 도마뱀을 향해 던져 견제. 그동안에 뒤에서 살며시 다가온 오우거의 머리를 발차기로 분쇄했다.

프란은 한시도 멈추지 않고 마수들을 물리쳤다.

프란에게 베인 마수가 백 마리를 넘고 그 잔해로 주위가 파묻히기 시작할 무렵.

"크르르르르."

"카오오오!"

"큰 게 잔뜩 왔어."

『이제부터가 진짜란 건가?』

"바라는 바야."

『그래!』

몸길이 4미터 정도 되는 도마뱀이나 녹색 털을 가진 거대한 사자, 쇠 곤봉을 든 하이 오우거 등 거대한 마수들이 일제히 프란에게 달려들었다.

잔챙이를 몇 백 마리나 싸우게 했지만 프란을 막을 수 없다는 것을 깨달았을 것이다.

그 수는 적어도 50을 넘었다.

위협도 E, D인 상당히 강한 마수들이었다. 한 마리여도 마을을 유린할 수 있는 수준이다.

물론 1대1이라면 절대로 질 상대가 아니지만 수가 상당히 많았다. 방심은 할 수 없을 것이다.

게다가 잔챙이들이 날리는 원거리 공격은 여전히 계속되고 있었다.

『울시는 그림자에서 수를 줄여.』

"웡!"

『포위되지 않도록 조심해.』

1대1이라면 울시가 질 리가 없다. 그래도 한꺼번에 공격을 받으면 위험할 것이다.

『원거리 공격은 내가 막을게. 프란은 가까이 있는 마수를 쓰러뜨려!』

"응!"

프란은 겁먹지 않고 거대한 마수들의 벽으로 돌진했다.

자신의 몸통 정도 되는 마수의 앞다리를 빠져나가 전봇대보다 굵은 뿔을 아슬아슬하게 피하고 마수들 무리 안에서 춤췄다.

"하압!"

"가로오오오!"

"느려!"

"키샤아아아!"

"거기!"

"키이익!"

역시 이 수준의 적을 일격에 해치우는 것은 어렵지만, 그래도 몇 번을 공격하면 쓰러뜨릴 수 있었다. 내가 전생했을 무렵에는 이 랭크의 마수를 상대로 죽을 뻔했는데 말이다. 프란뿐만 아니라 나도 강해졌다는 뜻이겠지.

동료가 차례차례 죽자 마수들이 곤혹스러워하고 있는 것이 전해져왔다.

눈앞의 작은 생물이 자신들보다 강할 리가 없는데. 어떻게 봐도 자신들의 먹이일 텐데. 자신들보다 빠르고 자신들보다 공격력이 있으며 막대한 마력을 날리고 있었다.

시간이 지나 흥분이 식자 마수들도 프란의 힘을 냉정하게 감지

241

할 수 있게 된 듯했다.

그 눈동자에 겁먹은 빛이 섞이기 시작했다. 그것을 보는 한 누군가에게 정신을 구속당해 예속된 건 아닌 모양이다. 뭐, 마수들 주인의 위협도는 더 올라갔지만. 정신을 지배하지 않고 이만한 마수를 따르게 하는 자가 있다는 뜻이니 말이다.

가장 두려운 것은 실력으로 강제로 부하로 삼은 경우일 것이다. 만이 넘는 마수에게 자신이 하는 말을 듣게 하다니, 얼마나 무서운 상대인지 상상도 하고 싶지 않다. 아마 위협도는 가볍게 A 이상일 것이다.

내가 그런 생각을 하는 동안에도 전투는 격렬함을 더해갔다. 아, 딱히 한눈판 것은 아니다. 병렬 사고 스킬로 제대로 방어를 하고 있었다.

마수의 공격은 점점 거칠어지고 있는 듯했다. 화살이나 마술, 돌뿐만 아니라 때로는 마수의 사체가 날아왔다. 동료 마수에게 맞아도 상관없다고 생각한 건지, 겨냥이 대충이어서 반대로 읽기 어려웠다.

그래도 프란의 칼은 둔해지지 않았다.

다가오면 베어 가르고, 떨어지면 마술의 먹이로 삼았다.

프란에게 덤벼들던 마수들의 수가 차츰 줄어갔다.

하지만 우리의 소모도 상당했다.

기껏 회복했던 마력도 다시 반으로 줄었고, 프란도 어깨로 숨을 쉬고 있었다.

특히 프란의 모습은 모르는 사람이 보면 만신창이로 보일 것이다. 자신이 흘린 피나 마수에게서 튄 피로 온몸이 새빨갛기 때문이다. 장비뿐만 아니라 얼굴이나 팔 등도 검붉게 더러워져 있었다. 마수의 혈액은 붉기만 하지 않기 때문에 섞이면 거무죽죽해 보이는 모양이다. 시야가 가려질 위험도 있어서 바로 정화해줬지만 바로 얼굴이 까매지고 말았다.

이 정도 격전에서 소모하지 않을 리가 없었다.

『프란, 더 할 수 있겠어?』

"아직 멀었어!"

프란이 자신에게 기운을 북돋듯이 작게 외치고 마수들을 쏘아봤다. 아직 힘을 잃지 않은 그 눈은 그 투지를 나타내듯이 번쩍번쩍 빛나고 있었다.

그 시선에 압도됐을 것이다. 마수들이 순간 움직임을 멈췄다.

상대도 프란이 평범한 소녀가 아니라는 것을 다시금 이해한 듯했다. 프란이 이해시켰다고 말하는 편이 나을까.

마수를 복종시킬 수 있는 누군가는 전력을 순차 투입한 우를 반성한 듯했다. 전법을 바꿨다.

역시 어딘가에서 보고 있는 듯했다. 혹시 이 군세 안에 있는 걸까? 아니면 미리 전략 지시를 받은 지휘관 개체가 있는 걸까? 애초에 마수에게 지시를 내리는 방법도 모르겠지만…….

다만 이 마수들이 명확하게 통일된 의사 아래 행동하고 있다는 건 확실할 것이다.

'스승.'

『응, 성가시네.』

우리를 둘러싸고 있던 마수들이 파도가 물러가듯이 떨어져 갔다. 그 대신 우리의 눈앞에 더 강력한 마수 다섯 마리가 서 있었다. 수가 적다고 얕볼 수 없을 만큼 다른 마수들이 흐릿해질 정도의 존재감과 농밀한 마력을 내뿜고 있었다.

감정하지 않아도 알 수 있었다.

강하다.

하지만 그것도 납득이 간다. 감정 결과, 다섯 마리 다 위협도 C의 대마수였던 것이다. 아마 이 군세의 최고 전력일 것이다.

단기로 그린고트급 대도시를 함락시킬 수 있는 수준의 마수들이다. 그것이 다섯 마리. 이 녀석들이 우리에게 발견되지 않고 진군을 계속했다면 수인국은 미증유의 위기에 빠졌을 게 틀림없다.

외부에는 바샬 왕국, 내부에는 마수의 군세이니 말이다. 마치 수왕이 없는 때를 맞춘 듯했다.

혹시 진짜 맞췄나? 그렇다면 이 마수의 배후에 바샬 왕국이 있는 건가? 이해할 수 없는 일투성이다.

아니, 지금은 그런 생각을 하고 있을 때가 아니다. 눈앞의 싸움에 집중하자.

성가시게도 이 녀석들은 제각기 다른 타입의 마수였다.

가장 거대하고 머리가 많은 뱀 마수가 그래파이트 히드라. 그이름대로 검게 빛나는 칠흑 비늘을 가진 히드라다. 총 길이는 10미터 이상일 것이다. 고속 재생 능력에 더해 어둠 속성과 독 속성, 화염 속성의 브레스를 토할 수 있는 듯했다. 여섯 개의 머리가 제각기 프란을 집어삼킬 만큼 컸다.

그 옆에 있는 심홍색 털의 늑대가 크림존 울프. 화염 마술을 다루는 강적이다. 아마 울시의 종족인 다크니스 울프의 불 속성 타입일 것이다. 물리적인 공격력과 마력, 체력과 속도를 고레벨로 모두 갖추고 있어서 다섯 마리 중에서 가장 균형이 잡혀 있을지도 몰랐다.

한 마리 더 있는 짐승형 마수가 스틸 타이탄 베어. 이름대로 강철처럼 단단한 피부와 털이 온몸을 뒤덮고 10미터가 넘는 거대 곰이다. 특수 능력은 적지만 단순한 방어력과 스테이터스는 다섯 마리 중에서 톱이었다. 완력은 그래파이트 히드라조차 웃도는 1286을 자랑했다.

거대 곰 옆에는 아다마스 비틀이라는 거대 곤충이다. 겉모습은 헤라클레스 장수풍뎅이를 8미터 정도로 늘렸을 뿐이지만, 마술 내성 8이라는 골치 아픈 스킬을 갖추고 있었다. 게다가 아다마스의 이름대로 그 등딱지도 아주 단단한 듯했다. 여기에 고속 비행 능력도 가지고 있으니 말이 안 나오는 수준이다.

마지막으로 하늘에서 프란을 내려다보는 칠흑 피부의 인간형 마수가 데몬. 당연히 악마족이다. 전에 던전에서 싸운 녀석이 악마 백작이었던데 비해 악마 남작이라고 적혀 있었다. 스테이터스는 백작보다 약하지만, 이 녀석은 스킬에 빈틈이 없었다. 멍청한 던전 마스터 때문에 제한이 있었던 그 악마 백작보다 이 녀석 쪽이 강할지도 몰랐다.

한 마리만 해도 위험한데 그런 게 다섯 마리다.

게다가 지금까지 프란을 포위하고 있던 다른 마수들이 움직이기 시작했다.

이 다섯 마리에게 프란을 상대하게 하고 다른 마수들은 진격할 생각인 모양이다.

『위험하네.』

유일하게 다행이었던 것은 이 마수들이 던전과 관계가 있을 가능성이 높다고 판명된 점인가? 데몬은 던전 고유종이고 특수한 술법을 쓰지 않는 한 소환할 수 없다고 하기 때문이다.

　'어떡해?'

　『이 녀석들과 싸우면서 마수 군세를 계속 이 자리에 묶는 건 무리야.』

　그건 너무 위험하다. 전력을 싸우지 않으면 이기기조차 어려운 상대인 것이다.

　'그럼 속공으로 쓰러뜨릴래.'

　『그래, 그것밖에 없어. 하지만 초조해하지 마!』

　"응!"

＊

　"사류샤. 어두운 얼굴을 하고, 왜 그러는 게냐?"

　"촌장님……. 공주님, 괜찮을까요……?"

　"이놈!"

　"아, 아야! 무슨 짓이에요!"

　"괜찮을까, 라고? 당연히 괜찮지!"

　"하, 하지만……."

　"단순히 강한 게 아니라 진화까지 하셨지 않냐."

　"그렇다고 절대로 괜찮다고 어떻게 단언하는 거예요. 만약 적이 엄청 강하다면……."

　"바보 같은 녀석!"

"아파! 그렇게 딱딱 때리지 좀 말아요!"

"알았냐! 공주님은 우리를 위해 싸우고 계신다!"

"네……."

"우리가 믿지 않으면 어쩌자는 게냐! 공주님이라면 반드시 괜찮다. 그렇게 믿고 기다린다! 그게 우리가 할 수 있는 유일한 일이야!"

"그, 그래요……?"

"암! 우리가 불안하게 생각하는 건 공주님의 각오에 대한 모독이야!"

"그, 그렇구나. 그러네요. 그 공주님이 마수 따위에게 당할 리가 없어요. 뭘 불안해하는 거야."

"하하하! 웃어라! 웃고 공주님의 귀환을 기다려! 그게 그분에 대한 최고의 신뢰의 증거이니! 어두운 얼굴 따위는 생각할 필요도 없어. 우리의 영웅, 흑뢰희님이시니까!"

"하, 하하."

"와하하하하!"

"하하하하하!"

"그래. 그거다! 자, 다른 사람들도 웃어보게나! 와하하하!"

'……공주님. 저를 거짓말쟁이로 만들지 말아주십시오. 부디 무사해 돌아오시기를…….'

*

프란은 나를 쥐고 마수 다섯 마리를 쏘아보았다. 위압하는 것뿐만 아니라 빈틈은 없는지 찾고 있는 것이다.

여기서 시간을 빼앗기면 먼저 간 마수 무리가 뿔뿔이 흩어질 가능성이 있다. 그렇게 되면 섬멸은 어렵다. 흑묘족뿐만 아니라 각지에서 그린고트로 향하고 있을 피난민이 공격을 받을 것이다.

하지만 초조해하며 싸워서 이길 수 있는 상대가 아니다. 나는 초조한 마음을 진정시키며 작전을 프란과 울시에게 전했다.

『울시는 크림존 울프를 맡아. 할 수 있지?』

'크릉!'

울시는 신랑(神狼)의 권속이라는 칭호를 가지고 있다. 다른 늑대에게 위압 효과가 있는 칭호이므로 동격인 크림존 울프를 상대로도 울시 쪽이 우위에 설 수 있을 터다.

『프란은 악마와 붙어. 마술로 다른 마수를 서포트하면 성가셔.』

가능하면 성가신 일은 당하고 싶지 않다.

『여력은 남기지 마. 위험하다고 판단하면 섬화신뢰도 써.』

'응!'

프란이 차원 수납에서 환휘석의 마검을 꺼내 쥐었다.

프란과 울시에게 두 마리를 막는 사이에 나머지 세 마리는 내가 쓰러뜨린다.

마수들은 아직 내 존재는 눈치채지 못했다. 잘 드는 마검이라며 경계는 하고 있어도 설마 마술을 날리고 혼자서 움직인다고는 생각하지 않을 것이다.

마수들은 돌입하려 하지 않고 프란을 둘러싸고 빈틈을 엿보고 있었다. 새로운 검을 꺼내서 경계가 살짝 강해진 모양이다.

신중하군.

하지만 그 망설임이 이쪽에 귀중한 시간을 주었다.

다섯 마리가 이쪽의 움직임을 살피고 있는 사이에 집중을 높이고 마력을 모았다.

『──좋아! 가자!』

"응!"

『아아아아아아아! 칸나카무이!』

이쪽의 마력이 급격히 높아진 것을 감지했는지 마수들이 즉시 프란에게 덤벼들려고 했지만 한발 늦었다.

『우선은 너다! 덩치!』

가장 표적이 큰 그래파이트 히드라에게 그 거구마저 집어삼킬 거대한 하얀 번개가 쏟아졌다.

공간을 하얗게 물들이는 무시무시한 번갯불이 잦아든 후, 칸나카무이의 직격을 받은 칠흑의 다두사의 모습은 흔적도 남아 있지 않았다. 남아 있는 것은 대지에 뚫린 거대한 크레이터뿐이다. 비늘도 뼈도 마석도 전혀 남지 않고 소멸하고 말았다.

『성가신 고속 재생 능력을 가졌지만 즉사하면 의미 없지!』

그리고 칸나카무이가 일으킨 무시무시한 폭풍은 다른 마수들에게도 달려들고 있었다.

거대한 마수라도 방심하면 몸을 가눌 수 없을 정도의 폭풍이다. 동료가 순식간에 당한 데 동요했는지 나머지 네 마리는 그 자리에서 완전히 움직임을 멈췄다.

하지만 설령 쓰러질 뻔했다 해도 지금은 움직여야만 하는 순간이라고 생각하는데. 이 녀석들, 어쩌면 실전 경험이 얕을지도 모른다. 전장에서 일일이 움직임을 멈추면 목숨을 잃는다는 것을 모르는 건가?

뭐, 그 덕분에 우리는 크게 도움을 받았지만 말이야!

『다른 한 마리도 끝이다아!』

"캬오오오오오——!"

내가 전이한 다음 펼친 염동 캐터펄트로 덮친 것은 거구가 성가실 듯한 스틸 타이탄 베어였다.

한 자루의 비창(飛槍)으로 변한 내가 스틸 타이탄 베어의 몸을 뚫고 마석을 일격에 부쉈다.

동료의 죽음에 정신이 팔렸던 곰은 전혀 반응하지 못하고 죽었다.

보통 상황이었다면 감지해 급소를 파하는 정도는 할 수 있었을 텐데. 내가 혼자서 움직인다고는 전혀 생각도 하지 못할 테고, 지금 같은 동요 상태로는 무리였던 모양이다.

유일하게 반응했던 악마도 프란의 방해를 받아 동료를 지원하려는 가지 못했던 모양이다.

다만 계산과 다른 것도 있었다. 완전히 허를 찔렸는데도 방어력 때문에 칼끝이 마석에 아슬아슬하게 닿았던 것이다. 조금 더 피부가 두꺼운 곳에 파고들었다면 일격에 쓰러뜨리지 못했을 것이다. 다시금 상대가 잔챙이가 아니라는 사실을 이해했다.

게다가 나만 움직여 스틸 타이탄 베어를 해치운 모습은 상대방에게 완전히 보였다. 같은 방법은 더 이상 통하지 않을 것이다.

그 후, 일부러 마수들을 놀라게 만들기 위해 스틸 타이탄 베어의 사체를 차원 수납에 넣어봤지만 역시 더 이상 움직임을 멈추는 짓은 하지 않았다. 조바심 들게 만드는 태도로 갑자기 흩어졌다.

하지만 벌써 두 마리를 쓰러뜨린 건 성공이다. 처음보다는 훨씬 나아졌다. 나는 일단 프란에게 돌아갔다.

『이 상태로 나머지도 해치우자!』

"알았어."

"윙!"

울시가 크림존 울프에게 공격을 시도했다.

"카르르르!"

"크아아아!"

울시의 체격이 한층 작았지만, 그만큼 민첩성은 앞섰다.

크림존 울프의 물어뜯기를 가볍게 피하고 그대로 떨어진 장소로 유도했다. 상대도 같은 늑대형인 울시를 의식하고 있었는지, 일부러 울시의 도발에 넘어간 인상도 있었다.

『우리는 악마와 벌레를 상대하자.』

"응!"

그리고 프란이 나를 쥐고 남은 두 마리와 마주 섰다. 역시 마술을 구사하는 악마 쪽을 먼저 해치우고 싶었다.

"······안 와."

『역시 경계하고 있군.』

악마와 벌레는 거리를 벌리며 마술 등으로 이쪽을 견제하기만 했다.

이쪽도 마술로 응전했지만, 감지 능력이 높은 악마와 벌레에게는 맞지 않았다.

단숨에 승부를 결판내러 와주면 고맙겠는데.

"크르아아아아아!"

"크르르아아아!"

울시의 도움이 있으면 편해지겠지만, 울시와 크림존 울프의 싸움은 상당히 교착 상태에 빠져 있었다.

마력에서는 울시, 체력에서는 크림존 울프가 우세했다. 종합적으로 보면 거의 호각일 것이다. 울시는 그림자 건너기와 민첩함으로 거리를 벌리며 암흑 마술로 공격했고, 크림존 울프는 광범위 화염과 방어를 무시하는 돌진으로 일발 역전을 노렸다.

얼핏 보기에 울시 쪽이 밀어붙이고 있는 듯하지만, 크림존 울프는 공격력 특화형이기 때문에 일격을 허용하면 울시라 해도 위험했다.

이쪽은 이쪽에서 어떻게든 하는 수밖에 없을 듯했다.

"기이이이!"

아다마스 비틀이 일직선으로 돌진해왔다.

모서리 끝은 확실히 프란의 몸통을 노리고 있을 것이다.

"키샤아!"

게다가 그 뒤에는 악마가 있었다. 아마누스 비틀의 사각을 커버하는 듯한 위치 선정으로 이쪽의 움직임을 관찰하고 있다는 것을 알 수 있었다. 불쾌한 위치 선정이로군!

아마누스 비틀의 돌진을 피하면서 악마의 마술을 내가 튕겼다.

아마누스 비틀과 악마. 어느 쪽이든 움직임이 빠른 데다 비행 능력이 있다. 그 녀석들이 연합해서 덤비는 것이다. 한쪽을 쫓으면 다른 한쪽이 공격해오기 때문에 상당히 성가셨다.

게다가 악마보다 위협도가 아래라고 생각했던 아마누스 비틀은 상당히 강한 상대였다. 마력을 뒤로 방출해 추진력을 얻을 수 있는지 호버링 상태에서 돌변해 무시무시한 속도로 돌진해왔다. 잔상이 보일 정도의 속도와 기동력은 상상 이상으로 위험했다.

보기에는 완전히 피하기에는 늦었을 정도의 속도였다. 스킬로 마력이 방출된 순간을 감지해 전력으로 피하지 않으면 안 됐다.

"샤아!"

『이 녀석, 공교로운 타이밍에!』

하지만 그쪽만 보고 있을 수 없었다.

순간 아다마스 비틀에게 시선이 향한 것을 빈틈이라고 생각했는지 악마가 달려들었다. 손에는 독 마술로 생성한 무기를 들었고, 동시에 독 마술을 날렸다. 그렇게 빠르지는 않았기 때문에 프란이라면 피할 수—— 있을 터였지만.

"기이이이!"

"크으!"

악마에게 정신이 팔린 순간의 빈틈에 아다마스 비틀의 돌진에 당하고 말았다. 느닷없이 솟아 나온 듯한 아다마스 비틀의 기척을 감지하고 프란이 바로 몸을 비틀었지만…….

아다마스 비틀은 마력을 방출해 추진력을 얻을 뿐만 아니라 뿔에 압축한 마력을 둘러 공격력을 높이는 것도 할 수 있는 듯했다. 전투 중에는 계속 두르고 있었던 장벽이 완전히 뚫리고 말았다.

『프란!』

공중을 날아가는 프란의 오른팔과 오른발이 이상한 방향으로 꺾였고, 머리에도 대량의 출혈이 생겼다. 하지만 그건 오히려 낫다. 최악인 것은 배에 뚫린 거대한 구멍이었다. 오른쪽 옆구리에서 배꼽 부근까지가 아다마스 비틀의 뿔에 파여 있었다.

분홍색 내장이 드러나고 대량의 체액이 흩날렸다.

나는 염동으로 프란의 몸을 받아내면서 황급히 그레이터 힐을 걸었다. 그러나 상처가 너무 커서 막히지 않았다.

『순간 재생을 써!』

"커헉……."

『듣고 있어? 프란! 순간 재생이야!』

프란은 격통에 얼굴을 일그러뜨리면서도 희미하게 고개를 끄덕였다. 그 직후, 프란의 상처가 순식간에 재생하기 시작했다. 아무래도 늦지 않은 모양이다.

하지만 상당한 마력을 소모하고 말았다. 이 스킬도 물리 무효와 마찬가지로 프란과는 상성이 나쁜 스킬일 것이다. 뭐, 나 같은 무생물이나 슬라임 같은 점체 생물과 달리 인체는 복잡하니 말이다. 그것을 억지로 순식간에 재생하는 거니 그야 마력의 소모도 클 것이다.

"크으…… 커헉……."

거친 숨을 토하는 프란에게 장벽을 치면서 말을 걸었다.

『괜찮아?』

"……응."

『무슨 일이 일어났어?』

'저 벌레. 갑자기 나타났어.'

역시 프란에게도 그렇게 보였나. 지금 공격은 사각을 찔렸다든가 하는 수준이 아니라, 갑자기 솟아 나온 듯한 느낌이었다.

순간 전이해 공격했다고 생각했지만, 아다마스 비틀은 그런 스킬을 가지고 있지 않았다. 은밀을 가지고 있지만 우리의 눈을 속일 만큼 레벨이 높지는 않았다.

『역시 고랭크 마수야. 보통 수단으로는 안 돼.』

"하지만 이길 거야."

『그래.』

프란의 투지는 전혀 줄어들지 않았다. 이 강한 마음이 프란의 제일가는 무기이니 말이다. 믿음직스럽기 그지없었다.

아다마스 비틀의 움직임에 최대한 경계를 기울이며 공격의 수수께끼를 밝혀낸다.

그렇게 생각했지만——.

"바르오오!"

"짜증 나."

악마가 공교로운 타이밍에 공격해왔다.

이쪽의 집중력을 저해하는 것이 목적인, 필살의 위력은 없지만 막지 않을 수는 없을 정도의 절묘한 위력이 담긴 공격이다.

"기이이이이이!"

"크윽."

그리고 다시 아다마스 비틀의 몸통박치기를 받고 말았다.

이번에는 경계하고 있었기 때문에 염동과 장벽으로 직격을 피하는 데 성공했지만, 그래도 엄청난 충격에 프란의 몸이 날아갔다.

『회복은 맡겨. 프란은 추격에 대비해!』

"응!"

다시 부러진 왼팔에 힐을 걸면서 나는 직전의 공격을 떠올렸다.

역시 직전까지 기적은 느낄 수 없었다. 이것은 기적을 찾는 데

온 신경을 기울이지 않으면 피할 수 없을 것이다.

『프란, 일단 헤이스트를 걸게.』

'알았어.'

우리는 민첩성에서 이쪽을 크게 웃도는 마수를 상대하기 위해 시공 마술로 가속했다. 하지만 이 술법에는 단점도 있었다. 주위와 시간차가 생기는 탓에 소리가 잘 들리지 않게 되거나 다른 감각에도 약간의 어긋남이 생기는 것이다. 당연히 기척 감지 계열의 스킬을 쓰는 것도 어려워진다.

지금처럼 감지 스킬의 정밀도가 필요해지는 경우에는 방해가 됐다.

『그 대신 프란을 의지하게 될 거야. 미안해.』

"응. 괜찮아. 섬화신뢰!"

되도록 단기 결전용 스킬인 섬화신뢰는 쓰고 싶지 않았다. 하지만 헤이스트가 없는 상태로 고속 이동이 가능한 두 마리를 상대하기는 어려웠다.

"샤이이이이!"

악마가 다시 공격을 시도했다. 그 참격을 나로 받으려고 하는 프란. 하지만 마치 내 도신을 빠져나가듯이 악마의 독검이 프란의 몸을 찔렀다.

"크윽……?"

『역시 악마로군!』

단순한 참격으로 장벽을 돌파했다. 아무래도 독검에 한순간 마력을 둘러 관통력을 높이는 듯했다.

상처 자체는 대단하지 않지만 맹독이 침범했다. 격통에 프란의 움직임이 둔해졌다.

그때 세 번째 공격을 시도해온 아다마스 비틀. 하지만 이미 두 번이나 같은 공격에 당했던 프란은 그냥 당하지 않았다.

뒤에서 심장을 노리고 펼친 뿔 공격에 대해 프란은 몸을 비틀어 포인트를 옮겼다. 오른쪽 어깨가 크게 파이고 오른팔이 날아갔다.

"아아아악!"

하지만 프란은 이를 악물고 남은 왼팔을 아다마스 비틀의 오른쪽 눈에 박았다.

"에이잇!"

"기기이이이이!"

쩌억 하고 단단한 물건이 갈라지는 소리와 함께 벌레의 눈에 프란의 왼팔이 팔꿈치까지 박혔다.

그대로 뇌명 마술을 아다마스 비틀의 정수리에 내질렀다.

"라이트닝 블래스트!"

"기기치이이이이!"

『쳇! 고위 마수는 진짜 성가시네!』

비명을 지르며 몸을 뒤트는 아다마스 비틀. 하지만 단단한 머리 껍데기 안쪽을 번개로 태웠는데도 불구하고 아다마스 비틀은 죽지 않았다.

생명력은 크게 줄었지만 아직 격렬하게 움직이고 있었다.

"기기기가이이이이이이이이!"

"으아앗!"

『프란!』

이번에는 왼팔이 갈가리 찢겨 날아갔다. 아다마스 비틀이 날뛰었을 때 단단한 껍데기에 끼여 절단된 것이다.

『그레이터 힐! 안티 도트! 그레이터 힐!』

"……허억 허억."

양팔을 잃은 프란을 염동으로 부축하면서 회복 마술을 계속 영창했다. 프란도 즉시 순간 재생을 사용한 덕분에 찢긴 팔이 바로 자랐다. 하지만 마력도 체력도 소모가 극심했다.

프란을 회복시키면서 나는 이번 공방에 위화감을 느꼈다. 아다마스 비틀도 그렇지만, 악마의 독검이 이상하다.

상대는 마술사 타입의 악마로, 검술의 레벨은 6. 약간의 빈틈은 있었다 해도 프란이 단순한 참격을 막지 못할 리가 없었다. 분명히 뭔가 속임수가 있을 터다.

그리고 악마를 다시 감정하고 알았다.

『그렇구나! 환상 마술이야!』

악마는 환상 마술 4의 스킬을 가지고 있었다. 아마 우리의 상상 이상으로 강력한 술법일 것이다. 그야말로 시각 이외의 감각까지 속을 만큼. 이제 그렇다고 생각할 수밖에 없었다.

적으로서 마주치는 것은 처음이었기 때문에 그렇게까지 강력한 술법이라고는 생각도 하지 않았다. 우선 이 예상을 확증으로 바꿔야만 한다.

다시 공격해오는 악마를 스킬을 펼쳐 관찰해봤다. 그러자 내 위화감의 정체를 확실히 알 수 있었다. 녀석의 몸은 진짜라도 팔부터 앞쪽이 환상 마술로 만들어진 것이었던 것이다.

이 환각의 대단한 점은 본래 팔이 완전히 은폐되어 있는 데다 기척까지 위장할 수 있는 것이다. 바람을 가르는 소리도 가짜 팔에서 들려왔다. 프란은 또다시 속았지만, 내 염동이 악마의 독검을 튕겨냈다.

'스승?'

『방어는 내가 할게, 이대로 공격해!』

"응!"

프란이 악마에게 맹공을 퍼부었다.

당연히 환상 마술을 써서 반격해왔지만 내가 그걸 격파했다. 더 이상 안 속는다고!

흑묘족 마을에서 프란과 울시가 위화감을 느꼈을 때 나는 반응하지 못했다. 역시 야생의 감 같은 면에서는 프란과 울시에게 뒤지는 모양이다. 하지만 이렇게 오감을 속이는 듯한, 환각 등을 상대하는 것에 관해서는 내 쪽이 특기인 듯했다.

뭐, 이른바 오감이라는 게 내게는 없으니 말이다. 사물을 보는 것도 눈이 아니고, 촉각은 약하며, 어떻게 소리를 듣는지 스스로도 알지 못한다. 미각과 후각은 애초에 존재하지 않는다. 없는 걸 속아 넘어갈 일이 없다는 뜻일 것이다.

"기이이이이이!"

『그것도 보인다고!』

"기기이이?"

아다마스 비틀의 수수께끼의 돌진도 나는 이미 파헤쳤다. 악마가 환상 마술로 기척을 숨긴 것이다. 환상 마술은 단순히 가짜 영상을 보여줄 뿐만 아니라 기척 은폐나 투명화도 장기인가 보다.

하지만 수가 드러나면 대처할 방법도 있다. 실물이 사라지는 게 아닌 것이다. 밀려오는 바람의 희미한 움직임을 스킬로 감지하면 된다. 프란에게 눈이 뭉개져 움직임이 둔해진 지금의 아다마스 비틀의 움직임이라면 어떻게든 감지할 수 있었다.

그리고 아다마스 비틀에게 나는 마술을 날렸다. 녀석은 마술 내성을 가지고 있기 때문에 공격 마술은 아니었다.

『턴 실드!』

공간을 왜곡해 적의 비행 도구 등을 피하는 술법이다.

아다마스 비틀의 거체가 상대이지만, 마력을 한계까지 실어 염동과 같이 쓰면 돌진의 진로를 희미하게 트는 정도는 할 수 있었다.

"그아아아!"

"기이이?"

그 앞에는 악마의 모습이 있었다.

딱히 이것으로 쓰러뜨린다고는 생각하지 않았다. 빈틈을 만들면 다행이다. 내 노림대로 갑자기 자신에게 향한 동료를 보고 악마가 황급히 거리를 벌렸다.

그 틈을 놓칠 프란이 아니다.

"하아아!"

흑뢰로 변한 프란의 참격에 반응하지 못하고 악마의 상반신과 하반신이 나뉘었다. 악마는 베인 다음 겨우 자신이 쓰러진 것을 알아차렸을 것이다.

되돌아오는 칼로 마석도 부쉈다. 단순한 칼싸움이라면 프란이 압도적으로 강하니 당연한 결과다.

"기이이이이!"

"빨라!"

남은 아다마스 비틀이 지금까지 보인 것 이상의 빠르기로 돌진해왔다. 이른바 비장의 수인 거겠지. 남은 마력 전부를 단숨에 분출해 자신도 제어할 수 없을 정도의 초가속을 실현한 듯했다. 게다가 악마와 함께 프란을 꿰뚫으려 하는 궤도다.

이 녀석, 벌레 주제에 상황 판단이 정확하잖아!

하지만 악마의 지원을 잃은 그 거체는 이제 우리에게서 도망칠 수 없었다. 다시 돌진을 피하고 내 전이 염동 캐터펄트로 쓰러뜨린 것이다.

『좋아! 남은 건 크림존 울프뿐이야!』

"응!"

악마와 아다마스 비틀을 처리한 우리는 서둘러 울시를 지원하려 향했다.

다만 우리가 지원할 필요도 없이 이미 결착 직전이었다.

"크르르으으으으!"

"카오으으으으으으……."

단순한 공격력이나 육체의 강도에서 뒤지는 울시는 거리를 벌리며 사독 마술로 조금씩 크림존 울프의 체력을 깎은 모양이다.

크림존 울프의 눈에는 보라색 반점이 드문드문 떠 있고 온몸의 털이 빠지고 있는 곳에 원형 탈모가 생겨나 있었다. 호흡은 거칠고 때로 기침을 하듯이 숨이 흐트러졌다. 짧은 시간에 몸의 내장부터 독에 엉망이 된 거겠지.

울시도 얼굴의 오른쪽 절반과 등이 문드러지고 오른쪽 눈은 완전히 불타 사라져서 눈구멍이 드러나 있었다. 그래도 날카로운 살기를 부딪치는 두 마리의 모습을 보고 있는 것만으로 그 전투의 격렬함이 전해져왔다.

어느 쪽이든 만신창이이기는 하지만 크림존 울프 쪽이 대미지가 더 큰 듯했다. 얼핏 보면 외상이 있는 울시 쪽이 죽을 것 같지만, 토혈이 멈추지 않는 크림존 울프는 손을 쓸 수 없는 지경까지와 있었다.

"가르르르르우우우!"

대미지 탓에 크림존 울프의 움직임이 둔해진 것을 놓치지 않고 울시의 어둠 마술이 그 다리를 구속했다. 도망치려고 발버둥 치는 크림존 울프였지만, 울시는 단숨에 뛰어올라 그 숨통을 물어 뜯었다.

"크르르릉!"

"끼히이이이잉……."

이렇게 되면 이제 크림존 울프에게 도망칠 방법은 없다.

목을 물어뜯긴 크림존 울프가 목이 잠기고 가느다란 비명을 지르면서 그 자리에 쓰러졌다.

결착이었다. 크림존 울프는 완전히 숨이 끊어졌다.

"아우우우우우우우!"

울시는 쓰러진 크림존 울프의 몸에 발을 대고 승리의 울음소리를 냈다. 하지만 바로 그 자리에 쓰러졌다.

"울시!"

『그레이터 힐!』

우리는 황급히 울시에게 달려가 회복 마술을 걸었다. 하지만 눈이 낫지 않았다. 울시는 재생이 있으니까 시간이 지나면 나을 테지만, 지금은 그것을 기다리고 있을 시간이 없었다.

나는 전에 입수한 상급 라이프 포션을 꺼내 울시의 눈에 뿌렸다. 느리지만 확실히, 30초 정도 걸려서 안구가 재생해갔다.

『울시, 괜찮냐?』

"워웅."

나와 프란은 자랑스러운 울시를 쓱쓱 쓰다듬어 칭찬해줬다.

『용케 이겼어!』

"장해."

"웡!"

사실은 울시도 프란도 쉬게 하고 싶지만, 그럴 시간의 유예는 없었다. 일단 프란에게도 포션을 하나 마시게 하자. 정신적인 피로 외에는 이것으로 어떻게든 될 테다. 뭐, 그 정신적 피로가 가장 골치 아프지만 말이다.

『선두를 쫓자! 시간이 상당히 지났어!』

"응!"

『그리고 그 전에 마석을 흡수하자. 괜찮지? 울시.』

"웡!"

일단 울시가 해치운 사냥감이니 말이다. 울시에게 허락을 받고 크림존 울프의 심장 부근에 칼날을 꽂았다.

랭크 C 마수인 이 녀석의 마석을 흡수할 수 있다면──.

〈자기 진화의 효과가 발동되었습니다──〉

『이야호!』

좋아! 생각대로야! 이것으로 랭크를 올렸어! 마력도 전부 회복하고 자기 진화 포인트도 입수했어! 이 뒤의 싸움이 편해지겠군.

이름 : 스승

장비자 : 프란(고정)

종족 : 인텔리전스 웨폰

공격력 : 726 보유 마력 : 5500/5500 내구도 : 5300/5300

마력 전도율 : A+

자기 진화 〈랭크 14 · 마석치 9133/10500 · 메모리 138 · 포인트 70〉

내가 오랜만에 겪는 진화에 기뻐하고 있는데 프란이 말을 걸었다. 이런, 너무 까불었군.

"스승? 왜 그래?"

『랭크업했어! 마력도 회복했고, 자기 진화 포인트도 70을 손에 넣었다고.』

"오오."

『그리고 프란도 울시도 레벨이 3씩 올랐어.』

그만큼 쓰러뜨리고 3밖에 안 올랐다고 해야 할까, 3이나 올랐다고 해야 할까. 다만 평범한 모험가 중에서 서른 살, 마흔 살까지도 40에 도달하지 못하는 사람이 많은 것을 생각하면 3이나 올랐다고 하는 게 좋다고 생각한다.

게다가 프란은 새로운 칭호도 얻었다.

『마수 섬멸자.』

마수 섬멸자 : 평생에 걸쳐 백 종류, 천 마리 이상의 마수를 쓰러뜨린 자에게 내려진다.

효과 : 마수와 전투 시 상대의 수와 힘에 따라 스테이터스가 강화된다.

보통은 오랜 시간을 들여 손에 넣는 칭호이겠지만 프란은 나와 만나고 나서 수많은 격전을 빠져나왔다. 특히 조금 전까지 벌이던 싸움에서는 다양한 종류의 마수를 해치웠다. 짧은 시간에 조건을 충족한 모양이다.

『포인트를 어디에 쓸까―― 아니, 지금은 마수들을 쫓아야지. 도중에 생각하자.』

"응."

크림존 울프의 사체를 수납하고 프란이 회복한 울시의 등에 뛰어올랐다.

『울시, 마수의 군세를 쫓아줘.』

"웡!"

＊

"리그다르파 님! 백서족 3백 명, 출진 준비가 끝났습니다."

"그런가. 그러면 출발하도록 하지."

"넷!"

내 이름은 리그다르파.

백서족의 족장 대리로서, 전장 한정의 임시 장군직에 임명된 자다.

수인국에서 각 종족의 대표에게 임시 계급을 내려서 지휘 계통에 편입시키는 것은 자주 있는 일이었다.

"……역시 녀석들의 움직임이 묘하군."

"묘하다고요?"

부족장이자 부관인 파델트가 내 말을 듣고 고개를 갸웃거렸다.

나도 명확하게 무엇이 이상하다고는 말할 수 있을 리가 없다.

하지만 이번 바샬 군의 움직임은 어딘가 기묘하게 보였다.

우선 신속하다고 해도 좋을 군의 전개 속도. 전쟁에 서툴다고 하던 바샬 왕국으로서는 그 움직임이 너무 빨랐다. 물론 재능 있는 지휘관이 나타났을 가능성이나 과거의 실패에서 배웠을 가능성도 있을 것이다.

하지만 그런 것치고는 전개 뒤의 움직임이 너무 조악하다.

만이 넘는 부대를 그렇게나 신속하게 운용했는데도 불구하고 우리나라로 깊이 쳐들어오지 않았다.

마치 교착 상태를 만드는 것이 목적이었던 것처럼 국경선을 살짝 넘어 포진한 것이다.

하지만 바샬 왕국에서 우리나라로 쳐들어오려면 이 평원을 통과하는 것 외에 다른 길은 없다. 원군을 기다리고 있다 해도 교두보를 확보하기 위해서 도시 몇 곳을 함락해야만 한다.

굳이 국경선을 전장으로 삼은 이유를 이해할 수 없다.

그리고 실제로 전장에서 상대해봐도 그 목적이 보이지 않았다.

말단 병사는 평소와 똑같다. 수인국을 증오해서 전의는 높아도 승리할 수 있다고는 생각하지 않아서, 살짝 공격하면 바로 무너졌다.

하지만 장관들의 지휘에서는 승리하겠다는 의욕이 보이지 않았다.

아니, 조금 다른가.

이곳에서 이기려고 하지 않는다고 하면 좋을까?

무언가를 기다리고 있는 듯한 인상이다.

그것이 무엇인지는 모른다. 타국에 협력을 타진하고 있는 것일까, 무언가 폭력을 장치하고 있는 것일까. 아니면 국민감정을 발산하기 위해 무의미한 출병을 감행하는 바람에 무기력한 것뿐일까?

"생각이 지나치신 것 아닐까요?"

"그렇다면 좋겠네만……. 적의 생각의 어떻든 쳐부수면 아무것도 할 수 없지. 공세로 나서지."

"넷! 알겠습니다!"

"녀석들도 설마 부대의 집결이 끝나지 않은 상태로 소수의 공세가 있으리라고는 전혀 생각도 못 할 거야."

"바샬의 겁먹은 추태와 함께 우리 백서족의 웅장한 모습을 보여주죠!"

"그래. 목표는 적 우익을 담당하는 장수의 목! 늦지 마라!"

*

울시의 등에 타고 상당히 앞서간 마수의 군세를 뒤쫓았다.

그 도중에 우리는 자기 진화 포인트의 사용처를 의논하고 있었다.

『프란은 어디에 쓰고 싶어?』

"마력 제어?"

『그렇군. 그럴듯해.』

전에 기력 조작을 기력 제어로 랭크업시키자 스킬을 사용할 때 멋진 효과를 발휘해주었다. 발동도 빨라지고 위력도 올라간 것이다.

그렇다면 마력 제어를 얻으면 마술에서도 같은 효과를 얻을 수 있지 않을까? 기대대로 효과가 나오면 앞으로 있을 전투에서 도움이 될 터다.

"스승은?"

『나는 마력 흡수야.』

아직 자기 진화 포인트가 부족해서 여전히 레벨 9로 남아 있지만, 맥스로 만들면 효과도 더욱 높아질 것이다. 이 뒤에 마수들과 계속 싸우는 데 필수라고 할 수 있다.

거기까지 생각하니 더욱 마음에 걸리는 스킬이 있었다. 그것은 조금 전까지 겪은 전투에서 어느새 입수한 생명 흡수다. 뭐, 적의 격파가 우선이라고는 하나 그럭저럭 많은 수의 마석을 먹었다. 그중에 이 스킬을 소지한 마수가 있었을 것이다.

이름으로 봐서 마력 흡수의 생명력 버전이다. 이 스킬이 있으면 섬화신뢰처럼 생명을 깎는 스킬도 쓰기 쉬워질 게 틀림없다. 마력 흡수와 합쳐서 상당히 유용해 보였다.

『좋아, 생각하고 있을 시간도 없으니 일단 지금 거론한 스킬은 전부 강화해보자.』

"알았어."

이 뒤에 있을 전투에서 쓸 수 있는 것은 틀림없으니 말이다.

우선 마력 조작을 마력 제어로 올리는 데 5포인트를 소비했다. 스킬이 한 단계 위로 진화했을 뿐인데 그 효과는 절대적이었다.

"대단해!"

『그래.』

프란도 이 스킬의 굉장함을 알았나 보다. 눈을 크게 뜨고 놀라고 있었다. 마력을 사용하기 위한 능력뿐만 아니라 마력 감지 등의 감도가 차원이 다르게 상승한 것이다. 마치 갑자기 감았던 눈을 뜬 것처럼, 귀마개를 뺀 직후인 것처럼 세계가 확장된 감각이었다. 이 해방감은 기력 제어를 얻었을 때 이상일지도 모른다.

『다음은 마력 흡수를 하나 올려 레벨을 맥스로 하자.』

〈마력 흡수가 레벨 10에 올랐습니다. 마력 강탈이 스킬에 추가됩니다〉

새로운 스킬이 생겼다. 뭐, 이 스킬의 사용감은 나중 문제다. 다음은 생명 흡수를 올리자.

〈생명 흡수가 레벨 10에 올랐습니다. 생명 강탈이 스킬에 추가됩니다〉

이쪽도인가. 흡수율이 오르는 건가?

이 시점에서 마력 제어에 5, 마력 흡수에 2, 생명 흡수에 18을 써서 합계 25 포인트를 사용했으니 남은 자기 진화 포인트는 45 포인트다.

『다음은 어떻게 할까…….』

"마수의 발을 묶을 수 있는 마술?"

『흐음.』

확실히 마수의 발을 더 강하게 묶을 수 있는 술법이 있으면 좋겠지만……. 어떤 계통의 마술을 올리면 좋을까?

"화염 마술?"

『그렇겠네…….』

뇌명 마술 다음으로 레벨도 높고 섬멸력도 높다. 나쁘지는 않은가? 다만 삼림 화재에 주의해야 할 것이다. 불이 번져 피난민까지 휘말리면 본말전도이니 말이다.

『화재만 조심하면 쓸 만하려나?』

"그럼 폭풍 마술은? 분명 범위가 넓을 거야."

확실히 폭풍 마술은 범위가 넓은 술법이 많으니 광역 섬멸에 도움이 될 것이다. 하지만 정말 그것으로 괜찮을까?

이것이 단순히 마수의 숫자를 줄이고 흩어버리는 것으로 미션을 달성하는 것이라면 화염 마술이나 폭풍 마술도 좋다.

하지만 이번에는 피난민들을 지키는 것이 목적인 싸움이다. 극단적으로 마수를 한 마리도 쓰러뜨리지 못한다 해도 피난민들이 그린고트로 도망칠 때까지 그 자리에서 움직이지 못하게 한다면 우리의 승리였다.

그러므로 섣불리 공격을 시도해서 마수의 군세가 이리저리 흩어지는 것은 위험하다. 특히 지금의 마수들은 우리에게 강한 마수가 쓰러지고 위협도가 낮은 마수뿐이다. 어중간한 공격은 도산(逃散)을 유발할지도 모른다.

그렇게 되면 개별적으로 쫓기도 어려워지고 피난민들이 도망쳐온 마수에게 습격당할 가능성이 올라갈 것이다.

"음."

프란이 팔짱을 끼고 고민했다. 하지만 나는 어떤 것을 떠올렸다.

『있지, 대지 마술은 어때?』

"대지 마술?"

『응, 레벨을 올리면 벽이나 굴을 만들 수 있을 것 같아서.』

그린고트에서 마르마노도 말했다. 이 나라에는 적을 막을 정도의 대지 마술사는 한 사람밖에 없다고. 즉, 대지 마술을 잘 사용하면 혼자서 대군에 대항할 방법이 있다는 뜻이었다.

"응! 그러네."

『지금 남은 포인트라면 최고 레벨도 올릴 수 있어. 습득한다면 지금이야.』

"그게 좋겠어."

프란도 찬성했다.

『그럼 일단 흙 마술의 레벨을 올리자.』

"응."

포인트를 4 소비해 흙 마술을 최고 레벨까지 올렸다. 프란의 칭호에 토술사가 추가되고 나는 대지 마술과 사진 마술을 얻었다. 맞다, 바람과 흙이 사진이었지. 하지만 지금은 신경 쓰지 말자. 중요한 건 이다음이다.

『대지 마술의 레벨을 올릴게.』

일단 레벨 4까지 올려봤다. 하지만 목표하는 술법은 배우지 못했다. 상당히 강력해 보이는 술법들은 배웠지만, 대군을 멈출 수 있을 만한 술법은 없었다.

포인트를 더 추가했다. 남은 자기 진화 포인트가 25가 됐을 때 대지 마술 6에서 그럴듯한 술법을 습득할 수 있었다.

『나왔다! 아마 이거일 거야.』

레벨 6 대지 마술, 그레이트 월. 커다란 벽과 도랑을 생성하는 술법이다. 마력을 최대한 주입하면 상당히 거대한 것도 만들 수 있을 듯했다.

『이거라면 마수들을 멈출 수 있을 거 같아!』

"응!"

이미 숲으로 들어간 마수의 군세는 꽤나 흩어지기 시작했다. 아마 주변 마을을 공격하기 위해 군세를 나눌 생각이었을 것이다.

이대로는 마수가 넓게 흩어져서 섬멸하기가 어려워진다.

『위험해!』

"어떡해? 공격해?"

그런데 아무래도 상태가 이상하다. 마수 무리는 그 이상 퍼지지 않고 그 자리에서 어째선지 멈춰 있었다. 무슨 일이 일어났지? 의문스럽게 생각하다 떠올랐다. 아니, 완전히 잊고 있었다. 우리가 만든 가짜다. 마수의 군세는 그것을 포위하고 대기하고 있는 모양이다.

상상 이상의 효과를 발휘해줬군. 여기서 한순간이라도 마수의 군세가 침공을 멈춘 덕분에 벽을 만들 시간을 벌었다.

우리는 가짜 성의 조금 뒤로 낙하했다. 이곳을 기점으로 벽을 생성했다.

『마력을 최대한 실어서── 그레이트 월!』

"오오!"

"워후!"

프란과 울시가 놀라는 것도 당연했다. 나도 집중하지 않았다면 마찬가지로 놀라는 소리를 냈을 것이다.

놀랍게도 순식간에 높이 15미터, 두께 5미터에 달하는 벽이 생긴 것이다. 게다가 길이는 50미터 이상이 확실했다.

더구나 이 술법의 굉장한 점은 단순히 거대한 벽을 생성하는 것만이 아니다. 벽을 만들기 위해 쓴 흙만큼 벽 앞에 도랑이 생긴 것이다.

그레이트 월은 거대한 도랑과 벽을 동시에 생성하는 술법이었다. 참 대단하다.

마력을 최대한 실었기 때문에 한 번에 백 이상의 마력을 소비해버렸지만, 우리라면 연속으로도 쓸 수 있다. 1킬로미터 이상의 벽이라도 만들 수 있을 것이다.

일반적인 고위 마술사라도 3백 미터 정도의 벽이라면 만들 수 있을 것이다. 과연. 확실히 잘 쓰면 대군을 상대를 혼란시킬 수 있다.

다만 벽 자체에 마력이 담겨 있는 것은 아닌 데다 자동으로 수복하는 기능도 없는 일반 벽이기 때문에 고위 마수나 마술사가 상대라면 의외로 약할 것 같았다.

적어도 우리라면 마술 한 방에 파괴할 수 있다. 마수라도 위협도 D 이상의 힘을 가졌으면 막기 어려울지도 모르겠다.

다만 현재 마수의 군세에는 위협도 D 이상의 마수는 거의 없을 것이다.

우리를 막기 위해 맞섰다 쓰러졌을 터다. 그렇다면 질보다 양인 마수들이 이 거벽을 돌파하기는 어려울 듯했다.

이건 우리에게 바람이 불고 있는 게 아닐까?

그곳에서 위협도가 높은 마수들을 배제했기 때문에 그레이트 월이 아주 유효해진 것이다.

『벽을 잔뜩 만들자. 다만 지금 시도로 마수들이 알아차렸을 거야. 시간은 들일 수 없어.』

"그럼 어떡해?"

『영창 파기와 나열 사고를 강화할 거야. 그러면 복수의 마술을 동시에 다루며 동시에 기동할 수 있어.』

"과연."

영창 파기는 무슨 일이 있어도 술법의 이름만은 말할 필요가 있다. 하지만 그 상위 스킬인 무영창이라면? 아마 주문 이름조차 불필요해지지 않을까? 그것을 나열 사고의 상위 스킬로 동시에 사용하면 장대한 거벽을 순식간에 만드는 것도 가능해질지도 모른다.

『어디까지나 가능성의 문제지만, 어때?』

"응. 그러면 돼."

『좋아!』

우선은 영창 파기에 10포인트를 사용해 목표한 대로 무영창을 얻었다. 이쪽은 내 예상대로 생각하는 것만으로 술법을 쓸 수 있는 스킬이었다.

아직 남아 있던 15포인트를 전부 쓰게 됐지만 나열 사고가 진화해 동시 연산이 됐다. 이쪽은 내 예상을 웃도는 능력이었다. 너무 강력하다. 동시에 열 개 정도의 생각을 해도 전혀 문제가 없었다. 의식이 산만해지지도 않고 여러 생각을 완벽하게 다룰 수 있었다.

이거라면 칸나카무이를 동시에 기동할 수 있지 않을까? 다만 반대로 프란은 꽤나 쓰기 힘들었던 모양이다. 가볍게 사용한 것만으로 머리를 누르며 주저앉고 말았다. 뇌가 지나치게 혹사당했기 때문일 것이다.

"으으……."

『프란, 무리하지 마.』

"응……."

『벽은 내가 만들 테니까 프란은 주위를 경계해줘.』

"알았어."

『좋아──.』

무영창을 얻었다 해도 머릿속에서 주문의 이름을 중얼거리면 멋대로 술법이 발동되는 것은 아니다. 지금까지와 마찬가지로 마력을 모으는 것과 집중하는 것은 필요했다. 하지만 무영창을 습득함으로써 마술을 다중 기동하기가 더욱 편해졌다. 지금까지는 모든 술법의 이름을 영창할 필요가 있었기 때문에 완전히 같은 타이밍에 발동하기는 어려웠다. 그러나 무영창을 습득한 덕분에 완전한 동시 기동이 가능해졌다.

『그레이트 월 다중 기동!』

내가 그레이트 월을 동시 기동한 직후, 순식간에 아주 거대한 벽이 완성됐다.

그야말로 장성이라고 불러도 무방한 길고 거대한 벽이었다.

깊은 도랑도 완벽하게 갖춰졌으니 그 수비력은 대도시의 성벽이라 불릴 정도로 좋을 것이다.

하지만 나는 마냥 기뻐할 수 없었다.

『이거 진짜 위험한데.』

계산보다 상당히 많은 마력을 소비했기 때문이다.

무영창 스킬을 사용해 마술을 발동하자 효율이 상당히 떨어진 듯했다. 마술 하나하나의 소비량이 올라가고 효과가 조금 떨어졌다. 게다가 기동한 뒤이기 때문에 도중에 멈출 수도 없었다. 신중하게 사용하지 않으면 단숨에 마력 고갈 상태에 빠질 것이다.

그레이트 월의 또 하나의 결점으로는 직선 벽밖에 만들 수 없다는 것이다. 또한 벽 자체의 형태를 복잡하게 바꾸는 것도 무리다. 어디까지나 커다란 벽 하나와 도랑을 만들기 위한 술법인가 보다.

뭐, 마력을 상당히 실으면 생성하는 벽의 형태를 바꿀 수도 있는 듯하지만, 지금은 이것으로 충분했다.

밤의 어둠 속에 갑자기 나타난 거벽은 압도적인 존재감을 자아내고 있었다. 마수의 군세는 경계하듯이 움직임을 멈췄다.

그 틈에 벽을 더 만들자.

『잠깐 갔다 올게.』

"응."

나는 프란의 손에서 떠나 고속으로 이동하며 그레이트 월을 계속 동시 기동했다.

마수들은 내 존재를 감지하지 못한 채 멋대로 생겨나는 장성을 앞에 두고 멍하니 있을 수밖에 없었다.

『좋았어! 이로써 완성이다!』

완성한 것은 일부러 중앙에 공간을 만든, 좌우로 뻗은 장성이었다. 동서로 5백 미터는 될 것이다. 뭐, 내 짐작이지만.

중앙에는 폭 15미터 정도의 나팔형 공간을 일부러 만들었다. 이른바 험로라는 것이다.

밤이라서 다행일지도 모른다. 어둠 덕분에 벽이 동서로 얼마나 뻗어 있는지 알 수 없기 때문이다. 마수들도 끝을 알 수 없는 우회로보다 중앙의 험로를 빠져나가려 할 터다. 적어도 전혀 공격하지 않고 갑자기 우회하는 짓은 하지 않을 것이다.

마수 중에는 밤눈이 좋은 녀석도 있으니 얼마나 유효할지는 알 수 없지만, 밤눈 스킬을 가진 프란도 끝이 보이지 않는다고 말했을 정도다. 기대는 할 수 있을 것이다. 나머지는 좁은 길로 쇄도하는 마수들을 우리가 계속 막는 것뿐이다. 삼국지에서 유명한 한 장면, 장판교의 장비처럼.

만약 이 험로를 경계해 우회한 경우에는? 이곳을 막고 쫓아가면 된다. 군세를 나눠 험로조와 우회조로 나뉠 가능성도 있지만, 그 경우에는 여기서 어느 정도 싸우다 이 험로를 그레이트 월로 막고 우회조를 쫓아간다.

가장 성가신 것이 험로와 동서 세 방향으로 군을 나누는 경우인데, 그 경우에는 험로를 막고 동쪽과 서쪽 중 어느 쪽을 전력으로 섬멸할 수밖에 없을 것이다.

최악의 경우 나, 프란, 울시가 나뉠 필요도 생길지도 모른다.

뭐, 그것도 마수들이 어떻게 움직이느냐에 달렸다.

『그럼 녀석들은 어떻게 판단할까?』

"웃. 이쪽으로 와."

갑자기 벽이 나타나서 마수들은 조급해졌을 것이다.

일제히 움직이기 시작했다. 가짜 성채를 무시하고 단숨에 벽으로 돌진했다. 성채가 가짜라는 것을 간파했다기보다 힘껏 돌파하는 쪽을 선택했을 것이다. 뭐, 이미 준비는 완벽하기 때문에 상관은 없지만.

험로를 향해 쇄도하는 마수들과는 별개로 벽을 향해 원거리 공격을 날리는 마수도 있었다. 벽을 파괴하면 단숨에 진군할 수 있으니 당연히 시도할 것이다.

하지만 내가 만든 벽을 파괴할 위력은 없어서 표면이 무너졌을 뿐이었다.

벽의 두꺼움을 이해한 마수들은 험로로 전력을 집중시켜 힘으로 돌파하기로 결정한 모양이다. 앞쪽 마수들이 일제히 다가왔다.

『온다!』

"응!"

마수들이 전군으로 험로로 향하도록 끌어들이기 위해서 몇 가지 잔꾀를 부렸는데, 그런 게 없어도 괜찮았을지도 모르겠다.

일단 험로의 입구가 눈에 띄도록 마술등을 켜거나 앞을 가로막는 프란이 일부러 더러운 차림을 하거나 했는데 말이다. 아아, 프란이 더러운 차림을 한 것은 이쪽이 전력을 소모해서 쓰러뜨릴 수 있을지도 모른다고 마수들이 생각하기 만들기 위해서다.

"하아압! 스승!"

『그래! 근거리는 내게 맡겨!』

험로에는 마수가 가득했고, 그 녀석들은 무작정 앞으로 나아가려고 했다. 그것을 나와 프란이 막고 있는 형태다. 검과 마술로 마수들을 쓰러뜨리며 험로에 뚜껑을 덮었다.

동료의 사체를 넘어 뒤에서 뒤에서 밀어닥치는 마수들이었지만, 우리의 뒤로 빠져나가는 자는 전무했다.

울시는 어쩌고 있냐고? 울시는 여기에는 없다. 지금은 마수의 정찰 부대를 사냥하러 갔기 때문이다.

내가 벽을 만들기 직전, 마수들은 잠시 대기하고 있었다. 물론 크게 당황한 나머지 발을 멈춘 점도 있을 것이다. 하지만 전체가 일제히 발을 멈춘 것으로 보아 지휘관에게 그런 지시를 받은 것 같다는 생각이 들었다.

아무런 의미도 없이 발을 멈추지는 않았을 것이다. 마수 중에 정찰 부대 같은 것이 존재할 가능성이 있었다. 그런 요원이 없으면 전군이 돌격하거나 성채를 더 경계해 멀리 돌아갔을 것이라고 생각했다.

이 벽에서 벌어진 싸움도 여기에서 프란을 잡아두는 동안에 벽의 양끝이 어디까지 이어져 있는지 정찰을 내보냈을 가능성이 있었다.

울시의 임무는 그 정찰 부대들을 해치워 정보를 끊는 것이다. 만약 그런 것이 존재하지 않아도 상관없었다. 울시의 모습이 없는 편이 마수들이 프란에게 달려들 확률이 올라가기 때문이다.

"하아아압!"

『거긴 못 지나간다!』

"갸오오오!"

"흥! 어설퍼!"

『터져라!』

잔챙이를 상대로 무적의 모습을 보이는 우리.

마력 제어 스킬을 얻은 덕분에 마력 감지의 정밀도도 상당히 올라갔다. 그 덕분에 마수의 군세에 강력한 마수가 없는 것도 알고 있었다. 적어도 위협도 C 이상의 마수는 없다. D인 마수도 아마 없을 것이다.

다만 남아 있는 것이 전부 잔챙이라고는 하나 많은 숫자는 위협적이다. 그리고 은밀 계열 스킬로 숨어 있을 가능성도 있기 때문에 방심은 할 수 없었다. 게다가 그럼에도 불구하고 힘을 지나치게 발휘하지 않도록 주의했다. 너무 압도적으로 이기면 이곳을 통과하는 것을 포기할 가능성이 있기 때문이다.

마술은 최소한으로 억제하고 줄곧 검으로 싸웠다. 나도 방어를 중시하며 싸웠다. 무슨 일이 있어도 우리를 피해 빠져나가려 하는 녀석만을 노려 마술을 날리는 정도였다.

"큭!"

『이봐, 프란! 아무리 그래도 일부러 공격을 맞지 마!』

"괜찮아!"

마수들에게 이대로 공격하면 이길 수 있을 것 같다는 착각을 심어줘야 해서 프란은 고블린의 검을 일부러 맞기도 했다.

방어구 위라 가벼운 타박상 정도지만, 아무리 그래도 이건 지나치지 않나? 물론 치명상이 되지 않을 공격을 골라 치명상이 되지 않을 부위에 맞았고, 바로 힐로 고치기는 했지만······.

하지만 프란은 내가 말해도 멈추려 하지 않았다. 흑묘족을 도망치게 하기 위해서 할 수 있는 일은 뭐든지 한다는 각오인 것이다.

참고로 아까 얻은 마력 강탈과 생명 강탈은 상당히 강력한 스킬이었다. 무려 주위의 상대에게서 손을 대지 않고 힘을 흡수할 수 있었다. 마력 흡수와 생명 흡수가 접촉형의 개체용 스킬이었던 데 비해 이쪽은 구역을 지정하는 무차별형이었다.

다만 일정 범위 전체가 효과 범위가 되기 때문에 아군도 말려드는 점이 성가셨다. 뭐, 지금처럼 혼자서 싸우는 경우에는 문제없지만 말이다.

나는 프란의 장비품 취급이기 때문에 내가 그 능력을 사용해도 프란에게 힘을 빼앗을 일은 없는 것도 다행이다.

이미 그레이트 월을 사용하기 위해서 소비한 마력은 회복했다.

그대로 한 시간 가까이 싸웠을까. 앞으로 시간이 조금만 지나면 날이 밝을 것이다.

마수들은 어딘가로 이 험로를 피해 우회할 생각을 했지만, 아직도 태반의 마수가 이 자리에 머물며 싸우고 있었다.

하지만 드디어 마수들의 움직임이 멈췄다. 이미 수가 반으로 줄었으니 말이다. 덕분에 내 마석치가 조금만 더 있으면 또 한 번 랭크업하기 직전이다.

『다음은 어떻게 할—— 큭!』

프란이 이 틈에 마수들에게 돌격하려 했던 직후.

오싹.

검의 몸이면서 무시무시한 오한을 느끼고 나는 즉시 쇼트 점프를 사용했다.

콰앙!

전이한 우리의 눈에 날아온 것은 지금까지 프란이 서 있던 장소에 직경 5미터 정도의 크레이터가 생긴 광경이었다. 그 크레이터의 중앙에는 화살 하나가 꽂혀 있었다.

틀림없이 저 화살이 원인일 것이다.

"스승, 고마워."

『응, 대체 어디에서 날아온 공격이지?』

잔챙이 마수들의 더욱 뒤에서 날아온 것은 확실하다. 게다가 무서울 정도의 속도였다. 찰나의 순간 전이가 늦었다면 프란은 큰 대미지를 입었을 터다. 틀림없이 우리의 장벽을 관통할 만한 공격력이 있었다.

장거리에서 날아온 저격. 게다가 속도도 위력도 더할 나위 없다. 고블린 아처 수준이 쏠 수 있는 공격은 아닐 것이다.

『……어디에서──.』

'어……? 거, 짓말…….'

정체 불명의 사수의 기척을 찾는 우리.

그리고 할 말을 잃었다.

놀랍게도 마수들 뒤에 어느새 새로운 기척 여럿이 나타나 있었다.

게다가 그 마력이나 존재감은 믿을 수 없을 만큼 강력했다.

가장 약한 녀석이라도 위협도 E. 반 이상은 위협도 D를 능가할 것이다.

그런 강자가 대충 세어도 대략 천 마리.

정연하게 대열을 맞춰 평원에 포진해 있었다.

그것은 그야말로 군대였다. 떠오르기 시작한 아침 해에 빛나는, 더러움 하나 없는 백은 갑옷. 완전하게 통솔이 잡히지 않으면 불가능한 일사불란한 대열. 같은 부대인 것을 의심할 수 없는 통일된 장비.

조금 전까지 싸우던 마수들을 군세라고 했는데, 이쪽은 틀림없이 군대. 그렇게밖에 표현할 수 없었다.

백은 갑옷을 입고 있는 존재가 사인만 아니라면 감탄의 한숨이라도 내쉬었을 것이다.

그렇다. 그 부대는 사인으로 구성된 사인의 군대였다. 홉고블린, 하이오크, 미노타우로스. 그것들이 같은 무장으로 몸을 감싸고 있었다.

『말도 안 돼……. 겨우…… 겨우 마수들의 수가 줄어들어서 섬멸할 수 있다는 목표를 세울 수 있을 것 같았다고.』

'많아.'

『혹시 지금까지 상대했던 건 단순한 선발대……? 이 녀석들이 본대인가?』

'강한 것만 있어.'

『프란, 할 수 있겠어?』

이제 와서 마수 무리의 존재감을 희미하게 만들 정도의 상대가 나타나자 나는 프란에게 말을 걸었다. 마음이 꺾이지 않으면 좋겠는데――.

'물론, 어떤 적이 와도 반드시 이길 거야. 그것뿐이야.'

역시 프란이다. 그 대답을 기대하고 있던 나도 있었다. 프란이라면 반드시 그렇게 말해 줄 것이라고 생각했다.

『그렇지.』

'응!'

흑묘족을 구하려면 여기서 쓰러질 수 없기 때문이다.

『반드시――.』

"이긴다!"

제6장 전처녀와 얼굴 없는 기사

갑자기 나타난 사인 군대.

'모두를 지키기 위해 녀석들을 쓰러뜨릴 거야.'

『그래!』

우리는 그 모습을 보고 투지를 불태우고 있었다. 다만 신경 쓰이는 것도 있었다.

'녀석들, 어떻게 왔어?'

그렇다, 저렇게 용맹하고 굳센 군대가 어떻게 우리에게 들키지 않고 여기까지 왔냐는 것이다.

『기척은 느끼지 못했는데…….』

'응.'

하지만 마수들과 한창 격전을 벌이던 중이다. 단순히 우리가 눈치채지 못했을 가능성도 있었다.

『아니면 무슨 술법이나 스킬일지도 몰라.』

우리는 사인 군대를 관찰해봤다.

가장 앞 열에서 파이크를 든 것은 홉고블린 스피어러들.

그 뒤에는 홉고블린 아처, 홉고블린 매지션의 모습도 보였다.

뒤를 이으는 것은 하이오크 워리어, 하이오크 실더, 하이오크 블레이더, 하이오크 스나이퍼들이다.

더 뒤에는 미노타우로스 솔저, 미노타우로스 랜서가 있었다. 이것이 주된 구성원일 것이다.

홉고블린들이 위협도 E. 오크와 미노타우로스들이 위협도 D.

하지만 그보다 더 뒤에 위치한 장소에는 보다 강력한, 지휘관의 친위대로 보이는 자들이 진을 치고 있었다.

미노타우로스 하이 매지션, 미노타우로스 하이 소드맨, 미노타우로스 액스 매셔들은 위협도로 말하자면 D지만, 한없이 C에 가까운 D인 모양이다.

하이 매지션들은 화염 마술 등의 상위 마술을 쓰고, 하이 소드맨 등은 검성술을 소유하고 있었다.

그 미노타우로스들 중에서도 머리 하나 큰 미노타우로스 다크 팔라딘은 그야말로 위협도 C였다. 부성기와 방패성술, 암흑 마술을 쓰는 터무니없는 성능이다. 그것이 네 마리나 나란히 있는 모습은 장관이기까지 했다.

하지만 이 녀석들조차 지휘관은 아니었다.

미노타우로스가 만든 벽 속에 활을 쏜 것으로 보이는 지휘관이 있었다. 그 옆에는 부관일까.

감정을 한 나는 등줄기가 오싹해지는 듯한 감각을 맛보았다.

통제가 잡힌 고위 사인의 군대만으로도 골치 아픈데 지휘관들의 능력이 너무나도 뛰어났다.

고집을 부릴 필요가 없는 전장이라면 나는 프란을 억지로라도 도망치게 했을 것이다. 그 정도로 강했다.

이름 : 발키리 킬링 아처

종족 : 요정 · 천마

Lv : 66

생명 : 1352 마력 : 2387 완력 : 682 민첩 : 1339

스킬 : 위압 6, 은형 3, 은밀 10, 바람 마술 7, 궁기 10, 궁성기 5, 궁술 10, 궁성술 5, 공포 내성 7, 경계 4, 기척 감지 5, 기척 차단 7, 환영 마술 6, 검기 8, 검술 8, 강력 6, 혼란 내성 7, 재생 8, 지휘 8, 상태 이상 내성 6, 창기 10, 창성기 4, 창술 10, 창성술 4, 속성검 7, 패기 4, 빛 마술 4, 마력 감지 6, 마력 방출 6, 암시, 기력 제어, 사기 열광, 통각 둔화, 부동심, 부유, 보행 보조, 마력 자동 회복, 마력 조작

고유 스킬 : 전처녀

칭호 : 진군의 전처녀

장비 : 전처녀의 창, 전처녀의 활, 전처녀의 장속(裝束)

이름 : 듀라한

종족 : 사령 · 마수

Lv : 1

생명 : 1588 마력 : 693 완력 : 781 민첩 : 587

스킬 : 위협 5, 은밀 4, 화염 마술 3, 기척 감지 6, 공포 9, 기척 차단 3, 검기 10, 검성기 2, 검술 10, 검성술 2, 강력 8, 순간 재생 3, 상태 이상 내성 9, 방패술 10, 방패성술 4, 방패기 10, 방패성기 4, 정신 이상 내성 9, 속성검 7, 불 마술 10, 마술 내성 6, 마력 감지 8, 마력 흡수 7, 뇌명 내성 4, 암시, 기력 조작, 통각 무효, 마력 조작

칭호 : 얼굴 없는 기사

장비 : 사신석의 기사검, 항마 강철의 전신 갑옷, 항마 강철의 방패, 장벽의 반지

종족이 발키리에 듀라한이라는, 판타지에서도 강자에 속하는

종족이었다. 어느 쪽이든 위협도 C 이상은 확정인 스테이터스. 발키리는 B, 듀라한도 자칫하면 B에 한 발을 들여놓고 있는, 두 마리 다 빈틈없는 밸런스형이었다.

특히 발키리의 힘이 무시무시했다. 외모는 긴 금발의 미소녀다. 아침 해를 반사해 빛나는 금색 갑옷은 장엄함마저 느껴졌다. 성스러움마저 있어서 몬스터로는 도저히 보이지 않았다. 그런데 이 거리에서도 느낄 수 있을 정도의 위압감을 내고 있었다.

그에 비해 듀라한은 칠흑의 풀 플레이트 아머를 입은 덩치 큰 인간형 몬스터다. 흔히 말하는 머리를 옆구리에 낀 모습이 아니라 평범하게 목 위에 머리가 달려 있었다. 떨어질지 어떨지는 알 수 없지만. 온몸이 빈틈없이 완전히 갑옷으로 덮여 있기 때문에 얼굴 생김새나 성별은 알 수 없었다. 옆에 있는 발키리가 눈을 뗄 수 없는 존재감과 약동감을 갖추고 있는 데 비해 듀라한은 이상하게 존재감이 희미했다.

하지만 반대로 그게 두려웠다. 그만한 스테이터스를 자랑하면서 은밀성이 뛰어나다는 뜻이기 때문이다.

그리고 위협적인 것은 높은 스테이터스뿐만이 아니다. 제각기 성가신 능력을 갖추고 있었다.

발키리의 고유 스킬 '전처녀'는 무술 스킬의 보조, 반응 속도의 상승효과라는 수수하지만 강력한 스킬이다. 더욱이 칭호인 '진군의 전처녀'가 무시무시한 힘을 숨기고 있었다.

진군의 전처녀 : 조건을 채운 전처녀에게 주어지는 칭호.

효과 : 백 명 이상의 군세를 통솔할 때, 전처녀가 가진 은밀 계열, 이동 계

열 스킬의 효과가 군세 전체에 미친다. 직접 지휘하지 않는 경우 그 효과
는 대폭 감소.

이것이 우리가 감지하지 못한 채 사인의 군세가 여기까지 나타
난 장치일 것이다.

뭐야, 이 터무니없는 성능은!

직접 지휘하지 않는 경우라고 주석이 붙어 있는 것으로 보아 부
하라고 인정받으면 멀리 있는 군세에 대해서도 효과가 있다고 짐
작이 갔다. 마수의 군세에도 효과가 있었던 건가? 뭐, 효과가 대
폭 떨어진 덕분에 우리는 알아차렸지만 말이다. 다만, 어쩌면 그
효과가 없으면 더 빨리 발견할 수 있었을지도 모른다.

듀라한이 가진 얼굴 없는 기사의 칭호는 재생 강화와 흡수 계
열 스킬의 효과 상승이었다. 수수하지만 해치우기 힘들다는 뜻
이다.

발키리를 위협도 B라고 했지만, 개체로서는 B라도 군세 지휘
능력이 있는 것을 생각하면 A일지도 모른다. 부하의 힘에 좌우되
겠지만……

지금은 틀림없이 강력한 부하를 이끌고 있다.

"흐음. 상당한 반응 속도야. 잔챙이라고는 하나 이만한 숫자의
마수들을 혼자서 막을 만해. 내 화살을 처음 봤는데 피할 줄이야."

바람 마술을 사용했을 것이다. 발키리의 목소리가 이쪽에 들
렸다.

"누구야?"

이쪽도 마찬가지로 바람 마술을 써서 질문을 던져봤다.

"마술도 쓰는 건가. 뭐, 좋다. 나는 뮤렐리아 님의 종복. 군세를 담당하는 전쳐녀다."

"뮤렐리아? 그게 이번 주모자야?"

"글쎄?"

"……왜 이런 짓을 하는 거야?"

"역시 아무것도 모르는군. 어차피 여기서 죽을 네놈과는 상관없는 일이다. 얌전히 그 목을 내민다면 괴롭지 않게 거둬주지."

"그건 이쪽이 할 말이야."

"마수들과 밤새 싸워 소모한 네가 우리에게 이길 수 있다고 생각하는 건가?"

"생각해. 낙승."

"후하하하, 좋다! 그래야 바깥으로 나온 보람이 있지! 사냥감은 활기가 있어야지! 힘껏 우리를 즐겁게 해줘라!"

전투광이라고 생각했는데, 굳이 따지자면 사냥꾼 타입? 이길 수 있는 싸움을 좋아하는 타입 같다.

"아처 부대! 화살을 쏴라!"

쳇. 좀 더 정보를 빼내고 싶었지만 이 이상은 무리인가!

하지만 이 녀석들의 보스, 아마 던전 마스터로 짐작되는 그 녀석의 이름이 뮤렐리아라는 것은 알았다.

발키리의 호령에 따라 활을 든 사인들이 정연한 동작으로 일제히 시위를 당겼다. 그리고 완전히 똑같은 타이밍에 화살을 쐈다. 그리고 그것이 사투의 시작을 알렸다.

『우선 이쪽을 막아야 해!』

나는 화살의 방어를 프란에게 맡기고 그레이트 월을 사용해 험로를 막았다. 저 사인군을 상대하면서 마수의 침공을 막는 것은 불가능하다. 그래서 여기서부터 앞으로 가지 못하도록 할 생각이었지만…….

"옥염의 강시(強矢)!"

발키리가 쏜 불화살 하나가 우리에게서 조금 떨어진 곳의 벽으로 날아가는 모습이 보였다.

보기에는 평범한 불화살. 그러나 그 화살촉에 막대한 마력이 담겨 있는 것을 알 수 있었다.

동시에 대폭발이 일어나고 벽의 일부가 파괴되어 날아갔다.

아무래도 단순히 폭발을 일으키는 것만이 아닌가 보다.

고온과 파괴력을 앞쪽에 담아서 관통력을 높인 듯했다.

두꺼운 벽에 충격이 관통해 벽이 완전히 무너져 있었다. 고블린뿐만 아니라 오우거도 지나갈 수 있을 것이다.

『쳇!』

다시 그레이트 월을 사용해 붕괴 지점을 고치려고 했지만──.

"후하하하! 옥염의 강시!"

발키리의 화살에 다시 파괴되고 말았다.

『이런 짧은 간격에 쏠 수 있는 거냐!』

위험하다, 이건 어떻게 할 수 없다.

아무리 벽을 고친다 해도 한 방에 파괴될 것이다.

내가 이를 갈고 있는데 마수들이 그 구멍을 향해 진군하기 시작했다.

『젠장!』

"안 보내! 큭!"

『빌어먹을! 프란! 화살을 조심해!』

"응!"

마수의 침입을 막으려 하는 우리에게 발키리와 사인들이 날린 원거리 공격이 쏟아졌다. 그것을 피하면서도 마수들에게 공격을 시도했지만, 성과는 좀처럼 나지 않았다.

이제 이 이상은 마수와 사인을 동시에 상대하기는 어려울 것이다.

지금도 사인에게서 날아오는 원거리 공격을 피하는 게 고작이다.

마수는 포기할 수밖에 없나……? 아니, 그럴 수는 없다. 프란의 기대에 반한다.

뭔가 할 수 없을까? 뭔가?

나는 동시 연산을 풀회전해 최적의 길을 찾았다.

발키리가 있는 한 벽으로 마수들을 막을 수는 없다. 그렇다면 최대한 마수의 수를 줄인다. 혹은 섬멸할 수밖에 없다.

내가 가진 술법 중에서 가장 넓은 범위를 공격할 수 있는 것은 백 줄기의 번개를 떨어뜨리는 에카트 케라우노스다. 이것을 넓은 범위에 연속으로 뿌리면 상당한 숫자의 마수를 쓰러뜨릴 수 있을 것이다. 번개 하나하나에 하위 마수를 분쇄하는 위력이 있는 데다 주위를 마비시키는 효과까지 있기 때문이다.

하지만 그래도 상위 마술이다. 3천 이상의 마수를 섬멸하기 위해 마구 쏘면 순식간에 마력이 고갈될 것이다. 마수만이라면 그래도 어떻게든 될지도 모르지만, 그 뒤에 사인들과의 싸움이 기다리고 있다.

마석치는 조금만 더 있으면 모이기 때문에 마석을 대량으로 흡수하면 되지만……. 한 마리 한 마리 흡수하면 시간이 얼마나 걸릴지 모른다.

그사이에 대량의 마수들이 벽을 넘어갈 것이다.

마석도 흡수하고 넓은 범위를 공격할 수 있는 방법……? 그런 게──.

아니, 있다. 지금의 나라면 할 수 있지 않을까? 나는 의식을 집중해 형태 변형을 발동시켰다.

상상 이상으로 내 도신을 조작할 수 있었다. 마력 제어와 기력 제어를 얻은 덕분에 스킬의 제어력이 믿을 수 없을 만큼 강화된 듯했다.

이거라면 할 수 있어!

그 전에 마력을 쓰자. 어차피 랭크업하면 전부 회복된다. 남겨 두기는 아깝다.

『하아아압! 받아라!』

나는 에카트 케라우노스를 연속으로 발동시켰다.

마수 군세의 뒤쪽 진을 향해 5백 줄기에 가까운 번개가 쏟아졌다. 겨냥을 할 여유는 없었지만 저 상태라면 상당한 수를 해치울 것이다. 직격해 산산조각 나는 마수나 지근거리에서 낙뢰를 맞아 검게 타는 마수들의 모습이 보였다.

더 나아가 사인들에게도 한 방을 날렸다. 이것은 대미지보다 눈속임의 의미가 강하다. 혹시나 숫자가 준다면 감지덕지다.

가장 가까운 마수가 아니라 후방의 마수에게 공격한 것도 일부러 그런 것이다.

일부러 가까이 있는 마수들은 남겼다. 왜냐하면 근처에 있는 마수는 이후 우리의 먹이가 되어야 하기 때문이다.

『프란, 한동안 자력으로 버티고 있어!』

"응!"

나는 이쪽에 전력 집중이다!

나는 경계나 감지 계열 스킬을 전부 중지하고 형태 변형에 모든 힘을 쏟았다.

『하아아아압! 마석을 내놔아아!』

그리고 형태 변형을 전력으로 발동시켰다. 다만 변형시키는 것은 도신이 아니다.

무기가 없어지면 프란이 위기에 빠지니 말이다.

내가 움직이는 것은 자루에 늘어진 끈이다. 원래 형태 변형으로는 도신만 다뤄왔지만, 자루나 끈도 내 일부다. 재생하면 도신과 함께 장식끈 등도 재생한다.

그렇다면 조종할 수도 있을 터였다.

끈이 내 의사에 호응해 강사 열 줄로 모습을 바꿨다.

하지만 이것이 끝은 아니다. 마력과 이미지를 더 실린 강사는 하늘로 뻗은 나뭇가지처럼 가지를 뻗으며 옆으로 옆으로 계속 뻗어갔다.

장식끈 하나가 열 개로 나뉘고, 열 개가 백 개로, 백 개가 천 개로 그 수를 늘려가면서 강사는 전장을 뒤덮듯이 계속 뻗어갔다.

물론 그 중간에 마수의 마석을 꿰뚫어 잠식하면서.

『큭, 슬슬 한계인가…… 크……윽!』

마력보다 내 처리 능력의 문제다. 뇌도 없는데 머리가 타는 듯한 감각이 느껴졌다. 아니, 오히려 뇌도 없는데 그렇게 느끼는 쪽이 위험하지 않을까.

『하지만…… 왔다!』

마력을 흡수에 피와 살이 되는 감각이 온몸을 돌아다녔다.

『오늘 두 번째 랭크업이다!』

마수의 마석을 대량으로 흡수한 결과, 마석치가 단숨에 쌓였다. 다시 랭크업해서 자기 진화 포인트를 75 입수했다고!

하지만 기뻐하고 있을 수도 없다.

『쳇…… 이 이상 형태 변형을 유지하기는 어렵나.』

내 생각과 반대로, 변화시킨 강사가 열화해 흐트러지기 시작했다. 한계라는 뜻이겠지.

『하아압! 스턴 볼트!』

거미집 모양으로 퍼진 강사를 통해 50발 정도의 스턴 볼트를 동시에 날렸다. 그로 인해 실에 접촉해 있는 마수도, 그렇지 않은 마수도 넓은 범위에 걸쳐 마비되어 그 자리에 쓰러졌다.

에카트 케라우노스를 연발한 다음 강사 공격. 그리고 마지막으로 광범위 스턴 볼트. 일련의 공격에 의해 천 마리 가까운 마수가 쓰러지고 천 마리 이상이 행동 불능에 빠졌다.

『어떻게든 됐나──.』

'스승, 괜찮아?'

『……아, 으응.』

온몸에서 힘이 빠져나가는 듯한 감각이 느껴졌다. 검의 몸이 되고 나서 오랫동안 느끼지 못했던, 허탈감과 권태감 같은 감각에 가까울 것이다.

스킬이나 마술의 다중 기동으로 인해 한계를 넘은 반동일까? 이거, 동시 연산에 지나치게 의지하면 호된 반동을 겪을지도 모르겠군. 사실이라면 동시 연산을 자세히 검증하고 싶은데…….

『지금은 그런 소리를 하고 있을 때가 아니야. 쓸 수 있는 건 전부 써서 한계 정도는 넘어야지.』

그렇지 않으면 프란이 나 대신 무리할 것이다.

에카트 케라우노스로 날린 견제가 통했는지 사인들에게서도 공격이 그쳤다. 그러나 시간이 지나면 당장이라도 재개할 것이다. 지금 남은 마수를 어떻게든 해야 한다.

"갸갸우우……."

"히이잉……."

"바로오오오……."

프란의 주위에는 마수들이 배제되어 공백 지대가 덩그러니 생겨나 있었다. 하지만 남은 마수들은 겁먹은 듯한 비명을 지를 뿐 다가오려고는 하지 않았다. 그뿐 아니라 프란이 가볍게 쳐다보는 것만으로 뒷걸음질을 쳤다.

남은 마수들과는 거리가 지나치게 멀어서 이쪽에서 공격하기 힘들다. 다시 한번 마술 공격을 할 수밖에 없나?

내가 공격 준비를 하고 있는데 갑자기 발키리의 목소리가 울려 퍼졌다. 바람 마술로 목소리를 키웠는지 전장에 크게 울렸다.

"역시 대단하군! 어지간한 나도 조금 놀랐다."

일격에 마수들이 파멸 상태에 빠졌는데 발키리는 아직 여유로웠다. 사인들의 피해가 적었기 때문일까? 다만 화가 나지 않은 것은 아닌 듯했다. 그 분노는 프란이 아니라 아군인 마수들에게 향한 모양이다.

"잔챙이들! 네놈들에게는 실망만 느끼는 구나! 단순한 선발대라고는 하나 이 꼴은 뮤렐리아 님의 부하로서 부끄러운 허약함!"

가차 없는 발키리의 말에 마수들이 고개를 숙였다.

"이제 네놈들에게는 아무런 기대도 하지 않겠다! 적어도 헛되이 죽지 말고 강적에게 반격이라도 하고 죽어라! 그것이 뮤렐리아 님을 위한 행동이다!"

부하에게 죽으라는 지독한 말이다. 일반적으로는 사기가 떨어지고, 최악의 경우에는 반역하는 자마저 나타날지도 모른다.

하지만 마수들은 거역하기는커녕 고함을 지르며 의욕을 일으키고 있었다.

"고오오오오오오!"

"캬우우우우우우우!"

"크아아아아아아아!"

뮤렐리아를 위해서라는 부분에 반응한 듯했다. 그 말을 들은 순간 명백하게 기적이 바뀌었기 때문이다.

마수들의 눈에는 프란에 대한 강한 증오와 결사의 각오가 보였다. 자신들의 죽음은 확정되었다. 그렇다면 이 계집애에게 모든 것을 던져 반격한다. 핏발 선 그 눈이 그렇게 말하고 있었다.

그리고 마수들이 일제히 달려왔다.

『이 녀석들! 죽는 게 진짜 무섭지 않은 거냐!』

모조리 마술로 쓸어버려도 그 걸음은 전혀 멈추지 않았다. 죽음의 병사가 된 마수들의 발걸음은 전혀 둔해지지 않았다.

이제 공포로 혼란시키는 건 무리일 것이다.

포위가 조금씩 좁아졌고, 전혀 멈추지 않고 검을 휘두르는 프란의 움직임에는 피로의 빛이 보이기 시작했다.

하지만 프란의 얼굴에서 미소가 사라지지는 않았다.

"나한테 오는 건 바라는 바야!"

마수들이 프란에게 달려드는 한 흑묘족들에게 향할 걱정은 없다. 그것을 순수하게 기뻐하고 있는 것이다.

"이야아아아아아아압!"

스스로 고무하듯이 프란이 한 차례 크게 외치며 마수들을 후려 쳤다.

이대로 마수들을 섬멸하면 남은 것은 사인뿐이다. 절망적인 싸움에 광명이 비치기 시작했다.

하지만 이쪽의 생각대로 일이 진행될 리가 없었다.

"큭! 화살이!"

『이 타이밍에!』

프란이 소모하기를 기다리고 있었을 것이다.

사인의 군세에서 화살을 쐈다.

역시 상위종답게 그 화살 바람에는 상당한 위력이 있었다. 게다가 동료인 마수를 신경 쓰지 않고 프란에게 쐈다. 마수들을 프란의 발을 묶는 데 이용할 모양이다.

『장벽이 깎여나가는군── 프란!』

"큭!"

날카로운 살기를 감지한 프란이 그 자리에서 상반신을 비틀었다. 그 순간, 프란에게 달려들던 마수의 몸통과 프란의 왼쪽 어깨가 산산조각 나 날아갔다.

"으극⋯⋯."

『지금 치료할게!』

나는 즉시 염동을 사용해 날아간 왼팔을 잡아 프란을 데리고 단거리 전이를 시전했다.

우리가 직전까지 있던 장소에 화살이 꽂혀 폭발을 일으키는 모습이 보였다.

『프란, 팔을 이을게!』

잘린 왼팔을 치유 마술로 접합하면서 나는 단거리 전이를 몇 번시전했다. 표적을 맞출 수 없게 하기 위해서다.

'무슨, 일이 있었어?'

『발키리의 화살이야!』

발키리가 마수를 프란에게 보내고 화살을 쏜 것이다. 그것도 호를 그리지 않고 일직선으로. 화살이 날아가는 궤도에 있는 열 마리 가까운 마수를 관통하며 왔는데도 속도가 전혀 떨어지지 않았다. 우리가 거의 반응하지 못했을 정도의 속도다. 그야말로 히트 포인트를 가까스로 틀어 심장의 직격을 피하는 게 고작이었다.

젠장, 오늘만 몇 번째야!

『용케 반응했어!』

"⋯⋯어쩌다 보니."

역시 프란의 감은 굉장하다.

하지만 다음에도 확실히 피할 수 있다고는 단언할 수 없다. 그 뿐만이 아니라 발키리가 지금 날아온 신속의 화살을 연속으로 발사한다면 가까이 가지도 못하고 멀리서 벌집이 될 것이다.

나는 발키리가 겨냥하지 못하도록 공격을 투과할 수 있는 시공 마술의 디멘션 시프트와 전이를 부지런히 발동시키며 프란에게 제안했다.

『프란, 감각 계열 스킬을 올리자. 반응 속도를 올리지 않으면 아무것도 못 하고 죽을 거야.』

"응. 맡길게."

『올리는 스킬은 내가 정해도 되겠어?』

"스승 마음대로 해."

프란의 신뢰를 배신하지 않기 위해서도 여기서는 야무지게 유용한 스킬을 고르자!

신속하고 확실하게!

나는 동시 연산을 풀로 활용해 내가 가진 스킬 중에서 이 자리에 적합한 스킬을 골라냈다.

『이거다!』

고른 스킬은 위기 감지.

자기 진화 포인트를 16포인트를 쏟아부어 레벨을 끝까지 올렸다. 동시에 감지 강화 스킬을 얻을 수 있었다. 또한 경계에 12포인트를 소비해 이쪽도 레벨을 최대까지 상승시켰다. 어느 쪽이든 내게 다가오는 위험을 감지하기 위한 스킬이다.

하지만 강화는 이것으로 끝이 아니다. 어중간한 상대가 아니기 때문이다. 오히려 지나칠 만큼 하는 편이 딱 좋다.

나는 아까 크림존 울프에게 입수한 반응 속도 상승 1에도 18포인트를 사용하기로 했다. 실은 목표하는 스킬이 있기 때문이다.

『좋아! 나왔다, 나왔어!』

포인트는 29가 남았지만 내 예상대로 스킬을 얻을 수 있었다.

『초반응 스킬이다!』

이 스킬은 프란이 섬화신뢰를 사용할 때도 발현하는데, 효과가 아주 뛰어나다. 그야말로 내가 전혀 반응할 수 없었던 공격에도 흑천호 때의 프란이라면 감지할 수 있는 것이다. 또한 전에 고드다르파가 이 스킬로 속도에서 압도적으로 우세한 프란의 공격에 대응한 적도 있었다.

이 스킬을 평소에도 사용할 수 있게 되면 우리의 감지 능력은 대폭 올라갈 것이다.

『보인다!』

"오오! 스승 대단해!"

직후에 발키리가 쏜 화살을 염동으로 떨어뜨리는 데 성공했다. 상당히 집중해야 하지만 방금처럼 전혀 보이지 않는 수준은 아니었다.

이것으로 겨우 스타트 라인에 선 느낌이지만.

그건 그렇고 전이하는 간격을 근소하게 벌렸을 뿐인데 다시 화살을 직격 코스로 쏠 줄이야…….

감지 능력이 너무 높잖아!

"핫!"

『프란도 제법인데!』

"응!"

프란은 손등으로 화살의 측면을 쳐서 발키리가 쏜 화살의 궤도를 바꿨다.

나 이상으로 잘 보이는 모양이다.

『반격 개시다.』

"응!"

프란이 다시 나를 쥐었다. 그러자 발키리가 크게 웃으면서 여전히 거만하게 외쳤다.

"하하하하! 제법이구나! 확실히 잡았다고 생각했는데 말이다!"

"그쪽도."

"팔을 잃은 직후에 그 말. 투지가 있구나. 좋다! 그저 유린하기만 하면 재미없겠지!"

발키리는 즐거운 기색으로 외치면서도 잇달아 화살을 날렸다.

그 신속의 화살만 있는 게 아닌지, 검으로 치는 것만으로 폭발하는 화살, 투명한 화살, 크게 호를 그리는 궤도의 화살 등 쉽게 피할 수 없는 화살뿐이었다.

방금 얻은 감지 계열 스킬들이 있다 해도 세 개에 하나꼴로 상당한 대미지를 입었다. 만약 이 스킬을 얻지 못했다고 생각하면 오싹했다. 분명 지금쯤 프란은 큰 부상을 입었을 것이다.

여기에 그 신속의 화살을 섞으면 상당히 위험했을 텐데, 쏘지는 않았다. 간단히 쏠 수 없는 듯했다.

하지만 이대로 방어만 해봐야 언젠가 지는 것은 확실했다.

뭐, 나도 프란도 그것은 알고 있었다.

『기다렸지!』

'응!'

프란이 시간을 버는 동안 나는 준비를 갖추었다.

프란이 몸을 던져 만들어준 시간을 헛되이 할 수는 없어!

『──받아라! 칸나카무이!』

무영창을 획득했지만 무심코 외치고 말았다. 그편이 기합이 들어가서 그런가?

이것으로 끝낸다! 그런 결의 아래 나는 모든 힘을 쏟아 칸나카무이를 이중으로 기동했다.

그렇다. 극대 마술을 동시에 날린 것이다.

그렇지 않아도 엄청난 부하가 걸리는 칸나카무이의 동시 기동은 역시 무리가 됐는지, 형태 변형을 한계를 넘어서 썼던 때와 똑같은―― 아니, 그것을 웃도는 엄청난 오한이 일어났다.

『크흐……흑!』

하지만 나는 이를 악무는―― 마음으로 의식의 집중을 흐트러뜨리지 않고 어떻게든 술법을 날렸다.

상당히 멀지만 마력 제어 스킬 덕분에 사정거리도 늘어났다. 지금의 나라면 여기에서 녀석들을 겨냥할 수 있었다.

술법은 문제없이 발동해 발키리의 머리 위에 거대한 번개가 떨어졌다. 녀석이 활을 당긴 순간을 노렸다. 적어도 반응이 늦기를!

무지막지하게 굵은 번개 두 줄기가 포개어져 박력이 더욱 늘어난 번개의 용이 발키리의 몸을 집어삼키려고 하늘에서 땅으로 내리쏟아졌다.

해치웠다! 아무리 발키리라 해도 저 번개에 맞으면――.

이기기 전에 우쭐한 것이 잘못이었을까.

내가 알아차렸을 때 어느새 듀라한이 발키리의 뒤에 있었다. 존재감이 너무 없잖아! 전혀 눈치채지 못했다.

키가 160센티미터 정도인 발키리와 반대로 듀라한은 180센티미터 이상이었다. 그 상태로 커다란 방패를 머리 위로 드니 발키리를 완전히 가릴 수 있었다.

그 순간 칸나카무이가 그 거구를 집어삼켰다.

둘 다 한 번에 해치웠다──고는 조금도 생각하지 않았다.

듀라한의 방어력은 엄청났다. 방패성술에다 마술 내성, 항마 강철의 방패와 갑옷, 장벽의 반지. 게다가 우리에게 맞췄나 싶은 뇌명 내성도 가지고 있었다.

그만큼 갖추면──.

『저렇게 되겠지.』

아니, 그 정도가 아니라 내 상상을 아득히 뛰어넘었다.

『히드라를 일격에 해치운 최강의 술법이라고. 그걸 아무렇지 않게 막다니……!』

듀라한의 온몸에서 파지직거리며 하얀 연기가 올라왔다. HP도 반 이상 줄었다. 하지만 그뿐이다. 직후에는 순간 재생으로 순식간에 회복했다. 듀라한의 마력이 모두 줄기는 했지만 내 소모와는 수지가 맞지 않았다.

무투 대회에서 실잡이 펠무스를 쓰러뜨린, 칸나카무이와 흑뢰초래를 합친 기술에 손색없는 위력이었을 터다. 직격하면 발키리라도 해치울 자신이 있었는데…….

듀라한에 의해 위력이 상당히 죽은 탓에 주위에 미친 피해도 적고 폭발도 일어나지 않았다.

『젠장! 아무리 그래도 저 정도라니──.』

"스승, 저거."

『응?』

프란이 뭔가를 알아차린 듯했다. 가리키는 방향을 쳐다봤다. 그러자 미노타우로스 다크 팔라딘, 하이오크 실더들이 까맣게 타

쓰러져 있는 모습이 보였다. 하이오크 실더는 모든 개체가 죽어 있었다. 미노타우로스 다크 팔라딘은 두 마리가 죽고 남은 두 마리도 빈사 상태였다.

어떻게 된 일이지? 듀라한에 의해 위력이 죽은 탓에 오크들까지 휘말렸을 리는 없는데. 그리고 다른 오크나 미노타우로스들은 멀쩡했다.

『혹시 대미지를 옮긴 건가?』

어떤 구조인지는 모르지만 사인들의 일부가 칸나카무이의 전격을 대신 받아낸 듯했다. 골치 아픈 사인을 백 마리 이상 줄이기는 했지만⋯⋯. 무리해 대마술을 날린 것치고는 납득할 수 없는 결과이기도 했다.

"후, 후하, 후하하하. 설마 극대 마술을 쓸 줄이야! 제법이구나!"

"――."

발키리가 식은땀을 흘리면서 공포를 얼버무리듯이 큰 웃음을 터뜨리는 옆에서 듀라한은 말없이 서 있었다. 그리고 그대로 근처에 있던 마수에게 손을 뻗었다.

"교오? 가햐⋯⋯!"

"――."

아무래도 마력을 흡수하고 있는 듯했다. 다시 다른 한 마리에게 손을 뻗었다. 위험하다, 마력 흡수를 가진 듀라한에게 마수들은 마력 탱크 같은 존재다. 이로써 칸나카무이를 닥치는 대로 날려 저쪽의 마력 고갈을 노리는 작전도 쓸 수 없게 됐다.

그리고 더 이상 칸나카무이를 맞히기는 어려울 것이다.

발키리와 듀라한이 조금 전과는 달리 한곳에 머물지 않고 항상 움직이기 시작한 것이다. 칸나카무이의 발동 공정은 술법의 기동, 약간의 딜레이, 발동이다. 그리고 한 번 쏘면 피하기는 어렵다. 번개이니 말이다.

하지만 술법의 기동 직후의 약간의 딜레이를 감지해 도망치는 것은 불가능하지 않았다. 우리라면 할 수 있고, 발키리와 듀라한도 할 수 있을 것이다. 칸나카무이는 위력은 최강 수준이지만 이리저리 도망치는 작은 상대를 맞히기는 어려운 술법이었다.

『원거리는 틀렸어. 접근하자. 그렇게 하면 활도 어느 정도 봉인할 수 있어.』

'알았어.'

프란도 발키리와 듀라한처럼 자신을 맞힐 수 없도록 조금씩 움직이기 시작했다.

그리고 그대로 앞쪽으로 기운 자세로 발키리가 있는 방향으로 달려 나갔다.

갑자기 파고든 프란에 대한 마수들의 대응은 재빨랐다. 일제히 프란을 포위해 달려든 것이다. 하지만 지금의 프란을 막지는 못했다.

프란은 마수들의 공격을 물리치고 성가신 발키리의 화살은 내 전이로 피한 다음 마수들의 군세를 베어 가르면서 깊숙이 들어갔다.

전이는 최소한 사용해야 한다. 발키리급의 상대라면 전이를 지나치게 보여주면 대응하니 말이다. 진짜로는 비장의 수로 두고 싶지만, 마수나 사인들의 공격을 피하면서 발키리의 화살까지 피하기는 역시 어렵다.

하지만 다가가면 초접근전에서 활은 쓰지 못할 터다. 아니, 쓸 수 있다 해도 원거리만큼 위험한 상대는 아니게 될 터였다.

문제는 저 수준의 적을 상대로 접근전을 시도해 승산이 있느냐 인데……. 원거리에서는 활로를 찾을 수 없는 이상 근거리전에서 희망을 구할 수밖에 없었다.

순간 뇌명 마술 이외의 마술을 끝까지 올려 이판사판 유효한 술법을 배울 가능성에 도박을 걸어볼까도 생각했지만, 아무리 그래도 이 국면에서 귀중한 자기 진화 포인트를 써서 도박에 나설 만큼 무모하지는 않았다.

시도한다면 검과 관계가 있는 스킬일 것이다.

아니, 잠깐만. 검왕술의 래벨은 올릴 수 없을까? 접근전을 시도할 각오를 굳힌 이상 검왕술을 강화하는 것은 타당할 것이다.

그렇게 생각했지만 검왕술의 레벨을 올리지는 못했다. 지정은 할 수 있었지만 무정한 알림이 들려왔다.

〈스킬의 취득 조건을 충족하지 못했습니다〉

검왕술의 상위 스킬은 존재하는 듯하지만 나로서는 획득할 수 없는 모양이다. 그렇다면 검성기인데……. 기회는 단 한 번이다.

아까 날아온 발키리의 공격은 궁성기로 보인다. 그렇다면 검성기도 상당한 기대를 가질 수 있을 것이다.

프란에게 제안해보니 찬성해줬다. 프란도 같은 생각을 했던 모양이다.

『그럼 검성기에 18포인트를 쏟을게!』

"응!"

그 순간이었다.

〈검성기가 10에 도달했습니다. 검기 강화가 스킬에 추가됩니다〉

〈조건을 전부 달성했습니다. 유니크 스킬 검왕기가 스킬에 추가됩니다. 또한 모든 검기 스킬이 검왕기에 통합됩니다〉

〈검왕기, 검왕술을 획득했습니다. 유니크 스킬 검신의 축복을 획득합니다〉

〈프란이 검신의 축복을 획득했습니다. 직업 검왕이 해방됩니다〉

엄청난 기세로 알림이 흘러나왔다. 이런, 다 못 들을 것 같아! 하지만 귀중한 건 하나.

검신의 축복을 얻었다는 내용일 것이다.

그 순간 확연하게 프란의 검 실력이 진화한 것을 알 수 있었다. 검의 이치에 더욱 가까워졌다고 해야 할까……. 나를 쥐지 않은 상태라도 똑똑히 알 수 있었다. 프란의 손에 내 자루가 빨려 들어가는 듯한 느낌이 들었다. 이것은 검인 나가 아니면 알 수 없는 감각이리라. 아무튼 검으로서 프란이 더 좋은 검사가 된 것을 이해할 수 있었던 것이다.

검신의 축복 : 검을 쥐고 있을 때 전투 행위에 관해 축복을 얻을 수 있다.

왠지 대충이다. 하지만 어쨌든 전투 중에 강해진다는 뜻일 것이다. 얼마나 강해지는지 알 수 없기 때문에 완전히는 믿을 수 없지만, 지금은 감지덕지다. 그리고 신의 축복이다. 허접한 효과는 아닐 것이다.

"뭐지? 갑자기 움직임이 좋아졌는데?"

적어도 발키리가 놀랄 정도로는 강화된 모양이다.

"나의 종들이여, 그 소녀를 쓰러뜨려라!"

초조함까지는 가지 않아도 그 표정에 지금까지 이상의 진지함이 보였다.

하지만 프란의 변화는 검 실력이 상승한 것뿐만이 아니었다.

"검성기 · 서클 · 임팩트."

방금 습득한 검성기다.

프란의 몸이 그 자리에서 일 회전해 주위에 무리 지어 있던 마수들을 갈랐다. 비슷한 기술은 검기에도 있었지만 검성기가 되어 엄청나게 강화됐다. 회전 속도, 범위, 위력. 모두 두 배 이상이 된 느낌이다.

검기 강화도 어우러져서 상상 이상의 위력을 발휘했다.

주변에 있던 스무 마리 정도의 마수가 일격에 상하로 두 동강 났다.

"소드 소닉!"

이쪽도 검기 소닉 웨이브의 상위 호환기였다. 사정거리가 대폭 늘어났다. 충격파에 마수들이 날아가 길이 생겼다. 마수가 그 틈을 메우려고 다가왔지만 프란 쪽이 한발 빨랐다. 그 길로 몸을 날려 단숨에 마수들 무리를 돌파했다.

눈앞에는 사인 군대.

이제부터는 더욱 격전이 될 것이다.

『이대로 발키리에게 돌진하자!』

"응!"

동료들을 지키기 위해서.

프란은 나를 치켜들고 더욱 가속했다.

"타아앗!"

"갸고!"

프란이 진로를 막는 홉고블린을 베었다. 아무리 강해도 역시 홉고블린으로는 프란의 상대가 되지 않았다.

상대가 되지 않았지만——.

"쳇."

『이 자식들, 짜증 나!』

"갸교오!"

"게갸갸!"

사인들이 프란을 둘러싸고 고함을 질렀다. 하지만 그것이 일반 고블린이나 오크가 내는, 이른바 의미 없는 외침이 아닌 것은 일목요연했다.

나는 이해할 수 없지만, 어떻게 생각해도 사인끼리 의사소통을 나눠 연계를 취하고 있었다. 각각의 힘은 대단치 않아도 그 훈련도는 엄청났다.

압도적 강자인 프란을 앞에 두고도 겁먹은 기색 없이 주위의 사인과 연계해 공격을 했다. 프란이 다가가면 물러났고, 뒤를 빼앗긴 순간에는 정면에서 창을 뻗었다. 결코 혼자서 싸우려고 하지 않았다.

심지어 자신이 베여서 살 수 없다고 판단한 순간, 목숨을 버리고 프란을 부둥켜안으려고 달려들었다.

던전의 마수라서 그럴까, 훈련도가 높아서 그럴까, 아니면 발키리의 사기 열광 스킬의 효과일까. 프란을 죽이기 위해서는 자신의 목숨이 필요 없다고라도 생각하는 듯했다.

창기나 궁기를 사용하는 사인들의 공격은 치열함을 더해갔고, 마력 강탈과 생명 강탈로 빼앗는 이상으로 우리의 소모는 격심해졌다.

자잘한 상처가 프란의 온몸에 연이어 생겨서 차례대로 생명 강탈과 힐로 치유하기를 반복하는 상태다.

"큭!"

"잘도 피했구나! 역시 반응 속도가 올라간 것 같군!"

약간이라도 틈을 보이면 발키리의 화살이 날아왔다. 흙 마술로 만든 대의 위에서 이쪽을 겨냥하고 있는 것이다. 반격하고 싶지만 그 옆에는 듀라한이 있었다.

대충 날리는 공격은 모두 막힐 것이다. 이쪽이 쓸데없이 소모할 뿐이었다.

"흐음. 슬슬 이쪽의 피해도 무시할 수 없군. 조금 본 실력을 발휘하겠다."

지금까지 장난을 치고 있었던 것은 알고 있었는데, 드디어 오는 건가? 하지만 발키리는 화살을 쏘지 않고 천천히 입을 열었다.

"그건 그렇고 그대는 왜 이렇게까지 싸우지?"

"?"

"어느 정도 마수의 수도 줄였을 텐데 굳이 목숨을 걸고 싸우는 이유는 뭐지? 누군가에게 고용된 건가? 그렇다 해도 정면에서 싸우는 이유를 모르겠군. 게다가 이쪽을 진심으로 섬멸하려 하는 것으로 보이지도 않아."

"여기는 못 지나가."

"흐음?"

"모두는 내가 지킬 거야."

프란의 짧은 말로도 발키리는 알아차린 모양이다. 고개를 크게 끄덕였다.

"그런가, 흑묘족인가."

"……응!"

"촌락의 동족을 도망치게 하기 위해 목숨을 걸고 적을 붙들어 둘 하다니, 울지 않고는 못 견디겠군! 크하하하하."

그 말과는 반대로 발키리의 얼굴에는 비웃는 듯한 빛이 떠 있었다. 그리고 충격적인 말을 입에 담았다.

"이봐, 뮤렐리아 님의 부하가 여기에 있는 자뿐이라고 생각하는 건가?"

"!"

"크크크, 내가 이끄는 이 부대와는 별개로 두 부대가 동서에서 남하 중이다. 목표는 그린고트. 우리 정도는 아니지만 나름대로 강한 지휘관이 이끌고 있지. 동료가 따라잡히지 않으면 좋겠는데 말이야."

"큭!"

"게다가 저쪽은 강습 부대. 수는 적지만 기수병(騎獸兵)을 중심으로 한 고속 이동 부대다."

프란의 초조함에 손에 잡힐 듯이 전해져왔다. 위험하다, 녀석은 확실히 프란의 동요를 유도하고 있다. 여기서 초조해하는 건 발키리가 바라는 바야!

'스승, 저 녀석의 말은…….'

『사실이야. 거짓은 아냐. 하지만 초조해하지 마! 어느 쪽이든 우리는 구하러 갈 수 없어! 그보다 나라의 군대나 모험가가 도우러 가주기를 기도하자! 애초에 아무리 빨라도 따라잡을 리가 없어!』

아무리 그래도 아직 거리가 있을 것이다. 아니, 프란을 진정시키기 위해서는 그렇게 말할 수밖에 없었다.

"알았어. 너를 속공으로 쓰러뜨리고 구하러 가면 돼."

『프란! 그게 저쪽의 노림수야! 이쪽의 공격을 어지럽히기 위해 일부러 가르쳐준 거라고!』

"자, 그래도 여전히 시간 벌기를 하려나? 아아, 그래그래. 나라의 군대를 믿고 있다면 기대는 하지 마라. 마력을 먹으면 되는 우리와 달리 인간의 군대는 치중이든 뭐든 여러 가지가 필요하니까. 아직 출격조차 하지 않았을 거다."

"……널 죽이고 모두를 구할 거야!"

"어디 해봐라!"

젠장, 완전히 프란의 스위치가 켜졌어! 이렇게 되면 이제 못 멈춰! 내가 어디까지 서포트할 수 있을지……!

"섬화신뢰!"

위험하다, 진짜 속공으로 처리할 셈인가!

프란은 앞뒤를 생각하지 않고 섬화신뢰를 발동했다.

생명 강탈과 마력 강탈은 계속 중단할 수도 없다.

이 상태로 내가 옆에서 참견하면 프란의 리듬을 무너뜨릴 우려가 있었다.

그렇다면 마음대로 하게 두는 편이 낫다.

내가 자포자기한 것은 아니다. 오히려 승산은 높다고 생각했다.

본능이 향하는 대로, 살의와 전의가 향하는 대로 적에게 이를 박는다. 그것은 수인으로서 본래의 싸움법이기도 했다.

'스승! 전이!'

『알았어!』

프란의 지시대로 녀석들의 바로 위로 전이했다.

하지만 그 순간 프란을 발키리의 화살이 꿰뚫었다. 공간의 흔들림을 감지할 수 있는지 완전히 전이한 곳을 읽혔다.

그러나 그것도 예상했던 거다. 디멘션 시프트도 동시에 발동한 것이다. 위기 감지와 경계, 반응을 상승시킨 혜택은 당연히 내게도 있었다.

지금까지는 전혀 감지할 수 없었던 신속의 화살에 타이밍 좋게 디멘션 시프트를 포함할 만큼.

다만 이 술법을 마구 사용하면 바로 마력이 고갈된다. 그렇게 빈번하게—— 적어도 장기전을 각오한 경우에는 자주 쓸 수 없을 것이다. 짧은 시간에 결판을 내겠다는 각오를 굳혔기 때문에 아끼지 않고 썼을 뿐이다.

"하아아압!"

"시공 마술을 구사하는 상대가 이렇게 성가실 줄이야!"

빌키리의 얼굴에서 여유로운 웃음이 사라졌다.

지금의 프란의 움직임은 그만큼 굉장했다.

초고속 이동과 단거리 전이를 섞어가며 모든 방위에서 날리는 날아오는 공격을 전부 피했다. 그러면서 발키리와도 호각 이상으로 맞붙고 있었다.

이것이 수인인가. 혈기가 넘친 무모한 맹공으로 보이지만 그 뒤에서는 냉철한 사냥 본능이 상대를 관찰하고 있다. 어떻게 하면 발키리를 죽일 수 있을지 냉정하게 사냥감을 해치우는 방법을 생각하고 있는 것이다.

이것을 이성이 아니라 본능으로 할 수 있는 점이 무시무시하다.

수인족이 가진 힘의 일부를 잠시 본 것 같았다.

실제로 프란은 상대의 방심을 유도하듯이 싸움을 진행하고 있었다.

발키리의 공격을 종이 한 장 차이로 피하고 일부러 찰과상을 입었다. 그럼으로써 자신은 전력을 쏟아부어서 이 이상의 힘은 도저히 짜낼 수 없다. 그렇게 생각하게 만든 것이다.

그리고 온몸에 상처를 입으면서도 프란은 조용히 힘을 모으고 있었다. 발키리에게 들키지 않도록 은밀하게 천천히.

그리고 프란이 한순간 속도를 올려서 발키리의 움직임이 흐트러진 순간.

그야말로 한순간의 틈.

그것을 프란은 놓치지 않았다.

"검왕기ㆍ천단!"

휘두르는 것은 막 배운 검왕기.

상단에서 비스듬히 베는 기술이다.

검왕기는 놀랍게도 이 기술 하나밖에 없었다. 하지만 반대로 말하자면 하나로 충분하다는 뜻일 것이다.

속도, 위력, 어느 쪽이든 공기 발도술을 능가했다. 더욱이 시간의 가속까지 딸려 있는 모양이다.

시공 마술이 아니라 이른바 잠재 능력이 일시적으로 발휘됨으로써 반응 속도가 이상하게 상승하기 때문에 일어나는 현상인 듯하지만.

공기를 가르는 감각이라는 것을 처음으로 이해한 것 같았다. 그만큼 이 일도는 예리했다.

강화나 스킬 없이 이 정도다.

단순히 검왕기를 그대로 날린 것만으로 나는 그 예리함에 몸서리를 쳤다.

알 수 있었다. 이 공격은 반드시 결착을 짓는다.

발키리의 옆에 있던 듀라한의 시선만이 움직이는 것이 느껴졌다. 그 팔이 꿈틀거렸다. 발키리를 감싸기 위해 무언가를 하려고 했을 것이다. 하지만 우리가 너무 빨라서 반응이 전혀 따라가지 못했다.

칼날은 이미 발키리의 어깻죽지로 빨려 들어가 그 쇄골을 끊고 심장에 이르러 있었다.

확대된 생각이라 해도 따라갈 수 없을 정도의 속도.

"컥……!"

나는 그대로 발키리의 심장을 양단했다.

그리고 그 기세대로 그 몸을 나눴다. 마석을 자른 감촉이 확실히 있었다. 그것은 틀림없었지만…….

어째선지 마석을 흡수할 수 없었다.

어떻게 된 거지?

순간 의문스럽게 생각한 직후, 우리의 눈앞에서 믿기 힘든 광경이 갑자기 일어났다.

"!"

『말도 안 돼!』

놀랍게도 확실히 베었을 발키리의 시체에 난 상처가 순식간에 회복된 것이다.

발키리는 순간 재생을 가지고 있지 않았다. 아무리 그래도 심장과 함께 몸이 두 동강이 났는데 이렇게 재생할 수 있다고는 생각할 수 없었다. 하지만 틀림없이 우리의 눈앞에서 그 믿기 힘든 현상이 일어나고 있었다.

동시에 몇 미터 떨어진 장소에 있던 미노타우로스 다크 팔라딘 두 마리가 몸에서 피를 내뿜었다. 상당한 양의 마력이 내게 흘러들어왔다. 발키리의 마석이 아니라 미노타우로스들의 마석을 흡수한 듯했다.

『그렇구나! 아까 칸나카무이를 막은 의문의 대미지 넘기기야!』

듀라한뿐만 아니라 발키리도 쓸 수 있었나 보다. 대체 무슨 장치지?

"크, 크하하하. 검왕기라니! 제, 제법이구나! 간담이 서늘했다! 정말로!"

발키리가 우리에게서 거리를 벌리며 웃고 있어! 하지만 말대로 그 얼굴에는 확실히 공포가 보였다. 실제로 죽을 뻔한 탓인지 칸나카무이에 놀랐던 때보다 확실히 두려움을 느끼고 있었다.

하지만 그게 뭐? 천재일우의 기회를 가지고 약간의 공포를 줬을 뿐? 젠장! 미노타우로스 다크 팔라딘을 쓰러뜨렸지만 전혀 수지가 맞지 않잖아!

발키리를 지키듯이 듀라한도 물러났고, 사인들이 프란에게 일제히 공격을 가했다.

『여기서 거리가 벌어지면 다시 활로 공격할 거야!』

"게갸갸!"

"교교갸!"

프란의 위압을 받았지만 사인들에게 흐트러짐은 없었다. 발키리의 목숨을 지키기 위해 벽이 되어 우리를 가로막았다.

시간은 시시각각 지나가고 있었다.

"아아아아!"

*

프란이 발키리와 사투를 벌이는 땅에서 멀리 떨어진 남쪽의 삼림지대.

그곳에서도 또한 격렬한 싸움이 벌어지고 있었다.

"크르르릉!"

"이 개새끼가! 이 몸을 방해하고 앉았어!"

대치하는 것은 악마가 이끄는 백을 넘는 사인의 군세와 한 마리의 늑대였다.

아니, 사인들은 이미 군대라고 할 수 있을 정도의 체제를 유지하고 있지 않을 것이다. 확실히 전투 개시 때는 백을 넘던 그 군세는 이미 50이 줄어 있었기 때문이다.

상대하는 칠흑의 늑대도 무사히 넘어가지는 않았다.

사인들도 그냥 쓰러질 리는 없었다. 같이 죽을 각오로 늑대에게 대미지를 입힌 것이다. 숫자에서 앞서는 사인들을 유린하는 대신 늑대는 그 몸에 수많은 상처를 입었다.

양쪽의 싸움은 격렬하다는 한마디로 충분했다.

사인들 대부분은 무장하고 있어서 한눈에 봐도 단순한 잡병이 아니라는 것을 알 수 있었다. 실제로 많은 개체가 마술을 다루고, 마치 인간의 군대처럼 진형을 구사해 싸웠다. 이미 반쯤 무너졌다 해도 좋을 정도의 희생을 내면서도 아직도 사기를 유지하고 있는 것 자체가 사인들의 훈련도가 높다는 것을 이야기하고 있었다. 도저히 홉고블린이나 하이오크처럼 난폭하고 성급한 종족이라고는 생각할 수 없었다.

그렇게 평범하지 않은 사인들에 맞서 호각 이상의 싸움을 펼치고 있는 늑대도 역시 보통 마수가 아니었다.

다크니스 울프. 안목 있는 사람이 보면 이 늑대가 고위 마수라는 것을 이해할 것이다. 게다가 이 늑대는 유니크 개체라고 불리는, 종족 중에서도 더욱 선택받은 강력한 존재였다.

그림자에서 그림자를 건너뛰면서 암흑 마술과 발톱과 어금니로 사인들을 도륙해갔다.

"이대로는 뮤렐리아 님이 내리신 사명이……."

악마가 이를 악물면서 중얼거렸다. 상당히 몰렸을 것이다. 그 온몸에서 노기를 내뿜으며 자신도 억누르지 못하는 칠흑의 마력을 주위에 뿌리고 있었다.

"사인들이여! 그 녀석을 꼼짝 못 하게 해라! 죽더라도!"

"갸갸!"

지독한 명령을 내리는 악마. 하지만 사인들은 그 명령에 즉시 따랐다.

"갸오오오!"

"기가!"

놀랍게도 사인 몇 마리가 목숨을 걸고 늑대에게 달려들자 그 사인들과 함께 주위의 사인들이 공격을 가한 것이다.

사인의 군세가 악마에게 충성심이나 공포심을 품고 있는 기색은 없었다. 다만 사인들은 그 말에 완전히 따랐다. 악마의 주인—— 뮤렐리아라는 자가 미치는 지배가 그만큼 강력하다는 뜻일 것이다. 본래라면 자신밖에 생각하지 않는, 욕망과 파괴의 화신인 사인의 무리를 이렇게까지 통솔이 잡힌 군대로 탈바꿈할 만큼.

"크르…… 크아아아아아아!"

그럼에도 늑대는 강했다. 여러 사인이 달라붙는데도 힘으로 포위망을 돌파한 것이다.

그 뒤로도 공격의 고삐를 늦추지 않고 사인들의 수를 줄여갔다. 필사적으로 싸우게 된 사인들은 같이 죽을 각오로 늑대에게 상처를 입혔지만, 그래도 늑대는 멈추지 않았다.

엄청난 양의 피로 땅을 더럽히면서 맹렬한 기세로 싸움을 계속했다.

이 늑대는 어째서 도망치지 않는 것일까? 그 압도적인 속도를 활용하면 사인의 군대는 간단히 따돌릴 수 있을 것이다. 이 자리에서 목숨을 줄여가며 싸울 이유가 이 마랑에게 존재하는 것일까? 영역을 지키기 위해? 상위 마수의 긍지? 먹이로 인식하던 사인들에게 반격을 받고 화가 나서?

어떤 이유도 아니다.

"젠장! 저 도시를 함락시켜야 하는데 말이야아아아!"

"크르르르!"

칠흑의 마랑과 악마. 우연히도 양쪽이 같이 시선을 향한 그 앞에 그가 계속 싸우는 이유가 있었다.

그린고트.

수많은 수인이 사는 도시이자 늑대의 주인이 보호하는 자들이 도망친 장소다.

늑대── 울시는 저 도시를 무슨 일이 있어도 지켜야 했다. 명령받은 것은 아니다. 억지로 싸우고 있는 것도 아니다. 주인들의 웃는 얼굴을 지키기 위해서 그는 자신의 의사로 여기에 있었다.

검인 주인과 작은 주인. 그들이 지키고 싶은 것은 함께 지킨다. 그것은 울시에게 목숨을 걸 가치가 있는 이유인 것이다.

이대로는 울시를 돌파할 수 없다는 것을 깨달았나 보다.

악마가 각오를 다진 얼굴이 되었다.

"……개자식! 영광으로 생각해라! 네놈은 이 몸의 비기로 죽여주마아아!"

악마가 날린 마력이 부풀어갔다. 하지만 상당한 무리를 하고 있는 듯했다. 동시에 그 얼굴이 급속히 여위고 생명력도 이상한 속도로 줄어갔다.

생명력을 마력으로 변환하고 있었다.

"크르르……."

그 위험성을 감지했는지 울시가 경계하듯이 울음소리를 냈다.

"사인들, 그걸 써라!"

"크르?"

악마가 명령한 순간이었다. 놀랍게도 울시의 주위에 있던 사인들이 칠흑의 섬광을 내며 대폭발을 일으켰다. 비기인 자폭 스킬을 사용한 것이다.

그 한 발 한 발이 작은 집 한 채를 날릴 정도의 위력을 담고 있었다.

어지간한 울시도 그것이 악마의 노림수라는 것을 알아도 방어 행동을 취하지 않을 수 없었다.

"받아라아아! 이블 웨지!"

악마는 남은 전력을 모두 추진력으로 바꿔 단숨에 가속했다. 그 속도는 제비조차 앞지를 정도였다.

"잡았다아아!"

아직도 피어오르고 있는 폭염에 스스로 돌진하는 악마. 그리고 온몸이 문드러지는 것도 개의치 않고 울시에게 그 오른팔을 꽂아 넣었다.

그렇게 대단했던 울시도 이 공격을 피하는 것은 불가능했다.

"죽어라!"

전신의 마력과 사기를 집약한 사기의 손톱이 울시의 얼굴에 박혔다. 악마 자체는 사람과 다르지 않은 크기이기 때문에 얼핏 보기에 거구를 자랑하는 울시에게 대단한 대미지는 없을 것 같았다.

"끼이이이이이이이잉!"

하지만 그렇지 않았다.

애처로운 울시의 비명이 메아리쳤다.

사기와 저주를 복합시킨 악마의 공격은 단순한 대미지를 주는 게 아니었다. 그것은 주로 상대의 몸을 좀먹어 죽을 때까지 격통을 주는 외법이었다.

착실한 인간이라면 사용하는 것을 주저할 술법이다. 뭐, 악마가 망설일 리는 없지만.

사기가 울시의 온몸을 덮어 그 생명력을 급속히 빼앗아갔다.

누가 봐도 울시는 위험한 상태였다.

이대로 계속 싸우면 목숨이 위태롭다. 그것을 자기 자신도 알고 있을 것이다.

울시는 그 자리에서 움직임을 멈추고—— 전력으로 악마에게 달려들었다.

"크아아! 이 자식! 이 마당에 와서……! 목숨이 아깝지 않은 거냐!"

여기서 도주를 선택해 안정을 취하면 목숨은 구할 수 있을지도 모른다. 그러나 울시는 그 선택지를 택하지 않았다.

여기서 자신이 도망치면 악마가 자유롭게 움직이게 된다. 그것은 그린고트의 합락을 의미했다.

그렇다면 목숨을 내던져서라도 악마를 해치운다. 그것이 울시의 판단이었다.

"크르르으으으으으으으!"

울시의 거대한 턱이 악마의 몸통에 박혔다.

"빌어먹으을……! 하지만 그렇게까지 깊이 저주가 들었다면…… 네놈은……."

울시의 어금니에 몸을 물어뜯겨 악마의 온몸에서 힘이 빠져나갔다.

"젠장……."

"크르……."

악마가 죽을 때 내뱉은 말에 거짓은 없었다.

울시의 사지는 천천히 힘을 잃어서 그 자리에 무릎을 꿇고 주저앉았다. 더 이상 버틸 힘마저 남아 있지 않을 것이다.

즉사하지 않았지만 주위에는 사인이 아직 남아 있다. 울시의 목숨이 여기서 사라지는 것은 틀림없었다.

그 얼굴에 떠오른 것은 분한 표정이었다. 악마에게 진 것이 분한 것일까?

아니다. 울시의 머릿속에 떠오른 것은 정말 좋아하는 주인들의 얼굴이다. 앞으로 자신은 더 이상 그들에게 도움이 될 수 없다. 그것이 분한 것이다.

울시는 이미 시력을 잃어가고 있을 것이다. 이미 초점이 맞지 않고 그 시선은 아무것도 없는 허공을 올려다보고 있었다.

그런 울시의 숨통을 끊으려고 사인들이 천천히 다가왔지만 울시는 더 이상 아무것도 할 수 없었다. 죽는 것을 기다릴 뿐——일 터였다.

"그 녀석에게 더러운 손을 대지 마라! 사인들아!"

"갸갸오오오!"

"기이이이이!"

사인들을 흩어버리고 구출해준 인물이 나타나지 않았다면.

"잘 싸웠다! 울시여! 네 덕분에 그린고트는 살았다! 대역전승이다!"

"크……르…….."

"기다려라. 지금 고쳐주마!"

울시에게는 자신의 코를 쓰다듬으며 포션을 뿌리는 인물이 보이지 않을 것이다. 그러나 울시는 늑대 마수다. 죽을 뻔했다 해도 그 코는 인간을 아득히 뛰어넘는 후각을 가지고 있었다.

눈이 보이지 않아도 그 인물에 대해 파악했을 것이다.

"나머지는 맡겨라."

"워후……."

울시는 진심으로 안도한 표정으로 의식을 놓았다.

"이렇게 빨리 사인을 벨 기회가 오다니……. 운이 좋군. 자, 사인들이여. 내 양식이 되어달라고."

*

프란과 사인들의 싸움은 아까와는 전혀 다른 양상을 보이고 있었다.

이 녀석들을 빨리 섬멸하고 피난민 구조를 가고 싶은 프란과 그것을 방해하는 발키리 군이라는 구도다.

"비켜!"

"갸갸!"

"교아아!"

검신의 축복을 얻은 프란은 사인들을 엄청난 속도로 해치우면서 일직선으로 발키리에게 향했다. 전이와 섬화신뢰를 병용한 지금의 프란의 속도는 발키리 일행도 크게 웃돌아서, 종종 눈앞까지 접근했다.

하지만 프란의 공격은 아무래도 크게 휘두르는, 위력을 중시한 것이 많아서 듀라한에게 막히는 경우가 늘어났다. 그리고 듀라한이 프란의 공격을 몸을 날려 막아내는 사이에 발키리는 크게 거리를 벌렸다.

그것이 프란의 초조함을 더욱 가속시켰다. 또한 무리한 공격을 함으로써 생긴 빈틈은 발키리에게 알맞은 먹잇감이 됐다. 치명상은 피하고 있지만 명백하게 명중되는 확률이 늘어났다.

"크으윽! 이게!"

『프란, 진정해!』

'미안…… 하지만!'

대미지 바꿔치기만 없으면 단기 결전을 시도해보겠지만…….

그 구조를 완전히 해명하질 못했다. 일단 짐작은 간다. 녀석들의 대미지를 부하에게 전가하는 의문의 현상, 그것은 방패기에 의한 것이라고 생각한다.

감정해본 바로 그럴듯한 효과를 내는 도구는 가지고 있지 않았고, 스킬도 대신이나 바꿔치기를 할 수 있을 법한 것이 없었다. 그렇다면 칭호나 무기의 효과로 보였다. 사전에 마술 등으로 효과가 부여된 경우에는 그것도 특수한 상태로 표시될 것이다.

그렇다면 가장 수상한 것은 방패기와 방패성기다. 지금까지 대미지를 받았던 미노타우로스 다크 팔라딘은 방패성기, 하이오크 실더는 방패기를 가지고 있었다. 방패 계열이라면 동료를 커버하거나 대미지를 바꿔치기하는 스킬이 있어도 이상하지는 않을 것이다.

실제로 현재 듀라한에게 입힌 치명상을 대신해 목숨을 잃은 미노타우로스 하이 소드맨과 하이오크 워리어도 모두 방패기를 가지고 있었다.

다만 이 예상이 맞다면 상당히 힘든 싸움이 될 것이다. 남은 사인의 절반 정도가 방패기를 가지고 있기 때문이다. 어느 정도 레벨이 있어야 대신하는 기술을 쓸 수 있는지는 알 수 없지만, 남은 녀석들이 전부 쓸 수 있다면? 앞으로 몇 십 번 공격을 성공시켜야 좋을지 알 수 없었다.

평범한 검기의 상처로 몇 십 마리나 동시에 죽일 수 있다면 몰라도 한두 마리가 대신해 죽으면 끝이다.

먼저 사인을 섬멸할까도 생각했지만 발키리와 듀라한이 그것을 허락하지 않았다. 녀석들에게서 눈을 뗀 순간을 절대로 놓치지 않고 뼈아픈 공격을 날리기 때문이다.

정말로 막다른 곳에 몰렸다. 이제 스킬과 마술을 전력으로 사용해도 생명력의 회복이 쫓아가지 못하게 됐다. 하지만 섬화신뢰를 풀면 단숨에 균형이 무너질 것이다. 무리를 해서라도 계속해야 한다.

그러나 분하게도 발키리의 공격은 격렬함을 더해갔다. 심지어 듀라한을 포함해 프란을 공격하는 폭거를 저지른 것이다. 하지만 듀라한의 상처는 다른 사인이 대신했다. 대미지를 입은 것은 대폭발을 일으킨 화살에 날아간 프란뿐이었다.

즉시 일어나 자세를 잡는 프란을 발키리가 유쾌하게 바라보고 있었다.

"아하하하하! 초조해하고 있구나! 네가 그렇게 고전하는 사이에도 동료가 죽고 있을지도 모르지."

『프란, 녀석의 도발이야! 무시해!』

"……큭."

분노한 표정으로 발키리를 노려보는 프란. 힘껏 악문 이가 뿌득거리는 소리가 들렸다. 이대로는 프란이 폭주할지도 모른다.

할 수 없다.

이제는 비기를 쓸 수밖에 없을 것이다. 스킬 테이커다. 이것으로 녀석들의 스킬을 빼앗는다.

이때까지 사용을 주저한 것은 어느 스킬을 빼앗으면 좋을지 망설였기 때문이다. 발키리도 듀라한도 기본 스펙이 높은 데다 스킬의 균형도 좋다. 솔직히 말해서 이것만 빼앗으면 무력화시킬 수 있는 스킬이 존재하지 않았다.

그래도 굳이 후보를 꼽자면 발키리의 궁성기나 듀라한의 방패 성기다. 무력화까지는 아니더라도 전력을 크게 줄일 수 있을 것이다. 그리고 스킬을 빼앗겨 혼란에 빠진 사이에 승부를 보는 것이다. 대미지를 사인이 대신한다면 그렇게 할 수 없을 때까지 계속 공격을 퍼부으면 된다.

『문제는 어느 쪽의 스킬을 빼앗느냐인데…….』

내가 프란에게 어느 쪽으로 할지 의논하려고 한 그때였다.

"자자자자자!"

"크으…… 아윽!"

위험하다, 녀석의 도발 탓에 움직임이 조잡해진 것을 노렸어!

게다가 전이하는 곳을 읽고 있어? 프란의 은밀이 흐트러진 건가!

"크윽! 아악!"

프란의 오른발이 튕겨 날아가고 왼쪽 옆구리가 파였다. 즉시 재생해도 다시 다리가 뽑히고 팔이 부러졌다. 마력 효율을 완전히 무시하고 프란을 해치우러 나왔어!

『프란! 재생을 멈추지 마!』

"크으으……!"

프란의 움직임이 눈에 띄게 둔해지기 시작했다.

투지는 잃지 않았다. 그뿐 아니라 발키리에 대한 살의는 지금까지 이상일 것이다.

하지만 피를 계속 잃고 격통을 계속 참는 것은 어린 몸에 자신이 생각하는 것 이상의 부담을 주고 있었다. 정신은 꺾이지 않아도 육체가 한계에 다다랐다.

"아아아아아!"

『위험해! 프란, 진정해!』

순간 프란이 다짜고짜 돌진할 뻔했다. 상대가 잔챙이라면 그래도 된다. 하지만 발키리를 상대로는 그러면 안 돼!

육체뿐만 아니라 정신적으로도 한계가 가깝다.

어쩌지? 전이를 사용해 전장에서 이탈해서 별동대를 먼저 해치우러 갈까?

안 된다. 여기서 발키리를 내버려 둔다는 것은 수인국 안에 포획 불가능한 데다 고속으로 행군하는 사인 군대를 풀어둔다는 뜻이다. 그린고트조차 무사히 넘어간다고는 생각할 수 없었다.

차라리 남은 포인트를 유용할 만한 스킬에 전부 써서 도박에 나설까도 고민하기 시작한 그때였다.

'스승, 뭔가 와.'

『그래, 나도 느꼈어!』

남서쪽 방향에서 상당히 강한 마력을 가진 무언가가 고속으로 다가오고 있었다. 그 속도는 울시의 전속력 질주보다 빠를 것이다. 저쪽의 원군인가? 하지만 북쪽이 아니라 남서쪽인데 말이다.

발키리 군을 관찰해보니 녀석들도 이 마력을 포착하고 동요하고 있는 듯했다. 아무래도 발키리 군의 원군이 아닌 듯했다.

"온다!"

『위야!』

양쪽이 공격을 멈추고 자세를 갖춘 가운데 그것은 하늘에서 내려왔다.

"크워워워워워워워워워윙!"

"와이번…… 아니, 드래곤이라고?"

발키리가 중얼거리는 대로 그것은 붉은 비늘의 드래곤이었다. 크기는 몸이 약 2미터, 날개 길이는 7, 8미터 정도일 것이다.

적룡은 공중에서 힘차게 날갯짓하며 전장을 흘겨보고 있었다. 그 금색 눈동자는 마치 사냥감을 찾고 있는 듯이 날카로웠다.

처음에 포효를 들은 시점에서 마수들이 겁을 먹고 위축되어 있었다. 사인들도 소란스러운 모습으로 그 움직임을 멈추고 있었다.

그래도 바로 정신을 차리고 대공용으로 보이는 진형을 짠 것은 역시 대단했다.

용치고는 소형 개체지만 스테이터스를 봤을 때 위협도 C는 됐다. 그러나 그 존재감은 강렬했다. 위협도 이상의 눈을 뗄 수 없는 무언가가 있다. 역시 드래곤, 소형이라 해도 그 풍격은 건재했다.

하지만 나도 프란도 그 용에게 필요 이상의 경계심은 품고 있지 않았다. 프란은 오히려 웃음마저 띠고 있었다. 왜냐하면——.

"태워버려! 린드!"

"크오오오오오오오!"

사인에게 불을 내뿜는 적룡의 위에 타고 있는 인물이 낯이 익었기 때문이다.

아주 짧은 하얀 머리에 하얀 피부. 이쪽을 내려다보는, 안에 간직한 격렬함을 구현화한 듯한 새빨간 눈동자.

"고전하고 있는 것 같군, 프란! 원군은 필요한가?"

"메아!"

그것은 전갈 사자의 숲에서 만났던 수수께끼의 소녀 메아였다.

에필로그

갑자기 전장에 나타난 붉은 용.

그 등에는 낯익은 소녀의 모습이 있었다.

전갈 사자의 숲에서 만난 미소녀 메아다. 여전히 자신만만한 표정으로 상공에서 전장을 내려다보고 있었다.

종자인 쿠이나도 있었다. 그리고 타고 있는 적룡의 이름은 린드. 메아의 마수 무기에 깃든 용의 이름이다.

"린드! 다시 한번 날려줘라!"

"크오오오오오오!"

메아의 명령을 들은 린드는 크게 벌린 그 턱에서 새빨간 불꽃을 토했다. 불꽃은 넓은 범위에 퍼져서 사인과 마수들을 동시에 스무 마리 이상 불태웠다.

그것을 본 발키리가 활을 당기는 모습이 보였다. 노리는 것은 린드다. 사인들의 위협이자 좋은 표적인 린드를 먼저 떨어뜨리려는 것이겠지.

"스승!"

『괜찮아.』

발키리도 프란도 눈치채지 못한 듯하지만 나는 확신하고 있었다. 저 화살은 절대로 맞지 않는다.

"요란한 등장이지만 아쉽게 됐군! 이제 퇴장이다!"

빌키리는 그렇게 외치고 화살을 쐈다. 틀림없이 린드에 몸에 명중하는 코스였다. 명중을 확신한 발키리가 회심의 웃음을 지었다.

하지만 그 화살은 린드를 지나 엉뚱한 방향으로 날아갔다.

놀란 표정을 짓는 발키리와 프란.

"어, 어째서……!"

'환영?'

『그래. 환영 마술, 그것도 엄청나게 뛰어나.』

우리도 지독하게 당했지만, 저 환상은 그것 이상의 완성도였다.

환상인 메아가 의기양양한 표정을 띠면서 외쳤다.

"프란이여! 도와주겠다!"

"메아! 나보다 사인의 별동대를 막아줘!"

그런 메아에게 프란은 그렇게 간청했다. 평소의 프란으로는 상상도 할 수 없는 비통한 외침이었다. 하지만 메아가 그 말을 웃어넘겼다.

"하하하! 안심해라! 별동대라면, 동쪽과 서쪽에서 남하하던 두 부대를 말하는 거겠지? 이미 한 부대는 섬멸이 끝났다! 숫자가 많았던 다른 한 부대도 이미 나 이외의 자들이 대처하고 있다!"

"진짜?"

"그래, 그러니 안심해라! 서쪽의 사인들은 모두 내 경험치로 만들었다! 덕분에 레벨이 상당히 올랐지. 린드도 자, 이렇게 커졌다!"

"크오오오오오!"

"그리고 그린고트의 영주에게 말해 피난민의 호위 부대를 보내게 했다. 바로 그린고트의 부대와 합류할 수 있을 거다!"

메아의 말을 들은 프란은 안도의 표정으로 크게 숨을 토했다. 허언의 이치는 발동하지 못했지만, 나도 메아의 말은 거짓말이 아니라고 생각한다. 그녀의 말에는 신비한 설득력이 있었다. 안심하게 만드는 힘이라 해야 할까? 메아가 괜찮다고 말하면 정말로 괜찮다고 믿을 수 있었다.

반대로 발키리의 표정에서는 여유의 빛이 사라졌다. 메아의 말이 거짓이 아니라는 것을 깨달은 듯했다.

"말도 안 돼…… 뮤렐리아 님께 받은 사인의 군세가 쓰러졌다고……? 서쪽으로 돌아오는 부대에는 듀라한과 악마가 같이 있었는데? 특히 듀라한은 상당히 강한 개체였을 거다!"

"확실히 있었지. 상당히 강했지만 우리 두 사람이 펼치는 공격은 아무리 그래도 막을 수 없었던 듯한데?"

"두 사람이 펼치는?"

발키리가 수상쩍다는 듯이 눈을 가늘게 떴다.

"아아 그래. 두 사람이야."

그렇게 말하고 대담하게 웃는 메아의 뒤에서 그 인물의 모습이 어느새 사라진 것을 눈치챘다. 확실히 조금 전까지 린드에 같이 타고 있었는데 어디로 갔지?

"괜찮겠나, 전처녀여. 그렇게 무방비하게 있으면——."

메아가 말을 채 끝마치지 못했을 때였다.

"크아아아아아아악!"

발키리가 갑자기 비명을 질렀다.

얼굴을 일그러뜨리며 격통으로 몸을 비틀거리는 발키리가 황급히 그 자리에서 물러났다.

그 발키리의 옆에 어느새 호리호리한 인영이 달라붙어 있었다. 놀랍게도 그 인물이 발키리의 가슴을 손끝으로 꿰뚫은 것이다.

강한 줄은 알았지만 저렇게 강했을 줄이야…….

"메아 아가씨의 시녀, 쿠이나라고 합니다. 기억해주시기를. 그건 그렇고 심장을 뭉갰는데도 무사하다니, 기괴하군요."

메아를 섬기는 암살 메이드, 쿠이나다.

어느새 접근했는지 우리도 전혀 눈치채지 못했다. 하지만 무슨 짓을 했는지는 안다. 환상 마술과 고유 스킬인 환몽진을 조합했을 것이다. 린드와 메아의 환상을 만든 것도 쿠이나였다.

그 환상은 쿠이나 정도의 달인이 효과적으로 사용하면 처음에 간파하는 것은 불가능하다. 완벽한 초견살(初見殺)이다.

뭐, 지금은 상대가 나빴지만 말이다.

쿠이나의 마력이 전부 소비된 것을 알 수 있었다. 아무렇지 않은 얼굴을 하고 있지만 필살의 일격이었을 것이다. 그것이 막혀도 냉정해 보이는 건 역시 대단하다.

아니, 잠깐만. 저번에 만났을 때도 냉정한 얼굴을 했지만 속으로는 깜짝 놀랐지. 이번에도 나만 알지 못할 뿐 실은 초조해하고 있는 건가?

"후하하! 역시 쿠이나! 전혀 초조해하지 않는구나! 평소에는 성가신 녀석이지만 전장에서는 의지가 된다!"

역시 냉정했던 모양이다. 이거 전혀 구분이 안 가는군. 쿠이나는 이런 상황에서도 발키리에게 우아하게 인사하고 간격을 다시 벌렸다.

"젠장! 이제 와서 이런 방해가 들어오다니!"

"후하하하, 아쉽게 됐군! 하지만 내 라이벌을 다치게 한 네놈은 그냥 못 넘어간다!"

"아가씨에게 유일하게 가까운 친구이니까요."

"유일은 무슨! 그리고 친구가 아니야! 라이벌이다!"

"그런 허세를……. 확실히 아가씨가 아주 좋아하는 색인 검은 색이 들어간 이명을 자신보다 먼저 받은 프란 씨에게 복잡한 마음을 품고 있는 것은 어쩔 수 없습니다만."

"전부 설명하지 마! 하지만 흑뢰희다. 치사하지 않은가!"

"아가씨는 아무리 노력해도 백염희나 광수(백)이나 하얀 난폭자 같은 종류의 이명이 붙는 것이 미래입니다."

"……그 이명, 칭찬하는 거야? 아니면 디스하는 거야?"

"죄송합니다, 그만 본심이 나왔군요."

"조금은 변명 좀 해! 뭐 됐어. 아무튼 라이벌인 프란에게 이기는 건 나다! 그걸 방해한 네놈은 진심으로 박살 내주지!"

"솔직하지 않으시다니까요."

"시, 시끄러워! 아무튼 간다!"

그렇게 외친 메아는 린드의 위에서 뛰어내렸다.

전생했더니 검이었습니다 8

2022년 9월 15일 1판 2쇄 발행

저　　　　자	다나카 유
일 러 스 트	Llo
옮 긴 이	신동민
발 행 인	유재옥
본 부 장	조병권
담당편집자	박치우
편집 1팀	김준균 김혜연 박소연
편집 2팀	정영길 조찬희 박치우 정지원
편집 3팀	오준영 곽혜민 이해빈
미　　　　술	김보라 박민솔
라 이 츠	맹미영 이승희 이윤서
디 지 털	박상섭 김지연
물　　　　류	허석용 백철기
발 행 처	㈜소미미디어
등　　　　록	제2015-000008호
제 작 처	코리아피앤피
주　　　　소	서울시 마포구 토정로222, 403호(신수동, 한국출판콘텐츠센터)
판　　　　매	㈜소미미디어
영　　　　업	박종욱
마 케 팅	한민지 최원석 최정연
전　　　　화	(02)567-3388, Fax (02)322-7665

ISBN 979-11-6507-773-0 04830
ISBN 979-11-5710-608-0 (세트)